KB152018

러시아 단편소설 걸작선

러시아 단편소설 걸작선

초판 1쇄 펴낸 날 / 2010년 9월 10일

지은이 • 고골 외 | 옮긴이 • 양장선 | 펴낸이 • 임형욱
편집주간 • 김경실 | 편집장 • 정성민 | 디자인 • 조현자 | 영업 • 이다윗
펴낸곳 • 행복한책읽기 | 주소 • 서울시 중구 필동3가 15 문화빌딩 403호
전화 • 02-2277-9216,7 | 팩스 • 02-2277-8283 | E-mail • happysf@naver.com
필름출력 • 버전업 | 인쇄 제본 • 동양인쇄주식회사 | 배본처 • 뱅크북
등록 • 2001년 2월 5일 제2-3258호 | ISBN 978-89-89571-68-1 03890 값 • 11,000원

행복한책읽기 세계 단편소설 걸작선 0 3 _ 러 시 아 편

러시아
단편소설
걸작선

고골 외 지음
양장선 옮김

행복한책읽기

러시아적 영혼이란 것이 과연 있을까?

우리나라의 문학 독자들은 러시아 문학에 친숙한 것 같지만 사실 따지고 보면 꼭 그렇지만도 않다. 우리 독자들이 읽은 작품들은 주로 똘스또이, 도스또옙스끼, 체호프 등, 세계문학전집에 선정되어 있는 특정 몇 작가의 유명한 몇몇 장편소설에 한정되어 있기 때문이다. 더구나 단편의 경우는 똘스또이의 계몽성 강한 작품들과 중복 출판되어 있는 고골이나 체호프의 몇 작품만이 친숙하게 알려져 있을 뿐이다. 그러나 이런 작품들만으로는 방대한 러시아 문학과 그 이면을 흐르는 러시아적 정서와 사상은 이해하기 어렵다.

이 단편집에 수록한 작가와 작품의 선정은 보다 폭넓은 러시아 문학의 이해를 위해 러시아 문학사에서 의미 있게 다루는 것들에 중점을 두었다. 특히 민화 속에 담겨진 러시아 민중들의 삶과 심판에 대한 태도를 담은 꼬롤렌꼬의 「마까르의 꿈」과 영화로 유명한 〈전함 포템킨〉과 연관하여 읽을 수 있는 자먀찐의 「사흘」, 감성적인 문체 속에 녹여낸 인생에의 관조로 세계의 문학 애호가들을 매료시킨 이반 부닌의 작품들은 러시아 문학의 깊이를 다시금 느끼게 해줄 것이다.

또한 이 책에 수록된 작품들의 배경은 19세기 전반부터 20세기 전반까지 거의 한 세기에 걸쳐 있다. 따라서 각 작품들을 읽어가면서 근대에서 현대로 넘어가는 러시아의 변화의 분위기를 점층적으로 느낄 수 있다. 작품들의 주인공들은 모스크바, 뻬쩨르부르그에서 러시아와 우끄라이나의 벽촌, 흑해 휴양지 얄따, 시베리아의 야꾸찌야, 바슈끼리야에 이르기까지 광활한 제정러시아의 국토를 종횡무진한다. 주인공들의 직업이나 계층도 사라져 가는 소러시아 구시대의 지주, 농부, 은행원, 엔지니어, 몰락한 귀족, 도시 빈민, 떠돌이 개에 이르기까지 다양하다.

단편을 읽는 재미는 오만 가지 영혼의 내면을 들여다볼 수 있다는 데 있다고 생각된다. 게다가 하나의 언어로 쓰인 문학작품들의 지리적, 사회적 배경의 크기를 잣대로 삼는다면 그야말로 러시아의 영혼은 세계 최대일 수밖에 없다. 까라마조프가(家)의 형제들의 미궁 같은 영혼을 들여다보지 않더라도 말이다. 그런 의미에서 러시아적 영혼이란 세계에서 제일 크고 복잡한 영혼이라고 할 수 있지 않을까?

터키에는 메다(Meddah)라는 전통 이야기꾼이 있다. 우리나라의 판소리와 마찬가지로 유네스코 인류무형문화유산으로 지정된 메다는 책이 귀하던 시절 저잣거리의 군중에게 오래전부터 전해 내려오는 이야기들을 전달했다. 『천일야화』의 세헤라자데도 이런 메다였을 것이다. 판소리꾼이나 메다는 긴 이야기를 거의 토씨 하나 틀리지 않고 외워서 청중들에게 이야기의 내용뿐 아니라 감동까지 전달한다. 클릭 몇 번이면 세계 여러 나라의 이야기가 산더미처럼 쌓여 있는 창고의 문이 여닫는 소리도 없이 열리는 지금, 이야기의 내용뿐 아니라 그 안에 담긴 사상과 정서까지 전달해 줄 수 있는 진정한 이야기 전달자의 역할은 누구에게 맡겨진 것일까.

옛날 옛적에 한 그리스인이 낯선 이국땅 러시아에 홀로 남겨져 고향을 그리워하며 노래를 불렀다. 노랫소리를 들은 러시아 사람은 노래가 너무나도 구슬프고 아름답게 느껴진 나머지 그리스어를 아는 사람에게 그 뜻을 러시아어로 풀어 달라고 부탁했다. 그런데 러시아어로 풀어 놓고 보니 아무런 감흥이 느껴지지 않았다고 한다. 행여 역자의 졸문이 그런 역할을 하게 되지 않을까 두려운 마음이 앞선다. 본문에서 혹시라도 발견되는 오역은 모두 역자의 몫이다. 독자들의 관심과 질정을 부탁드린다.

2010. 8
폭염과 싸우며
양장선

차례

니꼴라이 고골_Николай Гоголь

구시대의 지주들

니꼴라이 고골(Николай Гоголь, 1809~1852)

우끄라이나 뽈따바의 대지주 집안에서 출생. 19세에 청운의 꿈을 안고 러시아제국의 수도인 뻬쩨르부르그로 상경하여 낭만주의적 목가를 그린 처녀작 『한스 큐헬가르텐』(1829)을 발표하지만 문단의 혹평을 받는다. 20대 중반까지 하급관리, 대학교수 등을 했지만 창작에 전념하기 위해 이를 포기했다. 이십대 초중반에 발표한 중단편집 『지깐까 근교 야화』(1831~1832), 『아라베스크』, 『미르고로드』(1835)로 문단의 큰 관심을 모았고 뿌슈낀의 극찬을 받았다. 희곡 『검찰관』(1836)은 러시아 관료사회의 부패를 풍자한 내용에도 불구하고 황제 니꼴라이 1세의 허가 아래 무대에 올려졌다. 서른셋에 「외투」, 『죽은 혼』(1842)을 발표했다. 마흔세 살에 대중을 교화하는 메시아적 내용을 담은 『죽은 혼』 2부를 완성했지만, 곧 미스테리한 종교적 망상에 사로잡혀 원고를 불태워 버렸다. 그후 신경쇠약증에 걸린 후 식음을 전폐하다가 갑작스러운 죽음을 맞았다.

구시대의 지주들
Старосветские помещики

       소러시아에서 으레 구시대의 촌락이라 불리는 도심에서 먼 시골 마을들의 외로운 지주들, 그들의 소박한 삶을 나는 사랑한다. 그런 마을들은 아직 빗물에 벽이 씻겨 내려간 적도 없고, 녹색 곰팡이로 지붕이 뒤덮인 적도 없으며 회칠이 벗겨진 현관에 붉은 벽돌이 드러나 있지도 않은 새로운 멋쟁이 건물들과는 완연하게 비교되며 풍경화 속의 노후한 집들처럼 알록달록하기 때문에 정감이 가는 것이다. 외로움이 사무치는 이러한 삶의 아우라 안으로 나는 이따금 잠깐씩이나마 빠져 보는 것을 좋아한다. 이곳에 사노라면 어떠한 욕망도 자그마한 안마당을 둘러싼 말뚝울타리, 사과나무와 자두나무들이 빽빽한 정원의 싸리울타리, 그리고 버드나무, 넓은잎딱총나무, 배나무들의 그늘 아래에서 장원을 둘러싼, 옆으로 기울어져가고 있는 마을의 오두막집들의 경계 밖으로 고개를 내미는 법이 없다. 이 모든 것을 소유한 검소한 지주들의 삶은 얼마나 조용하고 평온한지 잠시 넋을 잃게 될 뿐 아니라 정열, 갈망 그리고 세상을 떠들썩하게 만드는 뒤숭숭한 악령의 출몰 같은 것들은 마치 존재하지 않는 것, 단지 휘황찬란한 꿈속에서 본 것이라는 생각이 들고 만다. 지금도 이곳(작가가 머물고 있는 뻬쩨르부르그)에서도 나는 천둥과 우박이 내리칠 때 비를 맞지 않고 덧창을 닫을 수 있도록 만들어 놓은 시커메진 작은 나무 기둥 회랑이 집 전체를 에워싸고 있는 나지막한 저택 하나가 눈에 선하다. 집 뒤편으로 향기로운 체리나무 한 그루와 연백색 거적을 씌워 놓은 키 작은 과일나무들, 흐드러진 진홍빛의 벚나무들, 루비의 바다 같은 자두나무들이 줄지어 서 있다. 사방으로 가지가 울창하게 뻗은 단풍나무 그늘 아래에는 휴식을 위한 양탄자가 깔려 있다. 저택 정면에는 널찍한 마당이 있어 키 작은 풀들이 파릇파릇 돋아나고 창고에서 부엌으로, 부엌에서 지주의 거처까지 사람들이 지나다녀서 만든 길이 나 있다. 모가지가 긴 암거위가 아직 어리고 솜털처럼 부드러운 거위 새끼들과 함께 물을 마신다. 말뚝울타리에는 말린 배와 사과 그리고 햇볕에 소독하기 위해 내온 양탄자들이 널려 있다. 창고 옆에는 멜론을 실은 수레가 서 있고 그 옆에는 고삐가 풀린 수소가 게으르게 누워 있다. 이 모든 것에서 나는 말로는 형용할 수 없는 매력을 느끼는데 어쩌면 그것은 더 이상 이런 것을 볼 수 없기 때문에, 그리고 사람이란 자고로 이별한 후에야 소중한 걸 깨닫기 때문인지도 모르겠다. 어찌 되었건 경마차를 타고 이 집 현관에 가까워질 때면 벌써 내 마음은 놀랍게도 즐겁고 편안한 상태가 되었다. 말들이 현관 아래로 유쾌한 걸음으로 다가가면 마부는 천연덕스럽게 마부석에서 내려 마치 자기 집에라도 온 양 파이프에 담배를 쑤셔 넣었다. 시골의 무기력한 멍멍이, 누렁이, 워리들이 짖어 대는 소리조차 내 귀에는 기분 좋게 들렸다. 하지만 무엇보다도 감동적인 것은 사려 깊게 손님을 마중하러 나와 있는 소박한 영지의 나이 든 주인들이었다. 도시의 소음과 유행하는 연미복을 입은 군상들 틈에 있는 지금도 이따금 그들의 얼굴이 눈앞에 떠오르곤 하는데 그럴 때면 일순 꿈을 꾸듯 옛 기억이 주마등처럼 눈앞을 스치는 것이다. 그들의 얼굴은 너무나도 선량하고, 너무나도 친절하며 정직한 나머지 나는 적어도 잠깐일지라도 모든 추잡한 욕망으로부터 벗어나 자신도 모르는 사이에 온몸의 감각으로 그 형이하학적이며 목가적인 삶 속으로 빠져들게 되는 것이다.

지금도 나는 지난 세기의 한 노부부를 잊을 수가 없다. 애석하게도 그들은 이미 이 세상에 없지만 이제는 황폐해졌을 노부부의 저택을 어느 때고 다시 찾아가 여기저기 폐허가 되어 버린 초가집들과 썩어 버린 연못, 이전에는 나즈막한 저택이 서 있던 자리에 잡초가 무성한 구덩이 외에는 아무것도 남지 않았을 것을 상상할 때면 내 영혼은 지금까지도 연민으로 가득 차고 내 모든 감각이 이상하게 죄여 오는 것이다. 우울하다! 생각만 해도 우울해진다! 하지만 이제 이야기를 시작하자.

아파나시 이바노비치 또프스또구프와 영지의 농부들이 또프스또구프 할멈이라고 부르는 그의 아내 뿔헤리야 이바노브나가 내 이야기의 주인공들이다. 내가 풍경화가여서 필레몬과 바우키스(그리스 신화에 나오는 부부로, 부부애와 나그네들에 대한 친절함의 상징)를 화폭에 담고자 했다면 나는 이 노부부보다 더 적당한 모델을 찾지 못했을 것이다. 아파나시 이바노비치는 예순, 뿔헤리야 이바노브나는 쉰다섯 살이었다. 키가 큰 아파나시 이바노비치는 항상 거친 모직으로 겉감을 댄 양가죽 외투를 입고 있었고 이야기를 할 때나 그저 남의 이야기를 들을 때면 등을 구부리고 앉아서 거의 언제나 미소를 지었다. 뿔헤리야 이바노브나는 좀 진중한 편으로 거의 한 번도 크게 웃는 법이 없었다. 하지만 그녀의 얼굴과 두 눈에 깃든 선량함과 언제라도 집 안에서 제일 좋은 음식을 손님에게 대접하려는 마음을 보게 되면 가식적인 미소 같은 것은 그녀의 선량한 얼굴과는 어울리지 않는다는 사실을 깨달을 수 있었다. 그들의 얼굴에 살짝 드리워진 주름살은 너무나도 사랑스러워서 화가가 그것을 보았다면 틀림없이 자신의 화폭에 옮겨 놓았을 것이다. 타르 제조인, 장사치 출신으로 메뚜기 떼처럼 관청과 법정을 메우며 자신의 고향 사람들로부터 마지막 한 푼까지 탈탈 털어내고, 뻬쩨르부르그를 밀고자들의 소굴로 만들고 마침내는 두둑한 재산을 쌓아 당당하게 '오'로 끝나는 자신의 성에 '프'를 갖다 붙이는(' 오'로 끝나는 우끄라이나 성에 '프'를 붙여 러시아인처럼 보이려는 세태를 말한다.) 그런 저급한 소러시아인들과는 구별되는, 우리 민족의 오랜 전통을 가진 순박한 동시에 부유한 가문들이 유지해 온 밝고 평온한 삶의 흔적을 그들의 주름살에서 알 수 있을 것 같았다. 아니, 그들은 모든 소러시아의 전통 있는 토박이 가문들과 마찬가지로 그러한 혐오스럽고 처량한 군상들과는 전혀 달랐다.

서로를 끔찍하게 위하는 노부부의 다정한 모습은 냉정한 사람마저도 미소 짓게 만들었다. 그들은 서로에게 결코 반말을 하는 적이 없이 언제나 "아파나시 이바노비치, 당신은……" 아니면, "뿔헤리야 이바노브나, 당신이……" 하는 식으로 서로를 존대했다. "이 의자 당신이 망가뜨려 놓은 건가요, 아파나시 이바노비치?" "괜찮아요. 화내지 말아요, 뿔헤리야 이바노브나. 내가 그랬어요." 이런 식이었다. 슬하에 자식이 없었기 때문에 그들의 애정은 온전히 서로에게 집중되었다. 과거 젊은 시절 아파나시 이바노비치는 까자크 경(輕)기병대에 복무하다가 대위까지 진급했는데 이미 지나버린 옛날 일이라 아파나시 이바노비치 자신도 당시 일을 거의 회상하는 적이 없었다. 아파나시 이바노비치는 자수를 놓은 소매 없는 재킷을 입고 다니던 혈기왕성한 서른 살에 결혼을 했다. 그에게 딸을 주지 않으려던 처가의 반대를 무릅쓰고 뿔 헤리야 이바노브나를 데려오기 위해서 꽤나 머리를 썼던 것으로 알려졌지만 이제 그런 일조차도 거의 그의 기억에서 지워졌는지 적어도 그의 입에서 그 얘기를 들은 적은 한 번도 없었다.

이 오래되고 범상치 않은 사건들은, 정원 쪽으로 난 목조 발코니에 앉아서 황홀한 비가 나무 잎사귀를 두드리면서 졸졸거리는 시내가 되어 흐르고, 나무들 너머로 무지개가 살그머니 얼굴을 내밀면서 반쯤 파괴된 아치의 모양의 일곱 가지 무광택 빛깔로 빛나는 것을 볼 때나, 혹은 녹음 짙은 수풀 사이를 가로지르는 마차에 실린 몸이 흔들리고 초원의 메추라기가 푸다닥거리고 향기로운 풀과 곡물 이삭, 야생화가 마차의 문을 스치며 손과 얼굴을 기분 좋게 스치고 달아날 때 느끼는 몽롱하면서 조화로운 꿈결 속의 나날들로, 그런 평온하고 고독한 삶으로 대체돼 버린 것이었다.

손님이 집에 오면 그는 항상 사람 좋은 미소를 띠고 손님들의 이야기를 들었고 어쩌다가 말을 한다 해도 이런저런 질문들을 하는 것뿐이었다. 그는 시도 때도 없이 구시대를 칭송하며 새것을 부정해 대는 통에 사람들을 질리게 만드는 그런 노인네들 축에는 끼지 않았다. 아니, 그와는 반대로 그는 말상대에게 이것저것 물으면서 그가 처한 상황이나 성공담, 실패

담에 대한 호기심과 공감을 표시했다. 선량한 노인들이라면 대개 그런 호기심을 갖고 있기 마련이지만, 그의 태도에는 대화를 나누면서 상대편의 시계에 새겨진 인장에서 눈을 떼지 못하는 어린아이의 호기심과 비슷한 구석이 있었다. 그런 순간 그의 얼굴은 선량함 그 자체였다고 할 수 있을 것이다.

이 두 노인네가 살던 크지 않은 저택의 방들은 구시대 사람들의 집이 흔히 그런 것처럼 작고 천장이 낮았다. 각 방마다 거대한 난로가 방 면적의 거의 삼분의 일을 차지하고 있었다. 아파나시 이바노비치와 뿔헤리야 이바노브나가 추운 것을 지극히 싫어하는 탓에 이 작은 방들은 언제나 뜨끈뜨끈하게 데워져 있었다. 난로에 불을 때는 것은 언제나 현관방에서 했는데 그곳에는 짚단이 천장에 닿을 정도로 높이 쌓여 있었다. 소러시아에서는 장작 대신 짚단을 보통 이용했다. 짚단이 타면서 내는 탁탁 소리와 불빛은 피부가 가무잡잡한 처녀 꽁무니를 쫓다가 꽁꽁 얼어 버린 성질 급한 젊은이가 손바닥을 비비면서 집으로 뛰어드는 겨울 저녁 현관방을 아주 포근하게 만들어 주었다. 방마다 벽에는 크고 작은 그림들이 옛날식으로 틀이 좁은 액자에 끼워져 걸려 있었다. 확신하건대 나의 노부부는 그곳에 그림들이 걸려 있다는 사실을 잊은 지 오래라서 그림 몇 점이 없어진다고 해도 알아차리지 못했을 것이다. 거대한 크기의 유화로 그린 두 개의 초상화도 있었다. 하나는 어떤 주교의 초상화였고 다른 것은 뾰뜨르 3세의 초상화였다. 좁은 액자에 끼워진 라발리에르 공작부인의 초상화는 파리들이 남긴 흔적으로 얼룩이 져 지저분했다. 창가와 문 윗부분에 걸린 수많은 작은 소품들은 벽의 얼룩처럼 생각되어 아예 눈길이 닿지도 않았다. 거의 모든 방의 바닥이 흙바닥이었지만 아주 깔끔하게 발라진 데다가 언제나 청결하게 유지되어 있었다. 아마도 제복을 입은 잠에서 덜 깬 신사가 대충 비질을 해 놓은 부잣집 저택의 어떤 나무마루도 그렇게 깨끗하지는 못할 것이다.

뿔헤리야 이바노브나의 방은 온통 크고 작은 궤짝들과 상자들로 가득 차 있었다. 텃밭의 꽃씨, 수박씨들이 담긴 보따리와 자루들이 사방 벽에 걸려 있었다. 형형색색의 털실 뭉치, 반세기 전에 지어진 낡은 옷들의 쪼가리가 궤짝 속과 궤짝 사이 모서리마다 잔뜩 쌓여 있었다. 뿔헤리야 이바노브나는 살림꾼이었고 때로는 스스로도 뭐에 쓸 것인지 모를 것들까지 모두 모아 두곤 했다.

하지만 이 집에서 가장 멋진 것은 노래하는 문짝들이었다. 아침 동이 트자마자 온 집 안에 문들의 합창이 울려 퍼졌다. 왜 문들이 노래를 하는 것인지, 문짝의 경첩에 녹이 슬어서 그런 것인지 아니면 문짝을 단 장인이 그 안에 무슨 비밀장치를 숨겨 놓은 것인지 그 이유는 모르겠지만, 정말 멋진 것은 문마다 제각기 다른 목소리를 갖고 있었다는 점이었다. 침실로 들어가는 문은 제일 가느다란 소프라노로 노래했고, 식당

문은 베이스로 쿨럭거렸다. 하지만 현관방에 있는 문으로 말할 것 같으면 희한한 덜그럭 소리와 함께 신음하는 듯한 소리를 내뱉는지라 그 소리를 잠자코 듣고 있다 보면 "하나님 맙소사, 추워서 얼어 죽겠어요!"라는 소리가 뚜렷하게 들리는 것이었다. 많은 사람들이 이 소리를 싫어한다는 것을 알지만 나는 이 소리를 정말 좋아했다. 그래서 지금 이곳에서 앉아서 어쩌다가 삐그덕거리는 문소리를 듣기라도 하면 나는 순식간에 시골 마을의 향수에 사로잡히는 것이다. 낡은 촛대 위 양초로 밝혀진 천장이 낮은 작은 방, 일찌감치 식탁 위에 차려진 저녁 식사, 활짝 열어 젖힌 창문을 통해 접시들이 놓인 식탁 위로 얼굴을 들이미는 오월 정원의 칠흑 같은 밤 그리고 정원과 집, 저 멀리 떨어진 강까지 지저귐으로 가득 채워 버리는 꾀꼬리, 섬뜩한 공포와 나뭇가지들의 바스락거리는 소리……. 오 하나님, 수많은 기억들이 줄을 지어 뇌리에 떠오르는 것이다!

방 안의 의자들은 골동품들이 으레 그렇듯이 묵직한 나무로 만든 것들로 어느 것이나 높은 등판에 문양이 조각돼 있었고 니스나 페인트칠을 하지 않은 자연목 상태였다. 게다가 천을 씌우지 않아도 교회의 주교들이 지금까지 앉는 그런 의자들과 어느 정도 비슷해 보였다. 방 모서리마다 삼각 테이블이, 소파와 거울 앞에는 사각 테이블이 놓여 있었다. 거울은 나뭇잎 무늬가 조각된 얇은 황금빛 틀에 끼워져 있었는데 그

테두리에는 파리들이 검은 얼룩들을 잔뜩 만들어 놓았다. 소파 앞에는 꽃을 닮은 새와 새를 닮은 꽃무늬가 그려진 양탄자가 깔려 있었다. 이상이 나의 노부부가 살던 소박한 작은 집 안을 치장해 놓은 거의 전부였다.

하녀방은 어린 처녀와 노처녀들로 가득 차 있었고, 이따금 뿔헤리야 이바노브나가 장신구를 좀 만들라거나 나무 열매를 손질하라고 시키면 그들은 대부분 부엌으로 도망가거나 그냥 잠을 자 버리는 경우가 많았다. 농부의 딸들은 집 안에 두고 그들의 행실을 엄하게 관리해야 한다는 게 뿔헤리야 이바노브나의 지론이었다. 하지만 몇 달을 주기로 처녀 중에 누군가는 꼭 배가 평소보다 불뚝 올라오기 마련인지라 그녀는 깜짝 놀라지 않을 수 없었다. 더 놀라운 것은 항상 쿨쿨 잠을 자지 않으면 뭔가를 먹고 있는, 맨발에 짧은 회색 연미복 상의를 입고 다니는 심부름하는 소년 외에는 집 안에 장가를 안 든 남자라고는 아무도 없었다는 사실이었다. 뿔헤리야 이바노브나는 앞으로 그런 일이 절대로 없도록 항상 죄 지은 처녀를 야단치고 엄하게 벌했다. 창유리 위에는 섬뜩한 수의 파리 떼가 무리를 지어 앵앵거리고 있었고 그 소리는 땅벌 한 마리가 내는 굵은 웅웅 소리에 덮였다가 이따금 말벌 떼의 요란한 윙윙 소리가 거기에 더해지기도 했다. 이 곤충 떼거리들은 촛불을 켜는 순간 한꺼번에 잠자리를 찾아 나서면서 천장을 온통 시커먼 먹구름처럼 덮어 버렸다.

이따금 풀을 베거나 곡물을 수확하는 곳에 들러 작업하는 것을 꽤 주의 깊게 살펴보는 일도 있었지만 아파나시 이바노비치는 영지의 살림살이에는 거의 관여하지 않았다. 영지관리의 모든 짐이 뿔헤리야 이바노브나의 몫이었다. 끊임없이 광문을 여닫고 엄청난 양의 과일과 야채를 절이고, 말리고, 잼을 만들고 하는 것이 뿔헤리야 이바노브나의 집안일이었다. 그녀는 집을 흡사 무슨 화학실험실처럼 만들어 놓았다. 사과나무 아래에는 모닥불이 꺼지는 적이 없었고 꿀, 설탕 말고도 별의별 것으로 다 만든 잼, 푸딩, 강정이 담긴 솥이나 청동대야가 철제 삼각받침대에서 내려온 적이 결코 없었다. 다른 나무 아래에서는 구리 증류기에 복숭아 잎, 체리꽃, 수레국화, 버찌씨를 넣고 보드카를 증류하는 마부를 언제나 볼 수 있었다. 이 과정이 끝나갈 무렵이면 그는 혀를 제대로 돌리지도 못하는 상태가 되어 한 마디도 알아먹을 수 없는 말도 안 되는 소리를 지껄여 대다가 부엌으로 잠을 자러 가는 것이었다. 뿔헤리야 이바노브나는 저장용으로 남겨 두기 위해서 언제나 필요한 것보다 많이 준비하는 것을 좋아했기 때문에 이 모든 것이 엄청난 양으로 조려지고, 절여지고, 말려졌다. 만약에 하녀들이 광으로 몰래 숨어들어가서 나중에 온종일 끙끙 앓는 소리를 하면서 배앓이를 호소할 정도로 엄청난 양으로 배를 채워서 그 절반 정도를 없애지 않았다면 온 마당이 그것들로 넘쳐 버렸을 것이다.

농사일 그리고 안마당 밖에서 벌어지는 영지 살림에 대해서는 뿔헤리야 이바노브나가 참견할 여지가 별로 없었다. 마름이 촌장과 작당하여 지독한 방법으로 도둑질을 하고 있었다. 그들은 주인의 숲에 마음대로 들어가 썰매를 잔뜩 만들어서는 가까운 장에 갖다 팔곤 했다. 그뿐 아니라 가장 굵은 참나무들은 방앗간을 지으려는 이웃의 까자크인들에게 벌채용으로 송두리째 팔아 버리기까지 했다. 딱 한 번 뿔헤리야 이바노브나가 자신이 소유한 산림을 시찰하러 나선 적이 있었다. 그 때문에 거대한 가죽 덮개가 달린 경사륜마차를 준비했다. 마부가 채찍을 휘두르고 경찰서에서도 일을 하는 말들이 자리에서 움직이기 시작하자마자 공기 중에는 갑자기 플루트 소리, 방울 달린 손북 소리, 큰북 소리가 섞인 것 같은 이상한 소리가 울려 퍼졌다. 마차의 못과 쇠꺾쇠들이 모조리 소리를 내지르는 통에 족히 이 킬로미터(베르스따는 미터법 시행 이전 러시아의 거리단위로 1킬로미터를 조금 넘는다. 편의상 본문에서는 킬로미터로 통일했다.) 거리에 있는 방앗간 근처에서도 마님께서 마차를 타고 안마당을 떠나는 소리를 들을 수 있었다. 처참한 몰골이 돼버린 숲과 그녀가 어릴 적에도 수백 살은 먹었던 것으로 기억하는 참나무들이 사라져 버렸다는 사실을 뿔헤리야 이바노브나는 눈치 채지 않을 수 없었다.

"니치뽀르, 어쩌다가," 그녀는 어디선가 금세 모습을 드러낸 마름을 향해서 말했다. "참나무 숲이 이렇게 듬성듬성해진 거지? 이러다가 자네 머리털도 얼마 남지 않겠어."

"왜 듬성듬성하냐굽쇼?" 마름은 평소와 다름없는 말투로 대답했다. "홀랑 망가져 버린 겁니다! 완전히 망쳐 버린 걸 어쩌겠습니까. 벼락을 맞거나 벌레들이 파먹어서 그런 겁니다요. 다 망가졌어요, 마님. 홀랑 망가진 거예요."

뿔헤리야 이바노브나는 이런 대답에 흡족해서 집으로 돌아와서는 정원의 스페인 벚나무들과 거대한 겨울배나무 옆에 경비를 두 배로 늘리라는 지시만 내렸다.

마름과 촌장, 이 믿음직한 두 관리인은 밀가루를 모두 주인집 창고에 운반해 놓을 필요성을 전혀 느끼지 못했고 주인에게는 절반만 있어도 충분할 것이라 여겼다. 그뿐 아니라 그 절반마저도 장에 가져갔다가 곰팡이가 피었거나 습기가 찼다는 이유로 팔지 못한 것을 가져다 놓았다. 하지만 아무리 마름과 촌장이 약탈을 해도, 하녀장을 위시하여 엄청난 양의 자두와 사과를 절단을 내고 그도 모자라서 제 주둥이로 과일나무들을 흔들어서 열매들이 우수수 떨어지게 하는 돼지들까지 온 집안 사람들이 먹을 것을 축내도, 참새들과 까마귀들이 열매들을 쪼아 먹어도, 하인들이 이웃 마을에 사는 자기 대부들한테 과자를 퍼 나르고, 심지어는 창고에서 오래 묵은 옷감과 실 뭉치를 만물의 근원, 그러니까 술집에 갖다 바쳐도, 손님들과 무기력한 마부들과 하인들이 아무리 도둑질을 해도, 풍요로운 대지가 제공해 주는 생산량이 엄청난 데다 정작 아파나시 이바노비치와 뿔헤리야 이바노브나에게 필요한 것은 얼마 되지 않았기 때문에 이러한 천인공노할 약탈들이 그들의 살림살이에서는 별로 크게 눈에 띄지 않았다.

노부부는 구시대 지주들의 오랜 습관대로 먹는 것을 굉장히 즐겼다. 새벽 동이 트고 (그들은 언제나 일찍 자리에서 일어났다.) 집 안의 문짝들이 불협화음의 음악회를 열기 시작할 때면 부부는 벌써 식탁에 앉아서 커피를 마시고 있었다. 커피를 실컷 마시고 나면 아파나시 이바노비치는 현관방으로 나가서는 손수건을 흔들면서 거위들에게 "휘이, 휘이! 계단에서 내려가, 인석들아!" 하고 소리쳤다. 마당에 나가면 으레 마름과 마주쳤다. 그럼 대개는 마름과 이야기를 시작하고는 여러 가지 일들에 대해서 꼬치꼬치 캐묻고 잘못된 것을 지적하고 지시를 내리는데 그때 그가 보여주는 농사일에 대한 지식은 입이 떡 벌어질 정도라 신참내기라면 이런 형안의 주인 재산 중에 뭐라도 훔친다는 것은 상상조차도 할 수 없을 정도였다. 하지만 그의 마름은 능청맞기 짝이 없는 자인지라 주인의 마음에 들게 대답하는 법, 아니 어떻게 이 집 안에서 주인 행세를 할 수 있는지를 잘 알고 있었다.

그러고 나면 아파나시 이바노비치는 집 안으로 돌아와 뿔헤리야 이바노브나에게 다가가 이렇게 말하는 것이었다.

"어때요, 뿔헤리야 이바노브나. 뭐라도 간단하게 요기를 할 때가 된 것 같은데요?"

"뭘로 요기를 해야 할까요, 아파나시 이바노비치? 훈제 돼지비계를 얹은 비스킷이나 양귀비씨를 뿌린 작은 파이, 아니면 붉은젖버섯 절임은 어떨까요?"

"버섯 절임이나 작은 파이가 좋겠어요." 아파나시 이바노비치가 이렇게 대답을 하면 순식간에 식탁 위에 식탁보가 깔리고 파이와 버섯이 차려진다.

점심을 먹기 한 시간 전에 아파나시 이바노비치는 한 차례 더 간식을 먹었는데, 버섯과 여러 가지 말린 생선 등을 안주로 삼아 오래된 은잔에 따른 보드카 한 잔을 마셨다. 정오에는 점심을 먹으러 식탁에 앉았다. 요리와 소스 종지 외에도 식탁 위에는 옛날 요리법으로 만든 맛있는 요리에서 군침 도는 향기가 날아가지 않도록 뚜껑을 반죽으로 꼭 막은 항아리들이 여러 개 놓여 있었다. 점심 식사 중 화제는 으레 요리와 밀접하게 관련된 것이었다.

"내 생각에는 죽에서 좀 탄 맛이 나는 것 같은데, 당신은 안 그런가요, 뿔헤리야 이바노브나?"

"전혀요, 아파나시 이바노비치. 버터를 좀 더 넣어 보세요. 그럼 탄 맛이 안 날 거예요. 아니면 여기 이 버섯소스를 좀 넣어 보세요."

"그럴까요?" 아파나시 이바노비치는 접시를 갖다 대며 말했다. "어디 한 번 맛을 보지요."

점심을 먹고 나서 아파나시 이바노비치는 한 시간 낮잠을 자러 들어갔고 시간이 지나면 뿔헤리야 이바노브나가 수박 썬 것을 가지고 가서는 이렇게 말하는 것이었다.

"자, 맛 좀 보세요, 아파나시 이바노비치. 수박 맛이 정말 좋아요."

"당신, 수박 속이 빨갛다고 다 믿으면 안 돼요, 뿔헤리야 이바노브나. 색깔만 빨갛지 안 익은 게 있거든요."

하지만 수박은 금세 없어졌다. 그러고 나서 아파나시 이바노비치는 배 몇 개를 더 먹어 치우고 뿔헤리야 이바노브나와 함께 정원으로 산책을 나갔다. 산책에서 돌아오면 뿔헤리야 이바노브나는 자기 일을 보러 가고 영감은 마당을 향한 처마 아래 자리를 잡고 광의 문이 쉴 새 없이 여닫히면서 보이는 그 안의 내용물들과 농부의 딸들이 서로를 밀쳐 가며 나무 상자, 격자, 나무쟁반 그리고 온갖 종류의 과일 저장용기에 담긴 온갖 잡동사니 더미를 갖고 들어갔다가 다시 내왔다가 하는 것을 지켜보았다. 잠시 후 그는 뿔헤리야 이바노브나를 모셔오라고 시키거나 직접 그녀를 찾아가서는,

"뭐 먹을 게 없어요, 뿔헤리야 이바노브나?" 하고 물었다.

"뭐가 있을까요? 나무 열매를 넣은 물만두를 당신을 위해서 일부러 남겨 놓으라고 했는데 그걸 가져오라고 시킬까요?"

"그것도 좋죠" 하고 아파나시 이바노비치는 대답했다.

"아니면 푸딩은 어때요?"

"그것도 좋아요. 뭐든 빨리만 대령한다면 다 먹어 치울 수야 있지요."

저녁 식사를 앞두고 아파나시 이바노비치는 뭐든 또 간식을 먹었다. 저녁상은 아홉 시 반에 차려졌다. 식사가 끝나면 곧장 다시 침실로 향하는지라 이 부지런하면서도 평온한 집 안에는 적막강산 같은 고요함이 찾아온다. 아파나시 이바노비치와 뿔헤리야 이바노브나의 침실(러시아 전통 가옥에는 벽난로 위에 침상이 있다.)은 너무 더워서 다른 사람들은 그 방에서 몇 시간을 버티지 못했다. 하지만 아파나시 이바노비치는 더 뜨끈한 곳을 찾아 난로 위 침상에서 잠을 자기도 했는데, 한밤중에 몇 번은 뜨거운 열기를 식히려고 일어나 방 안을 어슬렁거리곤 했다. 가끔 방 안을 서성거리다가 아파나시 이바노비치는 신음소리를 내기도 했는데 그럴 때면 뿔헤리야 이바노브나는 말했다.

"아파나시 이바노비치, 당신 왜 끙끙대고 있어요?"

"나도 몰라요, 뿔헤리야 이바노브나. 그냥 배가 조금 아픈 것 같은데요."

"뭘 좀 먹으면 낫지 않을까요, 아파나시 이바노비치?"

"그럴지도 모르겠어요, 뿔헤리야 이바노브나! 그런데 먹을 만한 게 뭐가 있지요?"

"신 우유나 말린 배 묽게 끓인 것을 먹어 보는 건 어떻겠어요?"

"그것밖에 없다면 그거라도 먹어 보도록 하지요."

졸린 눈을 한 하녀를 찬장을 뒤지도록 보내서 음식 한 접시를 먹어 치운 후에 아파나시 이바노비치는 이렇게 말하는 것이었다.

"이제 좀 괜찮아진 것 같아요."

날씨가 화창하고 집 안에 난방이 잘 돼서 따뜻한 날이면 아파나시 이바노비치는 가끔 마음이 유쾌해져서는 뿔헤리야 이바노브나를 놀려 주려고 엉뚱한 소리를 늘어놓곤 했다.

"뿔헤리야 이바노브나, 만약에 우리 집이 홀랑 다 타 버리면 우리는 어디 가서 살지요?"

"하나님 맙소사!"

"우리 집이 다 타 버렸다고 생각해 보라구요. 그땐 우리 어디로 가야 할까요?"

"하나님께서 당신이 그런 터무니없는 말을 하는 걸 다 보고 계시다구요! 어떻게 집이 홀랑 타 버릴 수가 있어요. 하나님이 그냥 보고 계실 리가 없어요."

"그래도 혹시라도 그렇게 된다면 말이에요."

"뭐 그럼 부엌에 가서 살면 되지 않아요. 한동안 하녀장의 방을 쓰면 되지요."

"부엌도 타 버리면요?"

"갈수록 태산이군요! 집과 부엌이 한꺼번에 홀랑 다 타 버리도록 하나님이 그냥 두고 보실 것 같아요! 아이고, 그럼 새

집을 지을 동안 광에 가서 살면 되지 않아요."

"광도 타 버렸으면 어떻게 할 생각이에요?"

"하나님이 무섭지도 않아요? 당신 말 더 이상 듣지 않겠어요! 그런 말을 늘어놓는 건 죄를 짓는 거예요. 하나님이 들으시면 벌을 내리실 거예요."

하지만 아파나시 이바노비치는 뿔헤리야 이바노브나를 골려 준 것이 흐뭇한 나머지 의자에 앉아서 미소를 짓는 것이었다.

헌데 무엇보다 흥미로운 것은 노부부의 집에 손님이 왔을 때였다. 그런 때면 집 안의 모든 것이 달라졌다. 이 선량한 사람들은 손님을 접대하기 위해서 산다고 해도 과언이 아니었다. 노부부는 집 안에 있는 것 중 최고급의 것들을 손님에게 내왔다. 영지에서 생산되는 모든 것을 당신에게 대접하기 위해서 내오는 것이었다. 하지만 무엇보다 마음에 든 것은 그들의 환대에 어떠한 위선도 느낄 수 없었다는 점이었다. 이런 친절과 환대가 그들의 얼굴 위에 온화하게 드러났고 너무나도 어울려서 어쩔 수 없이 그들의 말을 따르게 되는 것이었다. 그것들은 선하고 흑심 없는 영혼의 청결함과 순수함의 결과였다. 이 친절은 당신의 노력 덕분에 출세를 해서 당신을 은인이라고 부르며 당신 발 옆에서 기어 다니는 관청의 관리들이 당신에게 음식을 대접할 때 보이는 것과는 완전히 다르다. 손님은 이 집을 찾은 당일에는 결코 그 집을 떠날 수 없었다. 하룻밤은 반드시 묵고 가는 수밖에 없었다.

"이렇게 늦은 시간에 그렇게 먼 길을 어찌 가려고 그러세요!" 뿔헤리야 이바노브나는 항상 이렇게 말했다. (그들을 찾는 손님들은 으레 영지로부터 삼사 킬로미터 떨어진 곳에 사는 경우가 많았다.)

"맞습니다." 아파나시 이바노비치가 거들었다. "무슨 일이 생길지 아무도 모르는 법이죠. 강도 떼를 만날 수도 있고 다른 봉변을 당할 수도 있구요."

"하나님께서 강도들에게서 지켜 주시기를!" 뿔헤리야 이바노브나가 말했다. "그리고 이 밤에 그런 이야기를 하시다니. 강도든 강도가 아니든 시간이 늦었으니 아무 데도 가시면 안 돼요. 당신의 마부, 그 사람은 제가 잘 알죠. 그 사람은 유약한데다가 키도 작아서 기운 센 여자한테 얻어맞기 십상이죠. 게다가 그 사람은 지금쯤 어디선가 코가 비뚤어지도록 술에 취해서 자고 있을 거예요."

그러니 손님은 언제나 그들의 집에서 하룻밤을 묵는 수밖에 없었다. 하지만 천장이 낮은 따뜻한 방 안에서 정성스럽고 마음을 푸근하게 해 주는 동시에 자장가 같은 이야기들, 식탁 위에 놓인 한결같이 영양가 듬뿍하고 훌륭하게 조리된 음식들에서 올라오는 김은 손님에게 주어지는 상과도 같았다. 나는 지금도 아파나시 이바노비치가 잔뜩 등을 구부린 채 의자에 앉아서 예의 미소 띤 얼굴로 손님의 말을 주의 깊게, 흐뭇한 표정으로 듣고 있는 모습이 눈앞에 선하다! 정치 이야기로 화제가 넘어가는 적도 종종 있었다. 자신의 마을을 떠나는 적이 거의 없던 손님이 진지하고 뭔가 음모를 꾸미는 듯한 표정을 하고서 프랑스가 영국과 작당하여 러시아에 다시 나폴레옹을 보내려고 한다는 자신의 추측을 늘어놓거나 아니면 그냥 임박한 전쟁에 대해 이야기하고 있노라면 아파나시 이바노비치는 짐짓 뿔헤리야 이바노브나 쪽은 보지 않은 채 이렇게 말했다.

"나도 직접 전쟁터로 갈까 생각 중이랍니다. 나라고 전쟁에 나가지 말란 법은 없으니까요."

"또 시작인가요!" 뿔헤리야 이바노브나가 끼어들었다. "이 사람 말은 믿지 마세요." 그녀는 손님 쪽을 향해 말했다. "이렇게 나이가 들어서 무슨 전쟁에 나가겠어요! 처음 적군을 만나자마자 그가 쏜 총알에 쓰러지고 말걸요! 틀림없어요! 이렇게 조준을 해서 이이한테 총을 쏠 거라구요."

"그러면야" 하고 아파나시 이바노비치가 말했다. "나도 총을 쏘면 되지요."

"이 사람이 무슨 소리를 하는지 한번 들어보세요." 뿔헤리야 이바노브나가 말을 낚아챘다. "저 사람이 무슨 전쟁에 나가겠어요! 총도 녹슬어 버려서 광에 가져다 놓았답니다. 직접 보셨어야 해요. 그런 총으로 적을 쏘려 들면 총알이 나가기 전에 화약이 폭발해 버릴 것이 틀림없어요. 그럼 팔이 잘리고 얼굴은 병신이 되고 죽을 때까지 고통받을 거 아니겠어요!"

"그렇다면야" 하고 아파나시 이바노비치가 대꾸했다. "새로운 무기를 장만해야겠구랴. 군도나 까자크 창을 사야겠어요."

"이건 다 얼토당토않은 얘기랍니다. 머리에 떠오르는 대로 늘어놓는 것에 지나지 않아요." 뿔헤리야 이바노브나는 한탄스레 말을 이었다. "저 사람이 농담을 한다는 건 알지만 그래도 그런 말을 듣는 건 기분이 좋지 않아요. 저런 말을 항상 늘어놓으니 듣고 있다 보면 오싹 소름이 끼치지 뭐예요."

하지만 아파나시 이바노비치는 아내 뿔헤리야 이바노브나를 살짝 놀려 준 것이 재미나서 자기 의자에 등을 구부리고 앉아 껄껄 웃어 대는 것이었다.

뿔헤리야 이바노브나가 손님에게 안주를 권할 때 모습은 정말이지 큰 구경거리였다.

"여기 이건 톱풀과 사루비아를 담가서 우려 낸 보드카랍니다. 어깨나 허리가 아픈 사람한테 무척 좋아요. 여기 이건 수레국화를 우려 낸 거구요. 귓속이 울리고 얼굴에 버짐이 필 때 먹으면 좋아요. 그리고 여기 이건 복숭아씨 우린 걸 증류한 건데, 어서 한잔 드셔 보세요. 향기가 정말 좋지요. 침대에서 일어나다가 실수로 장롱이나 책상에 머리를 받히면 이마에 혹이 나잖아요. 그럴 때 식전에 이걸 한잔 마시면 바로 언제 아팠냐는 듯이 나아 버린다니까요."

그러고 나면 으레 어떤 약 효과가 있기 마련인 다른 병들을 설명하기 시작했다. 자신의 약방에 대한 얘기로 손님의 머리를 무겁게 한 후에 그녀는 손님을 접시들이 한상 차려진 곳으로 데리고 갔다.

"여기 이건 백리향을 얹은 버섯이에요! 이건 카네이션과 호두를 뿌린 거구! 아직 우리나라에 터키인 포로들이 있었을 때 한 터키 아가씨가 소금에 절이는 법을 가르쳐 줬지 뭐예요. 얼마나 착하고 얌전한 처자였는지, 터키 신앙 같은 것을 전도하거나 하지도 않았어요. 자기네 법으로 먹는 게 금지된 돼지고기를 입에 대지 않는 것만 빼면 꼭 우리 처자들 같았지요. 여기 이건 까치밥나무 잎과 육두구를 뿌린 버섯이랍니다! 그리고 여기 이건 큰 카네이션인데 처음으로 식초에 달여 본 거라서 어떤 맛이 날지 나도 모르겠어요. 요리법을 이반 신부님한테서 배웠지요. 작은 통에 맨 먼저 참나무 잎을 깔고 나서 후춧가루와 초석을 뿌린 후에 알프스민들레 꽃이 있으면 그 꽃을 따서 꼭지가 위로 가게 넓게 깔면 돼요. 여기 이건 작은 파이예요! 이건 치즈가 든 거! 이건 양젖치즈가 든 거! 그리고 여기 이건 아파나시 이바노비치가 아주 좋아하는 양배추와 메밀죽이 든 거랍니다."

"맞습니다." 아파나시 이바노비치가 거들었다. "아주 좋아하죠. 말랑하고 살짝 시큼한 것이 일품입니다."

집 안에 손님이 찾아오면 뿔헤리야 이바노브나는 언제나

활기가 돌았다. 정말 마음씨 좋은 할머니였다! 그녀는 손님들에게 온 정성을 쏟았다. 나는 노부부를 즐겨 방문했고, 그 집을 방문한 누구나 그랬듯이 엄청난 양의 식사를 했고 그것이 내 몸에 해로운 것을 알았지만 그들을 방문하는 것이 언제나 즐거웠다. 때로는 소러시아의 공기 자체가 다른 곳과는 달리 소화를 도와주는 무슨 성분이 포함된 것은 아닌가 하는 생각을 할 때도 있다. 만약에 이곳에서 누군가 그런 식으로 폭식을 한다면 그는 틀림없이 침대가 아니라 식탁 위에서 쓰러질 것이기 때문이다.

아, 나의 사랑스러운 노인네들! 하지만 이제 내 이야기는 바야흐로 이 평화로운 곳의 삶을 영원히 바꿔 놓은 슬프기 그지없는 사건으로 넘어간다. 이 사건은 정말 사소하기 짝이 없는 사건에서 시작됐기 때문에 더욱 놀라울 수밖에 없었다. 하지만 세상만사가 그렇듯이 미미한 발단에서 위대한 사건들이 태어나고 그 반대로 위대한 기획들은 보잘것없는 결과로 귀결되기 마련이다. 어떤 정복자가 나라의 모든 힘을 한 데 모아서 몇 년 간의 전쟁을 벌이고 그의 장군들이 빛나는 공을 세워서 마침내 얻은 것이 감자조차 심을 수 없는 손바닥만한 땅덩이였다든가, 때로는 반대로 두 도시의 소시지 장수 두 명이 시시껄렁한 이유로 서로 다투다가 이 다툼이 마침내 도시로, 이어서 마을과 촌락들로, 결국에는 나라 전체로 번지기도 하는 것이다. 하지만 그들이 우리한테 올 리는 만무하니 이런 고민들은 하지 않아도 좋다. 하물며 고민이란 것은 결국 고민에 지나지 않기 때문에 나는 고민을 좋아하지 않는다.

뿔헤리야 이바노브나에게는 항상 몸을 둥글게 말고서 여주인의 발치에 누워 있는 회색 암고양이가 한 마리 있었다. 뿔헤리야 이바노브나는 이따금씩 고양이를 쓰다듬어 주면서 고양이가 애교를 부리며 길게 늘인 목을 한 손가락으로 긁어 주곤 했다. 뿔헤리야 이바노브나가 고양이를 애지중지했다고는 할 수 없었지만 항상 눈앞을 떠나지 않는 녀석에게 길이 든 나머지 상당한 애착을 느끼고 있었다. 아파나시 이바노비치는 그런 그녀의 애착에 대해 자주 놀리곤 했다.

"뿔헤리야 이바노브나, 나는 당신이 왜 고양이를 좋아하는 건지 알다가도 모르겠어요. 고양이가 뭐에 쓸모가 있나요? 개라면 또 얘기가 다르지요. 개는 사냥에라도 데리고 갈 수 있지만, 고양이는 아무 데도 쓸모가 없는 것 같아요."

"그만 하세요, 아파나시 이바노비치." 뿔헤리야 이바노브나가 말했다. "괜한 말을 하지 마세요. 개란 동물은 청결이란 모르고, 온 사방에 오줌을 갈겨 놓지 않으면 집 안을 엉망으로 만들어 놓잖아요. 하지만 고양이는 얌전한 동물이라서 아무한테도 해를 끼치지 않아요."

하기는 아파나시 이바노비치는 고양이든 개든 아무런 상관이 없었다. 말을 꺼낸 것은 그저 아내 뿔헤리야 이바노브나를 놀려 주려는 마음이 들었기 때문이었다.

부부의 과수원 뒤로는 수완 좋은 마름조차 도끼 소리가 뿔헤리야 이바노브나의 귀까지 닿을까 우려해서 손을 대지 못한 울창한 숲이 있었다. 숲은 사람의 손길이 닿지 않아 초목이 무성했고 고목의 나뭇가지들은 잎이 무성한 개암나무로 뒤덮여서 털이 북실북실한 비둘기 발처럼 보였다. 이 숲에 들고양이들이 살고 있었다. 숲에 사는 들고양이들을 도시의 건물 지붕 위를 뛰어다니는 당돌한 녀석들과 혼동해서는 안된다. 도시의 녀석들은 본디 성품은 거칠지만 숲 고양이들보다 훨씬 교양이 있었다. 그와 반대로 이곳의 고양이들은 대개의 경우 야생성을 지닌 음침한 족속이었다. 언제나 비쩍 마른 몸으로 돌아다니며 거칠고 가다듬지 않은 목소리로 울어 댔다. 그들은 이따금 창고 바로 아래로 나 있는 지하통로를 이용해서 훈제 돼지비계를 훔치기도 했고 요리사가 수풀 사이로 볼일을 보러 가는 틈을 타 열린 창으로 갑자기 뛰어들어 부엌에 들어오기까지 했다. 한마디로 그들은 고상한 기품하고는 거리가 멀었고 산 짐승을 잡아먹으며 참새 둥지에 뛰어올라가 그 자리에서 새끼들의 숨통을 끊어 놓곤 했다. 바로 이런 고양이들이 창고 아래 구멍을 통해 뿔헤리야 이바노브나의 고양이와 서로 냄새를 맡다가 마침내 집고양이를 유혹하는 데 성공한 것이었다. 마치 한 무리의 군인들이 어리석은 농노의 딸을 꾀어내듯이 말이다. 고양이가 없어진 것을 알아챈 뿔헤리야 이바노브나는 사람들을 보내 찾게 했지만 고양이는 나타나지 않았다. 사흘이 지났다. 뿔헤리야 이바노브나는 슬퍼하다가, 마침내 고양이에 대해서 까맣게 잊고 말았다. 하루는 텃밭을 살펴보고 아파나시 이바노비치를 위해 직접 손으로 딴 파릇하고 싱싱한 오이를 들고 돌아오는 길에 너무나도 처량한 고양이의 울음소리가 그녀의 귀에 들려왔다. 그녀는 본능처럼 "나비야, 나비야!" 하고 불렀고 갑자기 수풀 속에서 그녀의 회색 고양이가 피골이 상접한 모습으로 뛰쳐나왔다. 며칠 동안 아무것도 먹지 못했음이 틀림없었다. 뿔헤리야 이바노브나는 계속 고양이를 불렀지만, 고양이는 그녀 앞에 서서 야옹야옹 울기만 할 뿐 가까이 오려 하지 않았다. 집을 나간 이후로 완전히 야생화돼 버린 것을 알 수 있었다. 뿔헤리야 이바노브나는 앞으로 걸음을 떼어 놓으며 계속 고양이를 불렀고 고양이는 울타리까지 그녀의 뒤를 조심스럽게 따라왔다. 마침내 과거의, 익숙한 장소를 눈으로 보고는 방까지 들어왔다. 뿔헤리야 이바노브나는 당장 우유와 고기를 가져오도록 명을 내렸고 헐레벌떡 고기를 집어삼키며 우유를 핥아먹는 불쌍한 고양이를 넋을 잃고 쳐다보았다. 뿔헤리야 이바노브나가 손을 뻗어 고양이를 쓰다듬어 주려는 순간 이 배은망덕한 고양이는, 야생 고양이들과 너무 친해져서인지 아니면 사랑한다면 가난도 무섭지 않으며 고양이들은 굶어도 도도하다라는 낭만주의 법칙을 몸에 익힌 것인지 모르지만, 이유가 어쨌거나 창문을 뛰어넘어 도망갔고 하인들은 그를 따라잡지 못했다.

늙은 여주인은 골똘히 생각에 잠겼다. "죽음의 신이 나를 데리러 온 것이다!" 그녀는 이렇게 혼잣말을 했고 아무도 그녀의 이런 확신을 흔들지 못했다. 그녀는 온종일 울적하게 앉아 있었다. 아파나시 이바노비치는 농담을 하며 왜 아내가 갑자기 그렇게 풀이 죽었는지를 알아내려고 했지만 헛수고였다. 뿔헤리야 이바노브나는 대답이 없거나 아니면 아파나시 이바노비치로서는 알 수 없는 말로 전혀 뚱딴지 같은 대답을 했다. 하룻밤 사이 그녀는 눈에 띄게 수척해졌다.

"당신 무슨 일이 있는 거예요, 뿔헤리야 이바노브나? 어디 아프기라도 한 건 아니겠지요?"

"아픈 게 아니에요, 아파나시 이바노비치! 중요한 이야기를 당신께 해 드려야겠어요. 나는 이번 여름에 죽고 말 거예요. 죽음이 이미 나를 데리러 왔었어요!"

아파나시 이바노비치의 입은 마치 고통을 표현하듯이 일그러졌다. 하지만 그는 이 우울한 기분을 마음속에서 이겨 내려고 결심한 후 얼굴에 미소를 띠고 말했다.

"당신이 도대체 무슨 말을 하는지 모르겠어요, 뿔헤리야 이바노브나! 평소에 마시던 약초즙 대신에 복숭아 주스를 마신 게 틀림없어요."

"아니, 아파나시 이바노비치. 복숭아 주스를 마신 게 아니에요."

다음 순간 아파나시 이바노비치는 뿔헤리야 이바노브나에게 농담을 한 것이 후회스러워졌고 아내를 바라보는 그의 속눈썹에 눈물이 방울방울 맺혔다.

"아파나시 이바노비치, 제 부탁을 들어주세요." 뿔헤리야 이바노브나가 말했다. "내가 죽거들랑 나를 교회 담장 옆에 묻어 줘요. 갈색 밑단에 잔 꽃무늬가 있는 회색 드레스를 입혀 주세요. 갈색 밑단을 따라 자잘한 꽃무늬가 있는 것 말이에요. 진홍 줄무늬가 있는 공단 드레스는 안 돼요. 죽은 사람한테 그런 옷은 필요 없으니까요. 죽어서 그걸 뭐에 쓰겠어요? 하지만 당신한테는 쓸모가 있을 거예요. 그걸로 손님이 올 경우를 대비해서 예복을 만들도록 하세요. 그럴 듯한 모습으로 손님을 맞을 수 있게요."

"뿔헤리야 이바노브나, 도대체 무슨 말을 하는 거예요!" 아파나시 이바노비치가 말했다. "사람은 언젠가는 다 죽게 마련이지만, 당신은 왜 벌써 그런 무서운 말을 하는 거예요."

"아뇨, 아파나시 이바노비치. 저는 제가 언제 죽을지 벌써 알고 있어요. 하지만 저 때문에 슬퍼하지는 마세요. 나는 벌써 늙었고 살 만큼 살았어요. 당신도 나이가 늙었으니 곧 저 세상에서 만날 수 있을 거예요."

아파나시 이바노비치는 어린아이처럼 큰소리로 울었다.

"우는 것은 죄예요, 아파나시 이바노비치! 자신의 슬픔으로 죄를 짓고 신을 노엽게 하지 마세요. 나는 죽는 것이 슬프지 않아요. 내가 슬픈 이유는 단 하나랍니다. (무거운 한숨이 그녀의 말을 잠시 끊어 놓았다.) 내가 죽으면 당신을 누구한 테 부탁할지, 누가 당신을 돌봐 줄지 그것 하나만이 슬플 뿐 이에요. 당신은 어린아이 같아서 말이에요. 당신을 잘 보살 펴 줄 수 있는 사람이 당신을 사랑해 주어야 해요."

이렇게 말하는 그녀의 얼굴에 너무나도 깊고, 가슴이 찢어 질 듯한 연민의 표정이 나타나는지라 그 순간의 그녀를 무심 하게 바라볼 수 있는 사람은 세상에 없을 것 같았다.

"잘 듣거라, 야브도하." 그녀는 일부러 대령시켜 놓은 하녀 장을 향해 말했다. "내가 죽으면 네 자식한테 하듯이 나으리 를 보살펴 드리고 아껴 드려야 한다. 부엌에서 나으리께서 좋 아하는 음식을 준비하도록 꼭 확인하고 나으리께 항상 깨끗 한 내복과 옷을 내드려야 해. 집에 손님이 오시면 나으리께 말끔한 옷을 준비해 드려라. 그렇지 않았다가는 요사이 나으 리가 정신이 없으셔서 언제가 휴일인지 언제가 평일인지 분 간을 못하시고 낡은 가운을 입고 나가실 거란 말이다. 나으리 한테서 눈을 떼면 안 돼, 야브도하. 저세상에서 내가 너를 위 해서 기도를 드릴 테니 하나님께서 네게 상을 주실 게다. 절 대 잊지 말거라, 야브도하. 자네도 이미 늙어서 살 날이 얼마 남지 않았으니 가슴에 죄를 얹지 말아라. 나으리를 제대로 보 필하지 않으면 절대로 행복하지 못할 게야. 내가 직접 하나님 께 애원해서 자네가 고이 죽지 못하게 할 게야. 자네도 불행해지고, 자네 아이들도 불행해지고, 자네 혈통 전부가 하나님의 은혜를 받지 못하게 할 거야."

아, 가엾은 노파여! 그 순간 그녀가 생각한 것은 그녀를 기다리는 운명의 순간도, 자신의 영혼도, 저세상에서의 삶에 대한 것도 아니었다. 그녀 머릿속은 평생을 함께해 온, 그리고 이제 천애 고아처럼 세상에 혼자 남겨 두고 떠나야 하는 불쌍한 남편에 대한 생각으로 가득 차 있었다. 그녀는 평소와는 달리 민첩하게 이것저것 지시를 해 놓아서 그녀가 죽은 뒤에도 아파나시 이바노비치가 그녀의 부재를 느끼지 못하도록 애를 썼다.

머지않은 자신의 죽음에 대한 그녀의 확신은 너무나도 확고했고 마음의 준비를 한 때문인지 그로부터 며칠 후 그녀는 정말 병석에 눕게 되었고 아무것도 더 이상 입에 대지 못했다. 아파나시 이바노비치는 완전히 그녀에게 집중해서 그녀의 머리맡을 떠나지 않았다. "혹시 뭐라도 들겠어요, 뿔헤리야 이바노브나?" 그는 걱정스럽게 그녀의 눈을 쳐다보며 말했다. 하지만 뿔헤리야 이바노브나는 아무 말도 하지 않았다. 마침내 오랜 침묵의 시간이 지난 후 마치 무슨 말을 하려는 듯이 그녀가 입술을 움직였을 때 마지막 숨이 달아나 버렸다.

아파나시 이바노비치는 완전히 넋이 나가 버렸다. 그는 너무나 충격을 받은 나머지 소리 내어 울 수조차 없었다. 그는 자기 앞에 놓인 시체가 무엇을 의미하는지 이해하지 못한 사람처럼 멍한 눈으로 그녀를 보고 있었다.

고인의 시신은 식탁 위로 옮겨져 그녀가 원한 바로 그 드레스로 갈아입혀졌다. 그리고 양손을 가슴 위에 엇갈리게 겹쳐 놓은 뒤 두 손에 밀랍초를 쥐어 주었다. 이 모든 절차를 그는 무덤덤하게 지켜보았다. 온갖 칭호를 가진 사람들이 마당을 가득 메웠고 수많은 문상객들이 장례식에 참석했으며 마당에는 긴 식탁을 차려 놓았다. 꿀죽, 과실주, 파이로 식탁이 가득 메워졌다. 문상객들은 이야기를 하고, 눈물을 흘리고, 고인의 얼굴을 들여다보고, 고인의 생전 성품에 대해 말을 나누고 그를 힐끔힐끔 쳐다보았지만 그는 이 모든 것을 이상하다는 듯 관망하고 있었다. 마침내 입관식이 시작되어 사람들의 행렬이 그 뒤를 이었고 그는 죽은 아내의 뒤를 따라 걸었다. 사제들은 법복을 완전히 갖추고 있었고 해가 쨍쨍 내리쬐었으며 갓난아이들은 어머니의 팔에 안겨 울었다. 종달새들이 지저귀는 길에는 남방을 입은 아이들이 뛰어다니며 장난을 쳤다. 마침내 관이 구덩이 위에 놓여졌고 마지막으로 아내에게 입을 맞추라고 말했다. 다가가 입을 맞추는 그의 눈에는 눈물이 맺혔다. 하지만 그것은 감정이 메마른 눈물이었다. 관을 아래로 내리자 사제는 삽을 들어 제일 먼저 흙 한 움큼을 던져 넣었고 보좌신부와 두 명의 교회 일꾼이 굵고 느린 합창으로 깨끗하고 구름 한 점 없는 하늘 아래서 고인에 대한 기도를 노래했고 일꾼들은 삽질을 시작하여 벌써 구덩이를 흙으로 메우고 땅을 평평하게 골랐다. 이때 그가 앞으로 밀치고 나왔다. 사람들이 그에게 자리를 만들어 주려고 양쪽으로 비켜서면서 그가 무엇을 하려고 하는지 지켜봤다. 그는 눈을 하늘로 들더니 멍한 표정으로 말했다. "당신들이 벌써 내 아내를 매장시켜 버렸군! 도대체 왜?!" 그는 중도에서 말을 멈추더니 끝내지 못했다.

그러나 집으로 돌아와 텅 빈 방과 심지어 뿔헤리야 이바노브나가 앉았던 의자마저 어디론가 치워진 것을 보고는 그만 대성통곡을 하는 것이었다. 어느 누구도 우는 그를 달랠 수 없었고 눈물은 그의 흐리멍덩한 두 눈에서 강물처럼 흘러내렸다.

그 일이 있은 지 오 년의 세월이 흘렀다. 시간이 약이란 말이 있지 않은가? 시간과의 불공평한 전투에서 생존할 수 있는 열정이 과연 있을까? 나는 진실한 고결함과 장점들로 가득 찬 혈기 넘치는 한 젊은이를 알았다. 그는 당시 부드럽고, 열정적이며, 광적이며, 대담하며, 소박하게 사랑에 빠져 있었다. 그런데 어느 날 그러니까 거의 내 눈앞에서 천사처럼 아름답고 부드러운 그의 정열의 대상이 불운한 죽음을 맞이했던 것이다. 그때 이 불행한 연인이 보인 심적 고통의 무시무시한 발작, 광적으로 타오르는 슬픔, 사람을 피폐하게 만드는 절망 같은 것을 나는 이전에 본 적이 없었다. 그림자도, 형상도, 어떤 의미에서든 희망과 유사한 그 어떤 것도 없는 그런 지옥을 인간이 자신에게 만들 수 있다고는 한 번도 생각한 적이 없었다……. 사람들은 그를 눈앞에서 놓치지 않으려고 노력했다. 그의 눈앞에서 그가 자신을 죽음으로 몰아갈 수 있는 모든 무기가 숨겨졌다. 이 주일이 지난 후 그는 불현듯 자신을 극복한 듯 웃고 농담을 하기 시작했다. 그래서 사람들이 그에게 자유를 주자 그가 그 자유를 사용한 곳은 권총을 사는 일이었다. 어느 날 돌연 울려 퍼진 총성이 그의 가족을 공포로 몰고 갔다. 그들이 방으로 달려 들어갔을 때 그들은 머리통이 박살이 난 채 대자로 누워 있는 그를 발견했다. 때마침 그 자리에 있던 뛰어날 의술로 명성이 자자하던 의사는 그에게 아직 생명의 징후가 남아 있으며 상처가 치명적이지 않다고 했다. 놀랍게도 그의 상처는 완치되었고 그 후 그에 대한 감시는 두 배로 강화되었다. 식사를 할 때조차 그 옆에는 나이프를 놓아 두지 않았으며 그가 집어 들어 자해를 할 수 있는 모든 것이 그의 눈앞에서 치워졌다. 하지만 얼마 가지 않아 그는 새로운 기회를 잡았다. 지나가는 마차 바퀴 아래로 몸을 던진 것이었다. 그는 한 팔과 한 다리를 심하게 다쳤지만 이번에도 완쾌되었다. 그로부터 일 년 후 나는 사람들이 가득 찬 한 살롱에서 그를 보았다. 테이블에 앉아서 카드 한 장을 엎어 놓고는 쾌활하게 "쁘띠 우베르트petite-ouverte"(19세기에 유행한 포커 게임 '보스톤'의 규칙 중 하나)라고 말하는 그의 뒤에는, 젊은 그의 아내가 그가 앉은 의자에 팔꿈치를 기대고 서서 그의 칩을 종류별로 나누고 있었다.

뿔헤리야 이바노브나의 5주기가 다가올 무렵, 나는 고향에 들렀다가 언젠가 즐거운 하루를 보내고 친절한 여주인이 내온 온갖 산해진미를 맛보았던 저택으로, 나의 나이 든 이웃 아파나시 이바노비치의 얼굴을 보기 위해 갔다. 저택이 가까워지자 전보다 몇 배는 낡아 보이는 집과 완전히 옆으로 기운 농가들의 모습이 그 주인들의 운명을 보여주는 것 같았다. 마당 안의 말뚝과 울타리들도 모조리 망가져 있었다. 부엌에서 찬모가 나와 몇 발자국만 더 떼면 손에 닿는 가득 쌓인 마른 나뭇가지들을 마다한 채 울타리의 싸리를 뽑아다가 난로를 때는 것이 내 눈에 들어왔다. 울적한 마음으로 현관 쪽으로 다가가니 이미 눈이 멀거나 다리를 절룩거리는 예의 멍멍이, 누렁이들이 굽슬굽슬하고 우엉 가시가 잔뜩 붙은 꼬리를 위로 꼿꼿이 세우고 짖기 시작했다. 노인이 마중을 나왔다. 바로 그였다! 나는 그를 바로 알아볼 수 있었다. 하지만 그의 등은 예전보다 두 배는 더 굽어 있었다. 그는 나를 알아보고는 지극히 친숙한 그 미소로 나를 환영했다. 그의 뒤를 따라 실내로 들어갔다. 모든 것이 예전과 다름없었지만 그 모든 것에는 어떤 이상한 무질서가, 어떤 부재가 강하게 느껴졌다. 한마디로 한평생을 함께한 짝과 떼어 놓고는 상상할 수 없는 홀아비의 거처에 처음 들어갔을 때 온몸을 휘감는 바로 그런 이상한 느낌을 받았던 것이다. 그것은 언제나 건강했던 사람이 다리를 한 짝 잃고서 당신 앞에 서 있는 것을 볼 때의 기분과 비슷한 것이었다. 모든 것에서 자상한 뿔헤리야 이바노브나의 부재가 느껴졌다. 식탁 위에 놓인 나이프 하나는 손잡이가 없었고 음식들도 예전 같은 정성을 찾아볼 수 없었다. 영지 살림에 대해서는 차마 물어볼 수가 없었고 농장 안팎을 살펴본다는 건 더더욱 엄두가 나지 않았다.

우리가 식탁에 앉자 하녀가 아파나시 이바노비치의 목에 냅킨을 매 주었다. 그렇지 않았더라면 실내가운을 소스로 범벅 칠을 할 뻔한지라 다행이 아닐 수 없었다. 나는 그의 관심을 유도하기 위해 여러 가지 뉴스를 들려주었고 그는 예의 미소로 듣고 있었지만 이따금 그의 시선은 완전한 무감각 그 자체였으며 그의 표정에는 아무 생각도 없는 듯했다. 그는 연신 수저로 죽을 떴지만 수저는 입이 아니라 코로 갔고 닭고기를 겨냥했던 포크는 물병을 찌르고 있었다. 그럼 하녀가 그의 팔을 잡아 닭고기 쪽으로 방향을 바꿔 주었다. 이따금 다음 요리가 몇 분씩이나 나오지 않을 때면 아파나시 이바노비치는 이를 눈치 채고 이렇게 말했다. "요리가 왜 이렇게 늦는 게야?" 나는 열린 문틈을 통해 우리에게 요리를 날라다 주던 소년이 제 할 일을 잊은 채 벤치에 머리를 박고 잠들어 있는 것을 보았다.

"이 요리가 바로⋯⋯." 사우어 크림을 얹은 수제비가 나오자 아파나시 이바노비치는 말했다. "이 요리는……" 하고 말을 이으려고 했지만 나는 그의 목소리가 떨리기 시작하더니 연회색 눈동자에 눈물이 그렁그렁 맺히기 시작하는 것을 보았다. 하지만 그는 억지로 눈물을 참으며 "이 요리는 그러니까 고…… 고인이……"라고 말을 하다가 갑자기 왈칵 눈물을 쏟고 말았다. 그의 손이 접시 위로 툭 떨어지면서 접시가 튕겨 옆으로 날아가 산산조각이 났고 그는 소스 범벅이 돼 버렸다. 그는 손에 스푼을 잡은 채 멍한 얼굴로 앉아 있었고 눈물은 시내처럼, 끊임없이 솟아오르는 분수처럼 그의 냅킨 위로 소나기처럼 흘러내렸다.

'오 하나님!' 그를 보며 나는 생각했다. '오 년이면 모든 것이 지워지고도 남을 세월인데……. 벌써 모든 것에 무감각해진 이 노인, 어떤 강렬한 감정에도 흔들림이 없었고, 그저 삶이란 높직한 의자에 앉아서 말린 생선이나 배를 먹고, 마음을 푸근하게 해 주는 이야기들로 채워져 있는 것처럼 보였던 이 노인이! 이렇게 긴 세월을 이렇듯 비통함에 젖어 살아오다니! 과연 열정과 습관 중 무엇이 더 우리를 좌우하는 것일까? 아니면 격렬한 감정의 발작, 갈망과 끓어오르는 열정의 소용돌이는 단지 우리의 뜨거운 젊음의 결과이며 단지 그것 때문에 그처럼 심오하고 파괴적인 것처럼 여겨지는 것일까? 무엇이 진실이건 그 순간 이 오래 지속되고 느리게 진행되며 거의 무감각한 습관에 비교하면 우리의 모든 열정은 유치하게 느껴졌다. 그는 몇 번이나 고인의 이름을 발음하려고 갖은 애를 썼지만 이름의 절반도 채 내뱉기 전에 경련을 일으키며 얼굴이 일그러졌고, 이 천진난만한 노인의 눈물에 내 가슴은 찢어질 것만 같았다. 아니, 그의 눈물은 노인네들이 자신의 처량한 신세와 불행을 여러분께 늘어놓을 때 흔히 보이는 그런 눈물이 아니었다. 노인네들이 컵 밖으로 펀치를 흘렸을 때 보이는 눈물은 더더욱 아니었다. 그렇다! 그것은 주체할 수 없는, 심장을 휘어 감은, 가시 돋친 고통이 넘쳐흐를 때 저절로 떨어지는 눈물이었다.

그 일이 있은 후 그는 얼마 더 살지 못했다. 얼마 전에 나는 그가 죽었다는 소식을 들었다. 어쨌거나 이상한 점은 그가 죽게 된 정황이 뿔헤리야 이바노브나의 죽음과 모종의 유사성을 띠고 있다는 점이었다. 어느 날 아파나시 이바노비치는 정원을 잠시 산책하려고 마음먹었다. 그가 아무 생각 없이 평소와 마찬가지로 무사태평하게 오솔길을 천천히 걷고 있을 때 이상한 일이 일어났다. 문득 그의 등 뒤에서 누군가 또렷한 목소리로 "아파나시 이바노비치!" 하고 부르는 소리가 들렸다. 뒤를 돌아보았지만 사람의 그림자는 보이지 않았다. 사방을 둘러보고 수풀 속을 찾아보아도 어디에도, 아무도 없었다. 조용한 한낮이었고 태양이 빛나고 있었다. 그는 잠시 생각에 잠겼다가 갑자기 무슨 이유에선지 얼굴에 생기가 돌더니 마침내 이렇게 말하는 것이었다. "뿔헤리야 이바노브나가 나를 데리러 온 게야!"

여러분은 여러분의 이름을 부르는 목소리를 한 번쯤은 들어보았을 것이다. 민담에서는 그런 목소리는 누군가의 영혼이 살아 있는 사람을 그리워하여 그를 불러내는 것이며 그 목소리를 듣게 되면 곧 죽게 된다고 한다. 솔직히 말하자면, 나는 이러한 비밀스러운 부름을 언제나 두려워했다. 어렸을 때 자주 그런 일이 있었던 것으로 기억한다. 가끔 갑자기 내 뒤에서 누군가가 내 이름을 부르던 기억. 보통 그런 날은 맑고 해가 쨍쨍한 날이었다. 뜰에 선 나무들은 잎사귀 한 장 흔들리지 않았고, 죽음 같은 정적이 흐르며 귀뚜라미마저도 그런 순간에는 울지 않았다. 정원에는 아무도 없었다. 하지만 고백하건데, 내가 인적 없는 숲 속에서 지옥처럼 미친 듯이 폭풍이 휘몰아치는 밤과 대면했다고 하더라도 나는 이 백주 대낮의 등골이 섬뜩한 정적만큼 놀라지는 않았을 것이다. 보통 그런 때 나는 숨이 멎을 정도로 겁에 질려 과수원에서 도망쳐 나와 이 끔찍한 마음의 공허를 몰아내 줄 누군가가 내 앞으로 걸어오는 것을 보고 나서야 안심했다.

그는 뿔헤리야 이바노브나가 자신을 부르고 있다는 신념에 완전히 사로잡혀 버렸다. 그래서 순종적인 아이처럼 그것에 굴복해 버렸고 뼈가 앙상해져서 기침을 하고 양초처럼 타들어 가다가 마침내 그의 꺼져 가는 불꽃을 지탱해 줄 것이 아무것도 남지 않게 되자 아내처럼 죽어 버리고 말았다. "나를 뿔헤리야 이바노브나와 함께 묻어 주게." 임종 직전 이 한 마디를 남기고 그는 죽었다.

유언에 따라 그의 시신은 교회 옆 뿔헤리야 이바노브나의 무덤에서 가까운 곳에 안장되었다. 장례식 때 사람 수는 줄었지만, 평민들과 거지들은 여전히 많았다. 주인의 저택은 이미 완전히 텅 비어 버렸다. 하녀장이 휩쓸고 간 자리에 남은 골동품들과 세간을 수완 좋은 마름과 촌장이 깡그리 자기 집으로 옮겨 놓았던 것이었다. 얼마 안 있어 무슨 먼 친척이라는 자가 유산 상속자라면서 나타났는데, 무슨 부대인지는 잊었지만 한때 중위로 군에 복무했다는 이자는 열렬한 개혁 옹호자였다. 영지의 살림이 엉망진창으로 태만하게 관리되고 있음을 한눈에 간파한 그는 이 모든 것을 반드시 뿌리 뽑고, 뜯어고쳐서 모든 것에 질서를 도입하겠다고 결심했다. 영국제고급 낫 여섯 개를 구입하고, 농노들의 오두막마다 번호가 적힌 문패를 망치로 박아 놓더니 결국에는 육 개월 만에 영지를 완전히 새 모습으로 바꿔 놓는 데 성공했던 것이다. (소싯적에 무슨 의장을 했다는 자와 색이 바랜 군복을 입은 2등 대위라는 자로 구성된) 그의 지혜로운 후견인단이 모든 암탉과 달걀 한 알까지 임시로 접수해 버렸다. 거의 완전히 땅바닥까지 주저앉았던 오두막들은 이제 완전히 무너져 버렸다. 농민들은 술독에 빠졌고 그 대부분이 도주해 버렸다. 영지의 후견인단과 썩 괜찮은 관계를 유지하며 함께 펀치주를 마시는 사이가 된 새 지주는 이제 자신이 소유가 된 마을에 어쩌다가 한 번 들렀으며 그것도 아주 잠시뿐이었다. 새 지주는 지금도 소 러시아의 큰 장이란 장은 다 다니면서 밀가루, 마사, 꿀과 같 이 도매로 팔리는 여러 상품들의 시세를 묻고 다녔다. 헌데 사들이는 것이라고는 부싯돌, 굴뚝을 뚫는 못처럼 다 합쳐 봐 야 가격이 일 루블을 넘지 않는 시시한 것들이었다.

구시대의 지주들

심리분석의 대가 도스또옙스끼(1821~1881)가 "우리는 모두 고골의 외투에서 나왔다"고 말했을 정도로 고골은 후대의 러시아 문학에 지대한 영향을 준 작가다. 고골은 스물두 살에서 서른두 살에 이르는 십 년 동안 중편집 『지깐까 근교 야화』, 『미르고로드』, 뻬쩨르부르그 이야기로 분류되는 「광인일기」, 「넵스끼 대로」, 「코」, 「외투」 등의 중단편과 희곡 『검찰관』, 『죽은 혼』과 같은 대표작을 모두 완성했다.

「구시대의 지주들」(1835)은 『지깐까 근교 야화』 1, 2부(1831~1832)와 마찬가지로 고골의 고향인 소러시아(우끄라이나, 즉 러시아제국의 중심 대러시아와 비교되는)의 역사와 민담, 목가적 생활상을 담은 이야기들을 모은 『미르고로드』(1835)에 첫 번째로 수록되어 있다. 『미르고로드』에는 네 가지 이야기 「구시대의 지주들」, 「따라스 불바」, 「비이」, 「이반 이바노비치와 이반 니끼포로비치가 싸운 이야기」가 실려 있다.

「구시대의 지주들」에서 고골의 분신이라고 할 수 있는 화자는 주인공인 소러시아 시골 마을의 나이 든 지주 부부에게서 인간이 추구할 수 있는 궁극적인 사랑, 행복, 가정의 전형을 발견한다. 매사에 낙천적인 이 노부부는 주변의 인간들을 신뢰하고 손님 대접에 최선을 다하며 먹는 것을 즐긴다. 이야기 속 화자의 말처럼 이 노부부는 그리스 신화의 필레몬과 바우키스가 환생한 듯한 착각을 불러일으킨다. 긴 시간을 함께했지만 권태로움을 모르는 노부부의 사랑은 정열이나 고상함과는 거리가 멀지만 지켜보는 사람을 행복하게 해주는 매력을 갖고 있다. 화자는 그것을 사랑에 눈이 먼 젊은이의 정열과는 다른, 습관이라고 불렀다. 하지만 낯선 손님에게 지극 정성의 친절을 베푼 대가로 자신들의 소원대로 한날 한시에 눈은 감은 후 프리기아 언덕의 나무가 된 필레몬과 바우키스와는 달리 고골의 주인공들의 운명은 엇갈리게 된다.

이 대목에서 괴테의 『파우스트』에 등장하는 등대지기 필레몬과 바우키스의 운명을 떠올릴 수 있다. 메피스토텔레스의 꾐에 넘어간 파우스트는 필레몬과 바우키스가 살고 있는 해안 습지대의 간척사업을 추진하기 위해 '짜증스럽기 짝이 없는' 교회종이나 울리고 있는 노부부를 죽이고 그들의 오두막을 불태워 버린다.

마찬가지로 고골의 주인공들이 세상을 떠난 후 영지를 상속하기 위해 등장한 후계자는 도시에서 온 개혁가다. 유럽풍 개혁의 손길이 미친 영지는 질서가 잡히는 듯했지만 결국에는 쇠락의 길을 걷는다. 「구시대의 지주들」은 청년 고골이 이상화했던(하지만 사라져 가는) 소러시아의 목가적 생활방식에 대한 오마주라고 할 수 있을 것이다.

블라지미르 꼬롤렌꼬_Владимир Короленко

마까르의 꿈

블라지미르 꼬롤렌꼬(Владимир Короленко, 1853~1921)

우끄라이나 지또미르에서 출생. 내성적이고 엄했지만 공정하고 정직했던 지방법관인 부친은 꼬롤렌꼬의 세계관 형성에 큰 영향을 미쳤다. 대학시절부터 혁명운동 가담 혐의로 여러 차례 유형을 당했다. 가혹한 자연조건을 가진 시베리야 야꾸쩨야에서의 유형생활은 그의 작품에 소재로 자주 등장한다. 제정러시아 시대부터 혁명 후 내전 기간에 이르기까지 그는 적극적인 사회비평활동을 했으며 그 때문에 '러시아의 양심'이란 칭호를 얻게 된다. 1900년 뻬쩨르부르그 과학아카데미 명예회원이 되었으나 1902년 막심 고리끼 제명에 대한 항의 표시로 탈퇴한다. 10월 혁명 이후 볼셰비키의 사회주의 건설방식을 공개적으로 비판했다. 1900년에 우끄라이나로 돌아와 죽는 날까지 살면서 말년에 자서전 『내 동시대인의 역사』를 집필하기 시작했으나 완성하지 못하고 68세에 폐결핵으로 세상을 떠났다.

마까르의 꿈
Сон Макара

성탄절 이야기

1

이 꿈은 자기 송아지들을 멀고 척박한 나라로 몰아낸('마까르도 자기 송아지를 내몰지 않을 머나먼 곳' 이란 러시아 속담을 비튼 표현) 마까르가 꾼 것이다. '불쌍한 마까르 솔방울 세례를 받네'('엎친 데 덮친 격' 이란 의미의 러시아 속담) 할 때의 그 마까르 말이다.

그의 고향인 궁벽한 자유민촌락 찰간은 머나먼 야꾸찌야 타이가 숲 속에 꼭꼭 숨어 있었다. 마까르의 조상들은 동토 타이가의 한 조각을 개척한 사람들로, 무뚝뚝한 숲이 여전히 적의를 품고 사방을 벽처럼 둘러싸고 있어도 그들은 풀이 죽지 않았다. 개간된 땅에는 울타리가 쳐졌고 건초 더미와 낟가리가 세워지고 연기가 모락모락 피어오르는 작은 유르타(유목민들의 천막식 전통가옥)들이 번성했다. 마을 중앙 언덕 위에는 승리의 상징이라도 되듯이 마지막으로 종탑이 들어서 하늘을 찌르고 있었다. 찰간은 거대한 자유민촌락이 되었다.

하지만 마까르의 아버지 할아버지들은 타이가와 싸우며 불을 놓고 쇠로 베는 과정에서 스스로가 서서히 거친 자연을 닮게 되었다. 야꾸트 여인들과 혼인을 하면서 그들은 야꾸찌야 말과 풍습을 받아들였다. 그렇게 위대한 러시아 부족의 특징들은 서서히 지워지고 사라져 갔다.

사정이 어찌 되었건 우리의 마까르는 스스로가 본토박이 찰간 농부라는 사실을 분명히 기억하고 있었다. 이곳에서 태어나 이곳에서 자랐고 이곳에서 죽을 운명이었다. 자신의 혈통을 자랑스러워하면서 가끔은 다른 사람들을 "빌어먹을 야꾸트 놈들"이라고 욕하기도 했다. 물론 사실을 따지고 들자면 버릇이나 생활방식에 있어서 그는 야꾸트 사람들과 전혀 다를 것이 없었다. 러시아말을 할 기회가 적은지라 러시아말도 서툴렀고 몸에는 동물 가죽을, 발에는 순록 가죽 장화를 신고 평상시에는 전차(磚茶, 벽돌모양으로 뭉쳐서 말린 차) 우린 물과 빵만으로 끼니를 때우다가 축제나 다른 특별한 날에야 식탁 위에 자기 앞에 놓인 만큼의 조린 버터를 맛볼 수 있었다. 그는 수소의 등에 능숙하게 올라타 달릴 수 있었고, 병이 나면

광란의 춤과 함께 이를 딱딱거리면서 환자에게 달려들어 그 몸에 들어앉은 병마를 놀라게 해 내쫓아 주는 무당을 불렀다.

억척스런 일꾼이었지만 살림은 가난했고 굶주림과 추위에 시달렸다. 빵과 차에 대한 끊임없는 걱정 말고도 그에게 다른 생각이 있었을까?

그렇다. 있었다.

술에 취하면 마까르는 울면서 "이놈의 사는 꼬락서니하고는, 하나님도 무심하시지!"라고 한탄했다. 가끔은 모든 걸 다 때려치우고 '산으로' 가고 싶다고 했다. 그곳에서는 땅도 안 갈고, 씨도 안 뿌리고, 나무를 베서 지고 나르지도 않을 것이고, 심지어는 맷돌로 곡식을 까불리는 일도 하지 않을 것이라는 말이었다. 그리고 구도에 전념하겠다는 말이었다. 그 산이 어떤 곳이고, 어디에 있는지 마까르는 정확히 알지 못했다. 아는 것이라고는 그러한 산이 존재한다는 것 하나와 두 번째는 그것이 어딘가 먼 곳에, 너무 멀어서 토이온(야꾸찌야 인들의 부족장)이라 할지라도 그를 잡으러 오지 못할 곳에 있다는 것뿐이었다……. 그곳에서는 인두세를 낼 필요도 당연히 없지 않겠는가…….

맨정신에는 이런 꿍꿍이를 드러내는 법이 없었는데 그것은 아마도 그러한 마법의 산을 어떻게 찾겠냐는 체념 때문이었을 것이다. 하지만 술에 취하면 그의 태도는 과감해졌다. 진짜 산을 못 찾을 수도 있지만 그럼 다른 산에라도 갈 것이라는 말이었다. "그때는 끝장이겠지"라고 말하면서도 그는 마음속으로는 채비를 하고 있었다. 마까르가 이를 실행에 옮기지 못한 것은 십중팔구 도수를 높이려고 마호르까(러시아산 담배품종) 잎에 담근 형편없는 보드카를 이주민인 따따르인들에게서 사 마시고 나면 언제나 무기력증에 빠지고 병이 났기 때문일 것이다.

2

때는 성탄절 전야였고 마까르도 다음 날이 큰 명절이라는 것을 알고 있었다. 핑계 삼아 한잔 걸치고 싶은 생각이 간절했지만 술 마실 돈은커녕 빵도 거의 바닥이 났다. 마까르는 마을 상인들뿐 아니라 따따르인들에게도 빚을 진 상태였다. 게다가 다음 날은 큰 명절이니 일을 할 수도 없었다. 진탕 술을 마실 수도 없다면 도대체 뭘 한다는 말인가? 이러한 생각 때문에 그는 의기소침해졌다. 사는 꼬락서니하고는! 이런 큰 겨울 명절에도 보드카 한 병 살 수가 없다니!

마까르의 머릿속에 좋은 생각이 떠올랐다. 그는 자리에서 일어나 누더기 외투를 걸쳤다. 기골이 장대하고 튼튼하며 힘이 장사이자 얼굴이 못난 마까르의 아내는 남편의 단순무지한 머릿속에 무슨 생각이 떠도는지 훤히 꿰뚫고 있는지라 이번에도 그의 꿍꿍이를 금세 간파했다.

"어델 가려구, 이 놈팽이야! 또 혼자서 보드카를 마시려고 그러지?"

"닥쳐! 보드카 한 병 사 갖고 올 테니까, 내일 같이 마시자 구." 몸이 흔들릴 정도로 세게 아내의 어깨를 손바닥으로 갈 긴 마까르는 비굴한 윙크를 날렸다. 아내는 마까르가 이번에 도 영락없이 자신을 속일 것이라는 사실을 알았지만 남편의 다정한 손길에 마음이 누그러져 버렸다.

그는 밖으로 나가 숲 속의 초지에서 이마에 흰 점이 있는 말을 잡아서는 갈기를 잡고 썰매 있는 곳으로 끌고 와 썰매에 말을 매기 시작했다. 순식간에 대문 밖까지 주인을 태우고 달 린 말은 잠시 발길을 멈추더니 고개를 돌려 생각에 잠긴 주인 에게 질문이라도 하듯 쳐다보았다. 그러자 마까르는 왼쪽 고 삐를 당겨 촌락의 끝으로 방향을 돌렸다.

촌락의 끝에는 작은 유르타가 서 있었다. 여느 유르타와 마 찬가지로 유르타에서는 난로에서 올라오는 하얗고 요동치는 연기가 하늘 높이 올라가면서 차가운 별들과 휘황찬란한 달 을 가리고 있었다. 불빛이 불투명한 얼음장을 뚫고 반사되어 형형색색으로 변하면서 즐겁게 뛰놀았다. 마당은 고요했다.

이곳에는 먼 타지에서 온 이방인들이 살았다. 그들이 어떻 게 이곳에 오게 됐는지, 무슨 불행한 인연으로 이 머나먼 벽 지에 떨어졌는지 마까르는 알지 못했고 흥미도 없었지만 술값을 재촉하거나 달달 볶는 법이 없었기 때문에 이들과의 거래가 즐거웠다.

유르타에 들어간 마까르는 곧장 난롯가로 가서 꽁꽁 언 손을 불에 쬐었다.

"젠장!" 마까르는 춥다는 소리를 이렇게 표현했다.

이방인들은 집에 있었다. 식탁에는 하릴없이 촛불이 타고 있었다. 한 남자가 침대에 누워서 담배 연기로 원을 그리면서 머릿속의 길다란 생각의 타래와 그것을 연결이라도 하듯이 나선형으로 올라가는 연기를 골똘히 쳐다보고 있었다. 난로 반대편에 앉은 다른 사람도 다 타 버린 장작에 불꽃이 번쩍이는 것을 보면서 생각에 잠겨 있었다.

불편한 침묵을 깨기 위해서 마까르는 "안녕들하신가!" 하고 인사를 했다.

이방인들이 가슴속에 어떤 슬픔을 안고 있는지, 이 저녁 그들의 머릿속에 어떤 향수가 밀려왔을지, 환상적으로 울렁거리는 불빛과 연기 속에서 어떤 형상들이 그들의 뇌리를 스칠지 마까르는 당연히 알지 못했다. 게다가 마까르는 자기 볼일이 있어 이곳에 들른 차였다.

난롯가에 앉아 있던 젊은 남자가 머리를 들더니 마치 마까르를 처음 본다는 듯이 몽롱한 눈으로 그를 쳐다보았다. 그러다가 머리를 세차게 흔들더니 의자에서 벌떡 일어났다.

"아, 안녕하신가, 마까르! 잘됐지 뭐야! 우리랑 홍차를 마실

텐가?"

마까르는 그의 제안이 마음에 들었다.

"홍차?" 그는 되물었다. "좋지! 좋네, 친구……. 좋구 말구!"

그는 재빨리 옷을 벗기 시작했다. 외투와 털모자를 벗자 한층 느긋해진 마까르는 사모바르(러시아 전래의 급탕기로 '스스로 끓는 주전자'라는 뜻이다. 가운데 관에 석탄을 넣고 물을 끓이며 아랫부분에 열고 닫는 주둥이가 있어 찻잔에 뜨거운 물을 따를 수 있다.) 안에 벌써 석탄이 벌겋게 타오르고 있는 것을 보고는 젊은 남자에게 속마음을 털어놓기 시작했다.

"나는 자네들을 사랑해, 정말이야!…… 얼마나 사랑하는지 말이야…… 밤에는 잠도 못 잘 지경이라구……."

고개를 돌린 이방인의 얼굴에 쓴미소가 나타났다.

"오호, 사랑이라?" 그는 물었다. "그래, 필요한 게 뭔가?"

마까르는 우물쭈물거렸다.

"볼일이 있긴 한데, 어떻게 안 거지?…… 좋아. 그럼 홍차를 마시고 나서 얘기함세."

주인들이 먼저 홍차를 권한 터라 마까르는 좀 더 뻔뻔해지기로 했다.

"구운 고기는 없어? 좋아하는데."

"없네."

"뭐, 할 수 없지." 오히려 위로를 하듯이 말한 마까르는 "다음에 먹지 뭐……. 그렇지?' 하고 되물었다. "다음에 먹을 거지?"

"좋아."

이제 마까르는 이 이방인들이 자신에게 구운 고기 한 점을 빚졌다고 생각했는데, 그는 그런 셈에 대해서는 절대로 잊고 넘어가는 적이 없었다.

한 시간 후 마까르는 다시 썰매에 올라탔다. 상당히 괜찮은 조건으로 장작 다섯 수레를 선불로 팔아서 일 루블을 손에 넣은 차였다. 마까르는 내심 당장 술을 마시러 갈 생각이었으면서도 오늘은 절대로 술로 돈을 탕진하지 않겠다고 악마를 저주하고 신의 이름으로 맹세를 했다. 그런데 웬일일까? 행복한 기대감으로 양심의 가책이 눈 녹은 듯 사라져 버렸다. 술에 취해 집에 가면 남편한테 속은 충실한 아내한테 얼마나 두들겨 맞을지도 별로 걱정이 되지 않았다.

"마까르, 어디로 가는 건가?" 마까르의 말이 앞으로 곧장 가는 대신에 따따르인들의 집이 있는 왼쪽으로 방향을 튼 것을 보고 이방인이 웃으며 소리쳤다.

"워! 워! 자네도 봤지? 이 망할 놈의 말이……. 어데로 가는 게야!"라며 변명을 둘러대면서도 마까르는 여전히 왼쪽 고삐를 잡아당기면서 슬쩍 오른쪽 고삐로 말을 찰싹찰싹 갈기는 것이었다.

영리한 말은 주인을 비난하듯이 꼬리를 휘휘 젓고는 뚜벅

뚜벅 가야 될 방향으로 걷기 시작했고 곧 썰매의 삐그덕 소리
는 따따르인들 집 문 앞에서 멈췄다.

3

따따르인들의 집 대문 앞에는 높은 야꾸트 안장을 얹은 말
몇 마리가 말뚝에 묶여 있었다.

좁은 오두막 안은 무더웠다. 코를 찌르는 마호르까 연기가
난로 때문에 길게 퍼지면서 구름처럼 천장 아래 고여 있었다.
식탁 뒤와 긴 의자에 타지에서 온 야꾸트인들이 앉아 있고 식
탁 위에는 보드카 잔이 몇 개 놓여 있었다. 여기저기 무리를
지어서 카드놀이를 하는 사람들도 있었다. 땀에 절은 얼굴들
은 벌겋고 무섭게 뜬 눈들은 카드패가 돌아가는 것을 주시하
고 있었다. 판돈은 꺼내 놓자마자 누군가의 주머니로 사라졌
다. 구석 짚단 위에는 술 취한 야꾸트인이 앉은 채로 비틀거
리면서 끝없이 노래를 흥얼거렸다. 그는 목구멍에서 나오는
기괴한 쇳소리로 내일은 큰 명절이라네, 오늘 나는 술에 취해
있네 하는 노래를 이렇게도 불렀다가 저렇게도 불렀다가 하
고 있었다.

마까르가 돈을 내놓자 술 한 병이 나왔다. 그는 병을 품속
에 넣고는 다른 사람들이 눈치 채지 못하게 어두운 구석으로

들어갔다. 거기서 연거푸 잔을 채우고 비웠다. 보드카는 쓴 맛이 나는데다가 명절 대목인지라 사분의 삼 이상이 물로 희석한 것이었다. 그래도 마호르까는 아끼지 않은 듯 잔을 새로 넘길 때마다 잠시 숨이 턱 막히고 눈앞에는 선홍색 동그라미들이 날아다녔다.

금세 술이 오른 마까르는 야꾸트인처럼 짚단으로 쓰러져 양팔로 무릎을 껴안은 채 무거운 머리를 그 위에 얹었다. 그의 목구멍에서도 저절로 이상한 쇳소리가 터져 나왔다. 내일은 큰 명절인데, 오늘 나는 장작 다섯 수레를 술로 마셔 버렸네라는 내용의 노래였다.

그런 가운데 오두막 안은 점점 더 사람들도 붐비기 시작했다. 새로운 손님들이 들어왔는데 그들은 기도를 하고 따따르 보드카를 마시러 온 야꾸트인들이었다. 곧 자리가 꽉 찰 것 같자 주인은 식탁에서 일어나 오두막 안을 휘 둘러보았다. 그의 시선은 어두운 구석에 누워 있는 야꾸트인과 마까르에서 멈췄다.

주인은 야꾸트인에게 다가가 뒷덜미를 잡아서는 오두막 밖으로 내팽개쳤다. 그리고는 마까르에게 다가왔다. 따따르인은 마까르가 동네 사람인 것을 고려해서 아량을 베푼답시고 문을 활짝 연 후에 불쌍한 취객의 엉덩이를 발로 냅다 걷어차 마까르는 그만 오두막에서 날아가 쌓아 놓은 눈 더미에 직통으로 코를 박고 말았다.

그런 대우에 마까르가 모욕감을 느꼈는지 여부는 모르겠다. 단지 소매 안에도 눈, 얼굴에도 눈이 가득했다. 겨우 눈더미에서 일어나 말 쪽으로 비틀비틀 걸어갔다.

달이 벌써 휘영청 높이 떠 있었다. 북두칠성은 꼬리를 아래로 내리기 시작했다. 추위는 더 심해졌다. 이따금 북쪽 하늘 시커먼 뭉게구름 너머로 신생 오로라의 불기둥이 희미한 빛을 뿜으며 나타났다.

말은 주인의 상태를 이해라도 하듯이 조심스럽고 사려 깊은 걸음걸이로 뚜벅뚜벅 집으로 향했다. 마까르는 썰매 위에 앉아 덜컹거리면서 노래를 계속 불렀다. 장작 다섯 수레를 술로 다 마셔 버렸으니, 이제 마누라한테 경을 칠거라고. 그의 목구멍에서 터져 나온 쉿소리 같기도 하고 신음 같기도 한 소리가 너무 우울하고 애잔해서 마침 난로의 굴뚝을 막기 위해 유르타 위로 기어 올라가 있던 이방인의 가슴이 마까르의 노래 때문에 한층 더 죄어 오는 듯했다. 그 사이 말은 주변 일대가 훤히 내려다보이는 언덕 위에 썰매를 끌어다 놓았다. 달빛을 머금은 눈이 환하게 빛나고 있었다. 이따금 달빛이 마치 녹기라도 하듯이 눈 위가 컴컴해지다가 금세 그 위로 반사된 오로라의 빛이 쏟아졌다. 그러면 눈 언덕들과 그 위 타이가 숲이 마치 가까워졌다가 다시 멀어졌다가 하는 것만 같았다. 마까르의 눈에는 타이가 숲 바로 아래쪽으로 눈이 덮인 야말라흐 소언덕이 분명하게 보였다. 언덕 뒤편의 타이가 숲에 마까르가 온갖 숲짐승들과 새를 잡기 위해 설치해 놓은 덫이 있었다.

그것에 생각이 미치자 기분이 확 달라졌다. 암여우가 덫에 걸렸다네 하고 노래를 시작했다. 내일 가죽을 팔아 오면 늙은 마누라한테 두들겨 맞지 않겠지.

마까르가 오두막 안으로 들어설 때 영하의 대기 속으로 첫 번째 종소리가 울려 퍼졌다. 들어서자마자 그가 내뱉은 말은 암여우가 덫에 걸렸다는 것이었다. 하지만 마누라가 함께 술을 마시지 않았다는 사실을 깜빡한 마까르는 좋은 소식에도 불구하고 바로 마누라한테 허리를 발로 세게 걷어차이자 놀라지 않을 수 없었다. 그가 침대에 풀썩 쓰러져 있는 동안 마누라는 다시 그의 목을 주먹으로 갈겼다.

그러는 사이 찰간의 하늘 위로 명절을 알리는 축제의 종소리가 울려 멀리멀리로 퍼져 나갔다.

4

마까르는 침대에 누워 있었다. 머리는 열로 펄펄 끓었다. 속은 불에라도 덴 듯 타올랐다. 혈관 속으로 보드카와 담뱃잎 우린 물의 독한 혼합액이 스며들고 있었다. 얼굴에는 녹은 눈이 차가운 줄기가 되어 흘렀고 등도 마찬가지였다.

늙은 아내는 그가 잠들었다고 생각했지만 마까르는 잠을 자는 것이 아니었다. 그의 머릿속에서 암여우가 계속 아른거렸다. 그는 암여우가 덫에 걸렸다고 이미 확신하고 있었고, 심지어 어느 덫에 걸렸는지도 알 듯했다. 그의 눈에는 무거운 통나무에 눌린 암여우가 발톱으로 눈을 박박 긁으면서 덫에서 빠져나가려고 바둥거리는 모습이 보였다. 나뭇가지 사이를 통과한 달빛이 여우의 금빛 털 위에서 반짝거렸다. 여우의 두 눈이 그를 노려보았다.

그는 참지 못하고 침대를 박차고 일어나 타이가로 향하기 위해 자신의 충실한 말이 있는 쪽으로 향했다.

그런데 이게 웬일? 마누라의 힘 센 손이 마까르의 외투 깃을 잡아채 그를 다시 침대 위에 내던진 것일까?

아니다. 그는 벌써 촌락을 벗어나 있었다. 썰매는 규칙적으로 삐그덕 소리를 내며 단단한 눈 위를 달리고 있었다. 찰간은 저 멀리 뒤에 있었다. 뒤에서 명절을 축하하는 교회 종소리가 들리고 시커먼 지평선 위로 밝은 하늘에 길고 끝이 뾰족한 털모자를 쓴 야꾸트인들의 말 탄 행렬이 검은 실루엣이 돼서 어른거린다. 야꾸트인들이 서둘러 교회를 향한다.

그러는 사이 달은 져 버렸고, 높은 하늘 정중앙에 희끗희끗한 구름 한 조각이 떠서는 아롱지는 인광(燐光)을 내뿜었다. 이윽고 구름은 양쪽으로 찢겨 길게 늘어나는가 싶더니 위로 통 튀듯이 형형색색의 불길처럼 사방으로 흩어졌다. 그 사이 북쪽의 시커먼 뭉게구름은 훨씬 더 어둡고 새까매지는 중이었다. 마까르가 향하고 있는 타이가보다도 더 새까맣게.

길은 수많은 작은 덤불 숲 사이로 구불구불 나 있었다. 좌우로 언덕이 솟아 있었다. 갈수록 나무들의 키가 높아졌다. 타이가가 울창해졌다. 타이가는 비밀을 잔뜩 품은 채 말없이 서 있었다. 벌거벗은 낙엽송들에는 은빛 서리가 덮여 있었다. 희미한 북극광이 나무 꼭대기 사이를 비집고 들어와 눈 덮인 공터를 비췄다가 눈이 소복이 내려앉은 쓰러진 거목들의 시체를 비췄다가 하면서 타이가를 더듬었다……. 그러더니 한순간에 모든 것이 다시 침묵과 비밀로 가득 찬 암흑 속으로 빠져들었다.

마까르는 멈춰 섰다. 그곳 바로 길 중앙에서부터 덫밭이 시작되고 있었다. 인광 속에서 마까르는 쓰러진 나무로 만들어놓은 나지막한 울타리를 보았다. 세 개의 무겁고 긴 통나무가 허공에 떠 있는 말뚝에 걸쳐져 있고 말갈기로 만든 밧줄로 상당히 교묘하게 만들어진 지렛대가 그것을 지지하고 있었다. 첫 번째 통나무덫이었다.

이 덫들은 사실 남의 것이었지만, 남의 덫이라고 여우가 걸리지 말라는 법은 없지 않은가. 마까르는 서둘러 썰매에서 내려 영리한 말은 길가에 세워 두고 귀를 쫑긋 세우고 소리에 집중했다.

타이가에는 정적이 감돌았다. 이제는 멀어져서 보이지 않는 자유민촌락에서 아까처럼 명절의 종소리가 들려올 뿐이었다.

걱정할 필요는 없었다. 마까르의 이웃이자 앙숙지간인 찰간 사람 알료슈까는 지금 아마도 교회에 가 있을 것이다. 얼마 전에 내린 눈으로 덮인 고른 지표면 위에는 발자국 하나 없었다.

그는 숲으로 들어갔다. 아무것도 없다. 발밑에서 눈이 뽀드득 소리를 낸다. 통나무덫들이 총구를 연 대포들의 대열처럼 줄을 지어서 말없이 기다리며 서 있다.

그는 뒤로 갔다가 앞으로 가 보았다. 덫에는 아무것도 없었다. 그는 다시 길을 나섰다.

그런데 이게 뭘까!…… 바스락거리는 소리가 들린다……. 이번에는 타이가 속 바로 코앞 환한 곳에 불그스레한 털이 나타났다 사라졌다!…… 마까르는 암여우의 뾰족한 귀를 확실히 볼 수 있었다. 여우는 풍성한 꼬리를 좌우로 흔들며 마치 마까르를 숲으로 유인하려는 것 같았다. 여우는 마까르의 덫이 놓인 나무 기둥들 사이로 사라졌고 곧 숲 속에서 둔탁하지만 강한 타격음이 들렸다. 처음에 단속적으로 둔탁하게 들리던 소리가 타이가의 나무들 아래로 이어져 울려 퍼지다가 먼 골짜기에서 고요하게 사그러들었다.

마까르의 심장이 뛰기 시작했다. 그것은 통나무덫이 떨어지는 소리였다.

그는 숲을 가로질러 내달렸다. 차가운 나뭇가지들이 그의 눈을 때렸고 얼굴로 눈이 쏟아졌다. 그는 넘어졌다. 숨이 탁 막혀 왔다.

그리고는 언젠가 직접 나무를 베었던 공터로 뛰어나갔다. 서리가 덮인 새하얀 나무들이 양쪽에 서 있었고 아래쪽으로 점점 좁아지는 오솔길이 보였다. 길의 끝에는 거대한 통나무 덫의 구멍이 제물을 기다리고 있었다……. 다 왔다…….

하지만 길 위 통나무덫 부근에 사람의 형체가 나타났다. 나타났다가는 다시 사라졌다. 마까르는 그것이 찰칸 사람 알료슈까임을 알아보았다. 몸이 앞으로 굽어 곰처럼 걷는 알료슈까의 땅딸막하고 다부진 형체를 분명하게 알아볼 수 있었다. 마까르는 알료슈까의 검은 얼굴이 더 검게 느껴졌고 커다란 이빨이 평소보다 더 무섭게 느껴졌다.

마까르는 가슴에서 분노가 치미는 것을 느꼈다. '빌어먹을 놈! 내 덫을 헤집고 다니다니!' 하기야 마까르 자신이 방금 전에 알료슈까의 덫밭을 가로질러 왔지만, 그것은 다른 얘기였다……. 남의 덫밭에 들어갔을 때는 들킬지도 모른다는 두려움을 느꼈지만 그의 통나무덫밭을 다른 사람이 헤집고 다닐 때는 끓어오르는 분노와 함께 그의 권리를 침해한 녀석의 뒷덜미를 움켜쥐고 싶은 욕망이 생긴다는 데 근본적인 차이가 있었다.

마까르는 떨어진 통나무덫 쪽으로 가로질러 달려갔다. 암여우가 있었다. 알료슈까 역시 뒤뚱뒤뚱하는 곰 같은 걸음걸이로 그쪽을 향하고 있었다. 먼저 도착해야 했다.

떨어진 통나무덫이 보인다. 그 아래로 덫에 깔린 짐승의 붉은 꼬리가 보였다. 암여우는 그가 상상 속에서 본 것과 똑같이 발톱으로 눈을 긁으면서 이글이글 불타는 가느다란 눈동자로 그를 노려보고 있었다.

"티티마(야꾸찌야 말로 '건드리지 마'라는 뜻)! 그건 내 거야!" 마까르가 알료슈까에게 소리쳤다.

"티티마!" 알료슈까의 목소리가 메아리가 되어 들렸다. "내 거야!"

둘은 동시에 헐레벌떡 길을 가로질러 달려가 통나무덫을 위로 들기 시작했다. 통나무가 위로 올라가자 암여우도 일어섰다. 여우는 폴짝 뛰어올라 자리에 서더니 두 찰간 사람을 비웃기라도 하듯 쳐다보다가 고개를 숙이고 통나무에 눌린 곳을 혀로 핥고는 유쾌하게 꼬리를 흔들면서 신나게 달아나 버렸다.

알료슈까가 여우의 뒤를 쫓으려 하자 마까르가 그의 외투 깃을 뒤에서 잡아챘다.

"티티마! 그건 내 거야!"라고 외치면서 마까르도 암여우 뒤를 쫓았다.

"티티마!" 알료슈까의 목소리가 또 메아리처럼 들려왔고 이번에는 그가 자신의 외투를 잡더니 순식간에 앞으로 뛰어나가는 것이 느껴졌다.

마까르는 화가 머리끝까지 났다. 암여우에 대한 생각은 뒷전으로 한 채 알료슈까 뒤를 쫓기 시작했다.

달리는 속도는 점점 더 빨라졌다. 낙엽송 가지가 알료슈까의 머리에서 털모자를 낚아챘지만 모자를 집어 들 새도 없었다. 마까르가 무시무시한 고함을 지르면서 알료슈까를 잡기 일보 직전이었기 때문이다. 하지만 알료슈까는 언제나 마까르보다 한수 위였다. 그는 갑자기 멈추더니 뒤로 돌아 머리를 숙였다. 마까르는 그 머리에 배를 박히고는 눈 속으로 내동댕이쳐졌다. 그 사이 저주 받을 알료슈까는 마까르의 털모자를 낚아채서 타이가 속으로 사라졌다.

마까르는 천천히 몸을 일으켰다. 그는 완전히 녹초가 되어 절망감에 빠졌다. 끔찍스러운 기분이었다. 두 손 안에 들어온 암여우를 놓쳐 버린 것이다……. 어둠이 깔린 숲 속에서 여우가 자신을 놀리듯 다시 한 번 꼬리를 흔들고는 영원히 사라져 버리는 것이 보이는 듯했다.

날이 어두워졌다. 하늘 정중앙에 희끗희끗한 구름 조각이 희미하게 보였다. 구름이 마치 녹아 흐르기라도 하는 것처럼 사라져 가던 오로라의 빛이 지친 듯 나른하게 구름으로부터 흘러내렸다.

열에 들뜬 마까르의 몸 위로 녹은 눈이 가느다란 줄기가 되어 줄줄 흘러내렸다. 눈이 그의 소매 안으로, 외투의 목깃 안으로 들어가 등으로 흐르고 순록 가죽 장화 안으로도 흘러들었다. 저주 받을 알료슈까가 그의 털모자를 훔쳐 가 버렸다.
벙어리장갑은 뛰는 도중에 어디선가 잃어버렸다. 상황은 나
빴다. 마까르는 혹한의 추위에 장갑도, 털모자도 없이 타이가
로 들어간 사람들이 어떻게 됐는지 익히 알고 있었다.

일어나 걷기 시작한 지 꽤 시간이 흘렀다. 그의 계산으로는
야말라흐에서 벌써 오래전에 벗어나 마을의 종탑을 볼 수 있
어야 했지만 그는 여전히 타이가 안을 헤매고 있었다. 숲은
마법이라도 걸린 듯이 그를 품에 안고서 놓아주지 않았다. 멀
리서 전과 같이 명절을 알리는 종소리가 들려왔다. 종소리가
들리는 쪽으로 걷고 있다고 생각했지만 소리는 점점 더 멀어
졌고 그 메아리가 점점 작아짐에 따라 마까르의 가슴은 막막
한 절망감으로 조여들었다.

그는 피곤했다. 의욕을 잃고, 다리는 후들거렸다. 파김치가
된 몸 여기저기가 쑤셔 왔다. 가슴속에서 숨이 탁 막혀 왔다.
손발이 얼어붙기 시작했다. 모자를 쓰지 않은 맨머리는 불에
달군 쇠로 테두리를 두른 것처럼 죄어들었다.

'이러다가는 끝장이다!' 라는 생각이 자꾸 머리를 스쳤다.
하지만 그는 계속 앞으로 걸었다.

타이가는 말이 없었다. 타이가는 마까르에게 적의라도 품
은 듯 고집스럽게 그의 뒤에서 밀집대형을 만들면서 빛 한 줄
기, 희망 한 조각 던져 주지 않았다.

'이러다가는 끝장이다!' 라는 생각이 마까르의 머리를 떠나

지 않았다.

마까르는 완전히 녹초가 되었다. 이제 어린 나무들까지 그의 신세를 비웃듯이 아무 거리낌없이 그의 얼굴에 직통으로 와서 부딪쳤다. 한 곳에서는 하얀 토끼가 공터로 튀어나와 뒷발로 서서는 끝부분이 까만 긴 귀를 쫑긋거리다가 마까르가 보건 말건 세수를 시작했다. 토끼는 마까르가 누구인지, 마까르가 타이가에 그 자신, 그러니까 토끼를 죽이려고 영리한 기계를 설치해 놓은 그 마까르라는 것을 잘 알고 있다는 사실을 그런 식으로 알리는 것이었다. 이제는 마까르가 토끼의 놀림감이 돼 버렸다.

마까르는 슬퍼졌다. 그 사이 타이가는 더 기운이 왕성해졌고, 그것은 마까르에게는 나쁜 소식이었다. 이제 멀리 있는 나무들조차 긴 가지를 그가 가는 길 위로 늘어뜨려 그의 머리카락을 움켜잡고 눈과 얼굴을 때렸다. 까투리들이 숨겨진 굴에서 나와 호기심 어린 눈을 동그랗게 뜨고 마까르를 바라보자 장끼들이 꼬리를 활짝 펴고 날개를 위협하듯 편 채 그 사이를 뛰어다니며 암컷들에게 그, 마까르에 대해서 그리고 그의 덫에 대해서 시끄럽게 떠들었다. 그런가 하면 먼 숲 속에 수천 마리의 여우 낯짝들이 모습을 보이기 시작했다. 그들은 공기를 한껏 들이마시고는 뾰족한 두 귀를 쫑긋쫑긋하면서 마까르를 비웃듯이 쳐다보았다. 뒷발로 선 토끼들도 깔깔대면서 마까르가 길을 잃어서 타이가를 벗어나지 못하게 생겼다고 여우들에게 알렸다.

이것은 참기 힘든 모욕이었다.

'나는 이제 끝장이다!' 라고 생각한 마까르는 곧장 이를 실천에 옮기기로 했다.

그는 눈 속에 누웠다.

추위는 더 심해졌다. 마지막 햇살이 타이가 정상을 통과해 마까르 쪽을 비추면서 희미한 반짝임으로 하늘을 물들였다. 마지막 종소리가 메아리가 되어 저 멀리 찰간으로부터 들려왔다.

태양이 확 타오르더니 사라졌다. 종소리도 끝이 났다.

그리고 마까르는 죽었다.

5

그 일이 어떻게 일어났는지 그는 눈치 채지 못했다. 그는 몸에서 무언가가 밖으로 빠져나가야 된다는 사실을 알았기 때문에 잠자코 그것이 곧 빠져나가기를 기다렸다……. 하지만 아무 일도 일어나지 않았다.

그래도 자신이 이미 죽었다는 사실을 짐작하고 있었기 때문에 얌전히, 움직이지 않고 누워 있었다. 그렇게 한참을 누워서 시간을 보내고 있자니 그만 싫증이 나 버렸다.

누군가 발로 그를 툭툭 차는 것을 느꼈을 때는 완전히 어두워져 있었다. 그는 감았던 눈을 뜨고 고개를 돌렸다.

이제 낙엽송들은 조용히, 얌전히, 얼마 전에 친 장난을 부끄러워하듯 그의 위에 서 있었다. 가지가 풍성한 전나무들이 눈 덮인 넓은 가지를 뻗어서 조용히 흔들었다. 반짝이는 눈송이가 고요히 공기 속을 떠다녔다.

새파란 하늘에 밝게 빛나는 선량한 별들이 빽빽한 나뭇가지 사이로 내려다보면서 "이런, 불쌍한 사람이 죽고 말았어." 하고 말하는 것 같았다.

마까르가 눈을 떠 보니 이반 신부가 서서 그를 발로 차고 있었다. 그의 긴 사제복은 눈으로 덮여 있었다. 모피 모자, 어깨, 긴 턱수염도 눈에 덮여 있었다. 가장 놀라운 사실은 그가 사 년 전에 죽은 바로 그 이반 신부라는 점이었다.

그는 선량한 신부였다. 그는 한 번도 마까르에게 봉헌금을 재촉한 적이 없었고 성찬식 집행에 대한 돈을 요구한 적도 없었다. 이반 신부가 세례와 기도를 해 주는 것에 대한 대가의 크기도 마까르가 정했다. 지금 생각해 보니 대가가 너무 적었거나 어떤 경우에는 아예 셈을 하지 않은 적도 있는지라 갑자기 부끄러워졌다. 이반 신부는 화를 낸 적이 없었다. 보드카 한 병만 준비해 주면 그는 만족했다. 마까르가 빈털터리일 때 이반 신부는 자기 돈을 줘서 보드카를 사 오도록 시켰고 둘이 함께 술을 마셨다. 신부는 언제나 고주망태가 될 때까지 술을 마셨지만 싸움이 붙은 적은 거의 없었고 있어도 심하게 싸우는 법이 없었다. 마까르가 술에 취해 정신을 잃은 신부를 집까지 데려가 부인의 손에 넘겨준 적이 한두 번이 아니었다.

그렇다. 그는 선량한 신부였다. 하지만 이반 신부의 죽음은 끔찍했다. 어느 날 모두 집으로 돌아가고 혼자 술에 취해 침대에 누워 있던 이반 신부는 담배 생각이 났다. 그는 비틀거리며 일어나 불이 활활 타오르는 커다란 난로 쪽으로 다가가 파이프에 불을 붙이려고 했다. 하지만 코가 삐뚤어지도록 술을 마신 신부는 그만 균형을 잃고 불 속으로 고꾸라졌다. 식구들이 돌아왔을 때 신부에 몸에서 남은 것은 타다 남은 다리뿐이었다.

모든 사람이 선량한 이반 신부를 애도했다. 그의 몸뚱이 중에 남은 것이 다리뿐인지라 세상의 어떤 의사도 그를 치료할 수가 없었다. 다리의 장례식을 치르고 나자 이반 신부 자리에 다른 사람을 임명했다. 그랬던 그 이반 신부가 지금 멀쩡한 모습으로 마까르를 내려다보면서 발로 그를 툭툭 차고 있는 것이었다.

"일어나게, 마까루슈꼬(마까르의 애칭)." 그는 말했다. "같이 가세나."

"어디로 가는 건데?" 마까르는 퉁명스럽게 대답했다.

일단 '세상을 하직한' 이상 그의 임무는 얌전히 누워 있는 것이라는 게 그의 생각이었다. 괜스레 길도 없는 타이가를 다시 헤매고 다닐 필요는 없는 것이다. 그럴 바에는 그가 뭣 하러 죽었겠는가?

"대(大)토이온에게 감세."

"토이온한테 뭐하러 가?' 마까르가 물었다.

"토이온이 자네를 심판할 걸세." 신부는 비통하고 다소 감격 어린 목소리로 말했다.

마까르는 하긴 사람이 죽으면 심판을 받기 위해 어디론가 가야 한다는 사실을 기억해 냈다. 언젠가 교회에서 들었던 것 같았다. 그러니, 신부의 말이 옳다. 일어나야 하는 것이다.

마까르는 죽은 사람도 그냥 놔 두지 않는다고 구시렁거리면서 몸을 일으켰다.

신부가 앞에서 걷고 마까르가 뒤를 따랐다. 둘은 계속해서 앞으로 걸었다. 낙엽송들이 얌전히 길을 터 주었다. 동쪽으로 걸었다.

마까르는 이반 신부의 뒤에 발자국이 생기지 않는 것을 보고 놀랐다. 자기 발아래를 보니 마찬가지로 발자국이 없었다. 눈은 식탁보처럼 깨끗하고 반질반질했다.

금세 머리에 떠오른 생각은 '옳다구나. 몰래 남의 덫을 살피러 다녀도 아무도 모르겠지' 하는 것이었다. 그런데 그의 속을 꿰뚫어본 듯 이반 신부가 몸을 돌리더니 말했다.

"카비시!(야꾸찌야 말로 '그만 둬') 그런 생각을 할 때마다 어떤 대가를 치를지 아는가?"

"흥!" 마까르는 불만스럽게 대답했다. "이젠 생각도 마음대로 못 하겠군! 어쩌다가 그렇게 쫀쫀한 사람이 됐지? 너나입 다물어!"

신부는 고개를 젓고는 계속 앞으로 갔다.

"아직 멀었어?" 마까르가 물었다.

"아직 머네." 신부는 침통하게 대답했다.

"먹을 게 뭐가 있지?" 마까르가 걱정스레 다시 물었다.

"죽은 후에는 먹거나 마실 필요가 없다는 걸 잊었나?" 신부는 그에게 몸을 돌리더니 말했다.

신부의 대답은 마까르의 성에 차지 않았다. 먹을 게 아무것도 없다면야 먹을 필요가 없는 것도 괜찮지만, 그럴 바에야죽은 그 자리에 그냥 누워 있는 편이 편했을 것 아닌가. 그렇지도 않고 계속 걸어야 하는데다, 갈 길은 멀고, 아무것도 먹지 않아야 하다니, 마까르로서는 정말 얼토당토않은 일이었다. 그는 다시 투덜대기 시작했다.

"구시렁대지 말게." 신부가 말했다.

"알았어!" 마까르는 심술이 난 목소리로 대답했지만 혼잣말로 여전히 한탄을 하며 "사람을 걷게 하면서 먹지도 말라니! 이게 어디 법도야?" 하고 악법을 성토했다.

신부의 뒤를 따라가는 내내 그는 불만스러웠다. 길은 멀었다. 마까르는 아직 해가 뜨는 것을 본 기억이 없었지만 거리를 가늠해 볼 때 이미 일주일은 걸어온 것 같았다. 얼마나 많은 골짜기와 험준한 산, 강, 호수를 뒤로 하고 얼마나 많은 숲과 평원을 지나왔던가. 주변을 둘러보자 시커먼 타이가가 저절로 뒤로 물러나고 높은 눈산들이 밤의 어둠 속으로 녹아들어가면서 순식간에 지평선 너머로 모습을 감추는 것 같았다.

짐작컨대 그들은 점점 더 높은 곳으로 올라가고 있었다. 별들이 점점 더 크고 선명하게 보였다. 마까르와 이반 신부가 올라간 고원의 산등성이 뒤에서 이미 오래전에 사라졌던 달의 끝부분이 모습을 드러냈다. 달은 황급히 떠나려던 참으로 보였지만 마까르와 신부가 달을 따라잡았다. 마침내 달이 다시 지평선 위로 올라오기 시작했다. 그들은 높은 고원의 평지를 걷고 있었다.

이제 주변이 환해졌다. 밤이 시작됐을 때보다 훨씬 더 밝았다. 이것은 물론 그들이 별들에 훨씬 더 가까워졌기 때문인 것 같았다. 크기가 사과 알만한 별들이 반짝였고 커다란 황금통의 바닥 같은 달이 고원의 한쪽 끝에서 다른 쪽 끝까지 태양처럼 환하게 비춰 주고 있었다.

고원에서는 눈송이 하나하나가 아주 선명하게 보였다. 평원을 따라서 수많은 길이 나 있었고 모든 길이 동쪽에서 하나로 합쳐졌다. 길 위에는 각양각색의 옷을 입은 사람들이 걷거나 수레를 타고 움직이고 있었다.

말 탄 한 남자를 주의 깊게 눈여겨보던 마까르가 갑자기 길을 벗어나더니 그의 뒤를 쫓아 달려갔다.

"거기 서게, 거기 서!" 신부는 소리쳤지만 마까르는 듣지 않았다. 육 년 전 그의 얼룩말을 훔쳐서 도망갔다가 오 년 전에 죽은 따따르인을 발견한 것이었다. 따따르인은 지금도 그때의 얼룩말을 타고 있었다. 말은 연신 경중경중 뛰고 있었다. 발굽 아래서 형형색색의 별빛으로 아롱지면서 눈가루가 뭉게뭉게 피어올랐다. 마까르는 걷고 있는 자신이 어떻게 말을 탄 따따르인을 이렇게 쉽게 따라잡아서 미친 듯이 날뛰는 말 앞에 도달했는지 놀라지 않을 수 없었다. 한편 몇 발짝 앞에 선 마까르를 발견한 따따르인은 마음을 단단히 먹고 말을 멈췄다. 마까르는 불같이 성을 내며 그를 덮쳤다.

"촌장한테 가자, 이놈. 이건 내 말이야. 이 녀석의 오른쪽 귀가 잘라져 있는 게 보이지……. 이 교활한 놈 보라지! 도둑 놈은 남의 말을 타고 가고, 주인은 거지처럼 걸어서 간단 말이지!"

"멈추게!" 따따르인이 말했다. "촌장한테 갈 것까지 뭐 있어. 니 말이라고? 그럼 가져가라구! 빌어먹을 짐승 같으니! 오 년을 타고 다녀도 여태 길이 안 드니. 나 원……. 걷는 사람들한테 매번 따라잡히니, 훌륭한 따따르 남자로서는 부끄럽기 짝이 없는 일이지."

그러고는 안장에서 내리려고 한쪽 다리를 들었을 때 숨을 헐떡거리며 그들 쪽으로 달려온 이반 신부가 마까르의 팔을 잡았다.

"한심한 사람 같으니!" 그는 소리쳤다. "뭘 하는 건가? 따따르인이 자네를 속이려 하는 것을 모르겠나?"

"속이려는 걸 왜 몰라." 마까르는 양팔을 휘저으면서 소리쳤다. "이 말은 정말 훌륭한 말이었어. 정말 일을 잘했지……. 이 녀석이 세 살배기였을 때 벌써 사십 루블을 줄 테니 팔라는 사람들이 있었다구……. 어림도 없지, 이놈! 만약에 말을 못쓰게 만들어 났으면 말은 죽여서 고기로 팔 테니, 니놈이 돈으로 물어내야 해! 따따르 놈이면 법을 안 지켜도 된다는 거냐?"

마까르는 핏속에 흐르는 따따르인에 대한 두려움 때문에 주위에 사람들을 불러 모으기 위해 길길이 뛰며 일부러 소리를 질렀다. 하지만 신부가 그를 막았다.

"목소리를 낮추게, 마까르! 자네가 이미 사자(死者)라는 것을 잊지 말게나……. 자네한테 이제 말이 무슨 소용인가? 게다가 걸어서도 따따르인보다 훨씬 더 빠르게 이동하고 있다는 사실을 깨닫지 못했나? 말을 타고 천 년을 가고 싶은가?"

마까르는 따따르인이 왜 그렇게 쉽게 말을 돌려주려 했는지 그제서야 깨달았다.

'교활한 족속 같으니!' 하고 생각한 마까르는 따따르인을 향해 말했다.

"됐네! 말을 타고 가게나. 자네를 용서하겠네."

따따르인은 화가 나서 털모자를 푹 눌러 쓰고는 말에 채찍질을 했다. 말이 높이 날아오르자 발굽 아래서 눈보라가 휘날렸지만 마까르와 신부가 발을 뗄 때까지 따따르인은 한 발도 움직이지 않고 있었다.

그는 화가 난 듯 침을 퉤 뱉고는 마까르를 향해 말했다.

"자, 도고르(야꾸찌야 말로 '친구'). 마호르까 담뱃잎 하나 얻을 수 있을까? 담배가 너무 피우고 싶은데 자네 담배는 이미 사 년 전에 다 피워 버렸거든."

"친구는 무슨, 개나 주라고 해!" 마까르가 화를 내며 대답했다. "말을 훔쳐 가더니 이제 담배까지 달라고! 너 같은 게 어디 가서 뒈지든 내가 알 게 뭐야!"

이렇게 말하고는 마까르는 가던 길을 계속 갔다.

"그에게 마호르까 담뱃잎을 한 장 주지 그랬나" 하고 이반 신부가 말했다. "그랬다면 토이온의 심판에서 자네가 지은 죄 백 여남은 개는 용서를 받을 수 있었을 텐데."

"진작 좀 말해 주지 그랬소?" 마까르가 퉁명스레 대답했다.

"이제 와서 자네를 가르치기는 늦었네. 자네가 살아 생전에 교회 신부들에게서 선행을 배웠어야 했지."

마까르는 화가 났다. 신부들이란 아무 짝에도 도움이 되지 않는 사람들이었다. 봉헌금을 받아 처먹으면서 죄 사함을 받으려면 따따르인에게 담뱃잎 한 장을 내줘야 한다는 사실을 가르쳐 주지도 않다니. 담뱃잎 한 장에 백 개의 죄를 사해 주다니! 농담이겠지……. 그런 일에는 뭔가 더 요구하는 게 있지 않겠는가!

"잠깐만." 그는 말했다. "우리 것으로 담뱃잎 한 장을 남겨 두고 나머지 네 장은 지금 따따르인에게 주겠네. 그럼 사백 개의 죄를 사해 주는 거 맞지?"

"주변을 돌아보게." 신부가 말했다.

마까르는 주위를 둘러보았다. 뒤로는 눈 덮인 광활한 평원 이 펼쳐져 있었다. 따따르인은 단숨에 까마득한 점이 되어 반 짝이고 있었다. 마까르는 따따르인이 탄 말의 발굽 아래서 하 얀 먼지가 날리는 것을 본 듯했지만 일 초 후 그것마저 사라 졌다.

"흥! 따따르 놈한테 담배는 무슨 담배. 봤지? 그 망할 놈이 말을 못쓰게 만들어 놓았어!"

"아닐세." 신부가 말했다. "그는 자네 말을 망치지 않았네. 문제는 그 말이 훔친 말이기 때문이야. '훔친 말로는 멀리 못 간다'는 옛말을 어른들로부터 듣지 못했나?"

그런 말을 들어본 적은 있었지만 살아 생전 따따르인들이 훔친 말을 타고 멀리 큰 도시까지 달아나는 것을 종종 봐 왔 기에 그는 노인들의 말을 별로 신뢰하지 않았었다. 지금은 노 인들도 가끔 쓸모 있는 말을 한다는 확신이 들었다.

그 후 마까르는 평원을 걸으며 말 탄 수많은 사람들을 앞질 렀다. 먼저 본 사람들처럼 그들도 모두 빠른 속도로 말을 달 리고 있었다. 말들은 새처럼 날았고 말 탄 자들은 땀에 젖어 있었지만 그럼에도 마까르는 쉽게 그들을 따라잡아 앞지르는 것이었다.

그들 대부분이 따따르인이었지만 본토박이 찰간 사람들도 볼 수 있었다. 찰간 사람들 중에 몇몇은 훔친 소 위에 앉아서 버드나무 가지로 소를 때리고 있었다.

따따르인들을 보게 되면 마까르는 매번 적의에 찬 눈으로 노려보면서 그들이 혼이 덜 났다고 구시렁댔다. 찰간 사람을 만나면 멈춰서 친절하게 이야기를 나누었다. 도둑이라도 동네 사람은 친구 아닌가. 이따금 마까르는 길 위에 떨어진 버드나무 가지를 들어서 그들이 탄 소와 말의 엉덩이를 열심히 채찍질하는 것으로 동향인들에 대한 연민을 표하기도 했다. 하지만 마까르가 몇 발짝만 떼도 말 탄 자들은 벌써 저 뒤 겨우 보일락 말락 하는 점이 돼 버리는 것이었다.

평원은 끝이 보이지 않았다. 마까르와 이반 신부는 말 탄 사람들과 걷고 있는 사람들을 벌써 여러 번 앞질렀고 그러는 사이 주변은 텅 비어 버린 듯했다. 길 위에서 새로운 사람들을 만날 때까지는 매번 수백 혹은 수천 베르스타를 지나야 했다.

사람들의 형체들 속에서 마까르의 눈에 낯선 노인이 들어왔다. 그는 찰간 사람이 분명해 보였다. 얼굴, 옷, 심지어는 걸음걸이만 보아도 알 수 있었다. 하지만 마까르는 예전에 노인을 본 기억이 없었다. 노인은 누더기 외투와 역시 누더기인 커다란 귀마개 털모자, 오래된 가죽 바지와 누더기 송아지가

죽 장화를 신고 있었다. 하지만 무엇보다 더 끔찍한 것은 노인의 나이에도 불구하고 자기보다 훨씬 더 늙은 할망구를 등에 업고 가는 것이었는데 노파의 두 다리가 땅에 질질 끌리고 있었다. 노인은 가쁜 숨을 쉬고 있었고 그의 다리는 휘청대며 힘들게 지팡이에 의지하고 있었다. 마까르는 노인이 불쌍해졌다. 그가 멈추자 노인도 멈춰 섰다.

"카프세(야꾸찌야 말로 '말해')!"하고 마까르는 유쾌하게 말했다.

"싫네." 노인이 대답했다.

"뭘 들었나?"

"아무것도 못 들었네."

"뭘 보았나?"

"아무것도 못 보았네." (야꾸트인들의 전통적인 인사법)

마까르는 잠시 침묵을 지킨 후에서야 노인에게 그가 누구인지, 어디서 오는 길인지 물어도 좋다고 생각했다.

노인은 이름을 댔다. 아주 먼 옛날, 노인도 몇 해 전인지는 정확히 알지 못했다. 그는 찰간을 떠나 구원을 얻기 위해서 '산'으로 향했다. 그곳에서 노인은 아무 일도 안 하고, 호로딸기와 나무 뿌리만 먹었고, 땅을 갈지도, 씨를 뿌리지도, 맷돌에 곡식을 까부르지도, 인두세를 내지도 않았다. 그가 죽어서 심판을 받기 위해 토이온 앞에 불려 갔을 때 그는 구원을 얻기 위해 '산'으로 갔다고 말했다. "좋다." 토이온은 말했다. "그런데 네 늙은 아내는 어디 있는가? 가서 늙은 아내를 데려오거라." 그가 늙은 아내를 데리러 갔을 때 그녀는 죽음을 앞두고 걸식을 하고 있었다. 부양할 자식도, 집도 절도 없이 허약해질 대로 허약해진 아내는 발을 내디딜 수조차 없었다. 결국 노인은 늙은 아내를 등에 업고 토이온에게 가는 수밖에 없었다.

노인이 울기 시작하자, 늙은 아내는 수소에게 하듯이 남편의 옆구리를 발로 차면서 힘은 없지만 노한 목소리로 말했다.

"가자구, 영감!"

마까르는 노인이 더 불쌍하게 여겨진 나머지 자신이 '산'으로 떠나지 않았다는 사실에 마음속으로 안도의 한숨을 내쉬었다. 마까르의 마누라는 키도 더 크고 기골이 장대해서 업고 가려면 훨씬 더 힘들었을 것이다. 거기다가 만에 하나라도 그를 수소처럼 발로 차 대기까지 한다면 그는 곧 숨이 넘어가지 않았겠는가.

측은한 마음이 들어 마까르는 친구를 돕는답시고 노파의 다리를 들면서 두세 발짝을 뗐다. 하지만 바로 노파의 다리에서 손을 놓아야만 했다. 순식간에 노인과 그가 진 짐이 시야에서 사라졌다.

이후의 여정에서 마까르가 특별히 관심을 둘 만한 사람들은 더 나타나지 않았다. 운반용 가축처럼 훔친 물건을 잔뜩 지고 한 걸음 한 걸음을 힘겹게 움직이는 도둑들도 있었고 끄덕끄덕 몸을 흔들며 높은 안장 위에 앉아서 탑처럼 하늘 높이 솟은 털모자 끝으로 구름을 건드리는 살찐 야꾸트 토이온들도 있었다. 그 옆을 피골이 상접하고 토끼처럼 가벼운 불쌍한 일꾼들이 깡충깡충 달리고 있었다. 그런가 하면 온몸이 피범벅이 된 침울한 살인자가 흉악하게 눈을 굴리면서 걷고 있었다. 그는 피 얼룩을 닦아 내려고 깨끗한 눈 속으로 달려들곤 했지만 소용없었다. 살인자 주변의 눈은 순식간에 거품처럼 선홍빛이 됐지만 그의 몸에 묻은 피는 색깔이 더 선명해졌고 그의 눈에는 참을 수 없는 절망감과 공포가 나타났다. 그는 다른 사람들의 놀란 시선을 피하면서 계속 앞으로 걸었다.

한편 자그마한 아이들의 영혼이 작은 새들처럼 공기 중에 계속 나타났다 사라지기도 했다. 거대한 무리를 지어 날고 있는 아이들의 영혼을 보았을 때 마까르는 그다지 놀라지 않았다. 나쁘고 거친 음식, 불결함, 난롯불과 유르타의 차가운 외풍 때문에 찰간 한곳에서만도 매년 수백 명의 아이들이 죽어 나갔다. 살인자 옆을 날던 아이들은 깜짝 놀라서는 멀리 옆으로 비켰고 그 후에도 오랫동안 공기 속에는 빠르고 소란스러운 아이들의 작은 날갯짓 소리가 남아 있었다.

마까르는 다른 사람들에 비해 자신이 훨씬 빨리 움직이고 있다는 사실을 깨닫고는 그것이 자신의 선행 덕분이라고 서둘러 결론을 내렸다.

"내 말 좀 들어 봐, 아가비트(야꾸찌야 말로 '아버지'). 자네 생각은 어떻지? 내가 생전에 술은 좀 마셨지만 사람은 좋았잖아. 신께서 나를 사랑하시는 게 틀림없어……."

그는 이반 신부를 뚫어지게 바라보았다. 속으로 이 늙은 신부로부터 뭔가 귀띔을 얻을 수 있지 않을까 싶었다. 하지만 신부는 짧게 대답했다.

"자만하지 말게! 거의 다 왔네. 곧 직접 알게 될 걸세."

마까르는 평원이 밝아 오고 있음을 그제서야 깨달았다. 무엇보다도 지평선 너머에서 밝은 빛 줄기 몇 개가 새어 나왔다. 그 빛은 빠른 속도로 하늘을 가로지르더니 밝은 별들을 소등시켰다. 별들도 꺼지고 달은 졌다. 그러자 눈 덮인 평원에 어둠이 깔렸다.

그리고 평원 위로 안개가 피어오르면서 열병식을 하듯 평원을 에워쌌다.

그리고 동쪽 한곳에서 안개가 환하게 밝아지는 것이 꼭 황금 갑옷을 입은 전사들 같았다.

그리고 안개가 요동을 치기 시작했고, 황금전사들은 골짜기의 왕에게 고개를 숙였다.

그리고 그 뒤에서 태양이 떠올라 그들의 황금빛 허리 위에서서 평원을 둘러보았다.

그리고 평원은 온통 이제까지 본 적 없는 눈부신 빛으로 반짝이기 시작했다.

그리고 안개가 웅장하게 거대한 원무를 추듯 하늘 높이 올라가 서쪽에서 산산조각으로 흩어지더니 몸을 흔들며 위로 올라갔다.

그리고 마까르의 귀에 신비스러운 노랫가락이 들리는 것 같았다. 그것은 지구가 매일 태양을 마중하면서 불러온, 오래 전부터 귀에 익은 노래같이 느껴졌다. 하지만 마까르는 지금까지 한 번도 그 노래에 관심을 기울인 적이 없었고 이제야 그 노래가 얼마나 신비스러운지 깨달았다.

그는 노래를 듣기 위해 멈춰 섰고 계속 걷고 싶은 마음이 사라졌다. 영원히 이 자리에 서서 노래를 듣고 싶었다…….

그때 이반 신부가 그의 소매를 건드렸다.

"들어가세. 다 왔다네."

그제서야 마까르는 자신이 지금까지 안개 뒤에 가려져 있던 거대한 문 앞에 서 있음을 깨달았다.

그는 마음이 전혀 내키지 않았지만 어찌할 도리가 없었기 때문에 순순히 복종했다.

6

그들은 잘 꾸며진 넓은 오두막 안으로 들어갔다. 집 안에 들어서서야 마까르는 바깥 날씨가 매섭게 추웠다는 사실을 깨달았다. 집 한가운데에는 진정한 장인의 솜씨로 조각된 작은 은제 난로가 있었고 그 속에서 황금빛으로 타오르는 장작 개비들이 뿜어내는 은은한 열기로 온몸이 순식간에 따스해 졌다. 이 이상한 난로에서 나오는 불은 눈을 아프게 하지도, 너무 뜨겁지도 않았으며 단지 몸을 따스하게 데워 줄 뿐이었 다. 마까르는 영원히 이곳에 서서 몸을 덥히고 싶다는 생각이 다시 들었다. 이반 신부도 난로에 다가와 언 손을 녹였다.

　오두막 안에는 네 개의 문이 있었는데 그중 하나만이 외부 로 난 문이었고 나머지 문으로는 하얀색의 긴 셔츠를 입은 젊 은 남자들이 끊임없이 들락날락했다. 마까르는 그들이 이곳 토이온의 일꾼들일 것이라고 생각했다. 예전에 그들을 어디 선가 본 듯했지만 어디서인지는 기억이 나지 않았다. 일꾼들 의 등에 커다란 하얀 날개가 달려 있어 몹시 놀랐지만 마까르 는 토이온에게 다른 일꾼들도 있을 것이라고 생각했다. 저런 날개를 달고서야 장작과 통나무를 베기 위해 빽빽한 타이가 숲을 통과할 수 없지 않은가.

　일꾼 하나가 난롯가로 다가오더니 마까르에게 등을 보이고 이반 신부와 말을 건네기 시작했다.

　"말해 보게!"

　"말할 게 없네." 신부가 대답했다.

　"세상에서 무슨 말을 들었는가?"

　"아무것도 들은 게 없네."

　"무엇을 보았는가?"

"아무것도 보지 못했네."

잠시 침묵이 흐르다가 신부가 말했다.

"한 사람을 데려왔다네."

"찰간 사람인가?" 일꾼이 물었다.

"그렇다네. 찰간 사람이지."

"그렇다면 커다란 저울을 준비해야겠군."

그러고는 지시를 내리기 위해서 그는 한 문으로 나갔다. 마까르는 저울이 왜 필요한지, 그것도 왜 커다란 저울이 필요한 건지 신부에게 물었다.

"들어보게." 신부는 다소 당황스러워하며 대답했다. "저울은 자네가 살아서 행한 선행과 악행의 무게를 재기 위해서 필요하다네. 모든 사람들의 선행과 악행은 대강 균형을 이루지. 그런데 찰간 사람들은 죄가 너무 많은지라 토이온이 특별히 자네들을 위해서 죄를 다는 잔을 크게 한 거대한 저울을 만들도록 했지."

이 말에 마까르는 심장이 오그라드는 느낌이 들었다. 그는 겁을 먹었다.

일꾼들이 거대한 저울을 가져와 자리에 세웠다. 작은 크기의 잔은 황금으로 만들어져 있었고 거대한 크기의 다른 잔은 나무로 만들어져 있었다. 큰 잔 아래에 갑자기 시커멓고 깊은 구멍이 열렸다.

마까르는 저울로 다가가 속임수가 없는지 꼼꼼히 살폈다.

속임수는 없었다. 잔은 흔들리지 않고 나란히 매달려 있었다……

"토이온이 오고 있네." 갑자기 이렇게 말하더니 이반 신부는 재빨리 사제복의 옷매무새를 다듬기 시작했다.

중간문이 열리고 허리 아래까지 늘어진 거대한 은빛 턱수염을 한 나이가 백 살은 넘어 보이는 토이온이 들어왔다. 그는 마까르가 모르는 고급 모피와 옷감으로 지은 옷을 입고 있었고 발에는 예전에 나이 든 성상 화가에게서나 보았던 비로드가 덧대어진 따뜻한 장화를 신고 있었다.

늙은 토이온을 보자마자 마까르는 그가 교회의 벽에 그려진 바로 그 노인이라는 것을 알아차렸다. 그림과는 달리 토이온의 옆에는 아들이 없긴 했다. 마까르는 아들이 집안일 때문에 밖에 나갔을 것이라고 짐작했다. 대신 비둘기 한 마리가 방으로 날아 들어와 노인의 머리 위를 돌다가 그의 무릎 위에 내려앉았다. 늙은 토이온은 그를 위해 특별히 준비한 의자에 앉아서 비둘기의 머리를 손으로 쓰다듬었다.

늙은 토이온은 선한 얼굴을 하고 있었다. 마까르는 가슴이 너무 답답할 때면 그의 얼굴을 보았고 그러면 마음이 가벼워졌다.

마까르의 가슴이 답답해진 이유는 갑자기 자신의 인생 전부가 세세한 것 하나까지 모두 기억이 났기 때문이었다. 자신의 모든 행동, 도끼질 하나, 자신이 벤 나무 하나하나, 그가 했던 모든 거짓말, 그가 마신 보드카 잔, 모두가 기억이 났다.

그러자 마까르는 수치심과 공포를 느꼈다. 하지만 늙은 토이온의 얼굴을 보자 다시 용기가 생겼다.

용기가 나자 마까르는 어쩌면 자신이 지은 죄 중에 일부는 감출 수도 있지 않을까 하는 희망을 품기도 했다.

늙은 토이온은 그를 쳐다보고는 그가 누구이며, 어디서 왔는지, 이름이 뭔지, 나이가 몇인지 물었다.

마까르가 대답하자 늙은 토이온은 물었다.

"살아서 무엇을 했느냐?"

"벌써 알고 있잖아. 장부에 다 기록이 돼 있을 텐데."

마까르는 늙은 토이온에게 자신의 행실이 모두 기록된 장부가 진짜로 있는지 떠보기 위해서 짐짓 이렇게 대답하는 것이었다.

"네 입으로 말하거라. 입을 열어!" 늙은 토이온이 말했다.

그러자 마까르는 다시 용기를 내었다.

마까르는 자신이 살아 생전 한 일들을 풀어 놓기 시작했다. 그는 물론 자신이 한 도끼질이 몇 번이었는지, 몇 그루의 통나무를 벴는지, 쟁기로 간 고랑이 몇 개인지 모두 기억했지만, 거기에다가 나무 수천 그루, 장작 수백 수레, 통나무 수백 개, 파종한 씨앗 수백 푸드를 슬쩍 더했다.

마까르가 말을 마치자 늙은 토이온은 이반 신부를 향해 말했다.

"장부를 이리 가져오게나."

이반 신부가 토이온의 수룩수트(야꾸쩨야 말로 '서기')로 일하고 있는 것을 본 마까르는 신부가 자신과의 친분관계에도 불구하고 사전에 귀띔을 해 주지 않은 것에 분노했다.

이반 신부는 거대한 장부를 가져와서 책장을 젖히고는 읽기 시작했다.

"통나무는 몇 개인지 보게나." 늙은 토이온이 말했다.

이반 신부는 장부를 들여다보고는 비통하게 대답했다.

"만 삼천 개나 불려서 말했습니다."

"거짓말이야!" 마까르가 벌컥 소리를 질렀다. "아니, 신부가 실수한 거야. 그는 술주정뱅이에다가 끝이 좋지 않았어."

"입을 다물어라!" 늙은 토이온이 말했다. "그가 네게서 세례식이나 결혼식에 대한 대가로 무리한 요구를 한 적이 있느냐? 봉헌금을 억지로 받아 낸 적이 있느냐?"

"대답할 필요가 없는 것은 하고 싶지 않구려." 마까르가 말했다.

"거 보게나. 나도 그가 술을 즐겼다는 건 알고 있어."

이렇게 말한 늙은 토이온은 크게 화를 냈다.

"이제 장부에 적힌 그의 죄를 읽어 보게. 저자는 거짓말을 하니 그의 말을 믿지 못하겠네." 토이온이 이반 신부에게 말했다.

그 사이 일꾼들은 황금잔 위에 마까르의 통나무, 장작, 밭,

그리고 그가 살아 생전 한 모든 일을 올려놓았다. 그가 한 일이 너무 많아서 황금잔은 계속 밑으로 내려갔고 반대로 나무잔은 너무 높이 올라가 손으로 잡을 수 없는 곳까지 가자 백 명 남짓 되는 젊은 신의 일꾼들이 날개를 퍼덕거리면서 날아서 나무잔에 밧줄을 걸어 아래로 당겼다.

찰간에서 온 우리의 주인공이 한 일은 얼마나 무거웠던가!

이제 이반 신부는 마까르의 거짓말을 세기 시작했는데, 거짓말을 한 횟수는 이만 천구백삼십삼 번이었다. 이어서 마까르가 마신 보드카가 몇 병이었는지 세 보니 사백 병이었다. 신부가 장부를 읽어 내려가는 동안 마까르는 나무잔이 황금잔보다 기울면서 열린 구멍 속으로 들어가기 시작하는 것을 보았다.

그러자 마까르는 속으로 상황이 안 좋게 돌아간다고 생각하고는 몰래 저울로 다가가 내려가는 잔 아래에 다리를 받치려고 했다. 하지만 한 일꾼이 이것을 눈치 챘고 이어서 소동이 일어났다.

"거기 무슨 일이냐?" 늙은 토이온이 물었다.

"이 녀석이 다리로 저울을 받치려고 했습니다." 일꾼이 대답했다.

그러자 토이온은 불같이 화를 내며 마까르에게 말했다.

"네놈은 사기꾼에 게으름뱅이, 술주정뱅이로구나……. 게다가 세금도 내지 않고, 신부에게 봉헌금도 바치지 않고, 그

때문에 네놈한테 욕을 할 때마다 경찰서장 또한 쓸데없는 죄를 짓게 되지 않았느냐!"

그리고는 이반 신부 쪽을 향해 늙은 토이온이 물었다.

"찰간에서 말에 짐을 제일 많이 싣고 다니며 말을 가장 혹사시키는 자가 누구인가?"

이반 신부는 대답했다.

"교회 집사입니다. 우편을 배달하고 경찰서장을 모셔 나르고 있죠."

그러자 늙은 토이온은 말했다.

"이 게으름뱅이를 교회 집사의 거세한 수말로 만들게. 이놈이 지쳐 나가떨어질 때까지 경찰서장을 태우고 다니도록 하게……. 그 후에 다시 생각해 봄세."

늙은 토이온이 이 말을 마치자마자 문이 열리면서 늙은 토이온의 아들이 집으로 들어와 그의 오른팔 옆에 앉았다.

아들은 말했다.

"아버지의 선고를 들었습니다……. 저는 속세에서 긴 세월을 살아서 그곳 물정을 잘 압니다. 이 불쌍한 자가 경찰서장을 태우고 다니려면 얼마나 힘들까요! 하지만…… 그렇게 되라지요!…… 하지만 그에게 더 할 말이 있지 않을까요. 말해 보게, 바라흐산(야꾸찌야 말로 '불쌍한 자')!"

그러자 이상한 일이 일어났다. 마까르, 평생 한 번도 열 단어 이상을 조리 있게 말해 본 적이 없는 그 마까르가 불현듯 말문이 트인 것이다. 입을 떼자 마까르 스스로 놀랄 지경이었다. 마치 두 명의 마까르가 있어서 한 명은 말을 하고 다른 한 명은 그의 말을 들으면서 놀라고 있는 것 같았다. 마까르는 자신의 귀를 믿을 수가 없었다. 그의 입에서 열정적으로 술술 흘러나온 단어 하나 하나가 곧 조리 있고 긴 문장이 되었다. 그는 겁내지 않았다. 조금이라도 말이 꼬인다 싶으면 바로 정상으로 돌아와 전보다 더 큰 목소리로 외쳤다. 하지만 무엇보다 중요한 것은 마까르 자신이 스스로의 말에 설득당하고 있다는 점이었다.

늙은 토이온은 처음에는 마까르의 당돌함에 다소 화가 났지만 곧 주의 깊게 그의 말을 듣기 시작했고, 마까르가 처음 생각보다 바보가 아니라는 사실에 놀라고 있었다. 이반 신부도 처음에는 당황해서 마까르의 외투 밑단을 잡아당겼는데 마까르는 몸을 휙 돌려 말을 이어갔다. 그 후 신부도 진정을 하고 자신의 신도가 사리가 분명하고, 그의 진실이 늙은 토이온의 마음을 움직이고 있다는 사실을 목도하고는 얼굴에 미소가 떠올랐다. 긴 상의를 입고 흰 날개가 달린, 늙은 토이온의 일꾼으로 일하고 있는 젊은이들조차 다른 방에서 문을 살짝 열고 서로를 팔꿈치로 밀어 가면서 마까르의 연설을 휘둥그런 눈으로 지켜보고 있었다.

그는 교회 집사의 거세한 수말이 되고 싶지 않다는 대목부터 시작했다. 힘든 일이 무서워서 싫다는 것이 아니라 그 결정이 옳지 않기 때문이라고 말이다. 그리고 결정이 옳지 않은 이상 그는 복종하지 않을 것이라고 했다. 귀도 쫑긋하지 않고, 한 발짝도 움직이지 않겠다고. 그러니 마음대로 하시라고! 영원히 악마의 종으로 만들겠다고 해도 옳지 않은 이상 그는 경찰서장을 태우지 않겠다는 것이었다. 단 거세 수말이 되는 것을 두려워하는 게 아니라는 점은 알아 두시라고. 교회 집사는 거세 수말을 혹사시키기는 해도 사료로 귀리를 주지만, 자신은 평생을 혹사당하면서도 어느 누구한테 한 번도 귀리를 얻어먹어 보지 못했다고.

　"누가 너를 혹사시켰느냐?" 늙은 토이온이 연민을 느끼며 물었다.

　그렇다. 그는 평생을 혹사당했다! 촌장들이, 읍장들이, 위원들이, 경찰서장들이 세금을 내라며 그를 혹사시켰다. 신부들은 봉헌금을 내라며 그를 혹사시켰다. 가난과 배고픔이 그를 혹사시켰다. 추위와 더위, 비와 가뭄이 그를 혹사시켰다. 꽁꽁 언 땅과 사나운 타이가가 그를 혹사시켰다! 가축은 자신을 혹사시키는 자의 얼굴을 알지 못한 채 앞으로 걸으면서 땅밖에 볼 수가 없다……. 그도 똑같은 신세였다……. 교회에서 신부가 읽는 것이 무엇인지, 무엇 때문에 봉헌금을 내라는 것인지 과연 그가 이해할 수 있었을까? 징병된 큰아들이 왜, 어디로 끌려간 것인지, 어디서 죽었는지, 그의 불쌍한 뼈가 지금 어디에 묻혀 있는지 과연 마까르가 알고 있을까?

그가 보드카를 많이 마셨다고? 물론 그것은 사실이다. 그의 심장이 보드카를 갈구했다…….

"몇 병이라고 했지?"

"사백 병이네." 이반 신부가 장부를 들여다보고는 대답했다.

좋다! 하지만 그게 과연 보드카였을까? 사분의 삼은 물이었고 사분의 일만이 진짜 보드카였다. 게다가 담배 우린 물도 포함돼 있었다. 그러니까 삼백 병은 셈에서 빼야 계산이 맞는 것이다.

"이자의 말이 모두 사실인가?" 이반 신부에게 이렇게 물었을 때까지도 토이온은 여전히 화가 나 있었다.

"틀림없는 사실입니다." 신부가 재빨리 대답하자 마까르는 말을 이었다.

그가 만 삼천 개의 통나무를 불려 말했다고 했는가? 그렇다고 치자! 그가 벤 통나무가 만 육천 개뿐이라고 치자. 과연 이게 적은 숫자인가? 하물며 그중 이천 개는 그의 첫 번째 아내가 병상에 누워 있을 때 벤 것이었다……. 그때 그의 가슴은 찢어졌고 아픈 마누라 곁을 지키고 싶었지만 가난이 그를 타이가로 내몰았다……. 타이가에서도 그는 울었고 그 눈물이 속눈썹 가에서 얼어붙고 혹한이 그의 고통스런 심장으로 파고들었다……. 그런데도 그는 나무를 벴다!

그 후 아내가 죽고 장례식을 치러야 했지만 돈이 없었다.

아내가 저세상에 가서 살 집을 마련하기 위해서 그는 남의 장작을 팼다……. 하지만 그가 돈이 궁하다는 사실을 안 상인은 장작 하나에 십 꼬뻬이까(러시아의 화폐단위. 100꼬뻬이까는 1루블)를 주었다……. 그 사이 죽은 아내는 난로도 지피지 않은 얼어붙은 방에 홀로 누워 있었고 그는 장작을 패면서 또 울었다. 그는 그때 팬 장작은 다섯 배, 아니 그 이상을 쳐 줘야 한다고 주장했다.

늙은 토이온의 눈가에 눈물이 고였고 마까르는 저울의 잔들이 요동을 치면서 나무잔은 위로, 황금잔은 아래로 내려가는 것을 보았다.

마까르는 말을 멈추지 않았다. 이곳은 모든 것이 장부에 적혀 있다……. 직접 장부를 들춰 보면 알 것이다. 언제 그가 누구에게서든 친절함이나 따뜻한 대우, 기쁨을 얻은 적이 있었는가? 그의 아이들은 지금 어디에 있는가? 아이들이 죽어 갈때 그는 괴롭고 힘들었고, 다 자란 녀석들은 홀로 힘겨운 가난과 싸우기 위해서 집을 떠났다. 이제 그는 두 번째 아내와 단둘이 나이를 먹었고 힘이 빠져나가고 아무짝에도 쓸모없는 늙어빠진 몸만 남았다. 노부부의 신세는 사방으로부터 불어오는 잔혹한 눈보라를 맞으며 외롭게 스텝 속에 서 있는 두그루의 전나무, 천애 고아와 같았다.

"그것이 사실인가?" 늙은 토이온이 다시 물었다.

신부가 재빨리 대답했다.

"분명한 사실입니다!"

그러자 저울이 다시 움직이기 시작했다……. 하지만 늙은 토이온은 생각에 잠겼다.

"이게 어찌된 일인가." 토이온은 말했다. "지상에는 나의 진정한 신자들이 있지 않은가……. 그들의 눈은 맑고, 얼굴은 밝으며, 옷에는 얼룩이 없다……. 그들의 가슴은 비옥한 흙처럼 부드럽고 좋은 씨앗을 품어 야생나리꽃과 내 앞에 내놓아도 좋을 향기로운 싹들을 우리에게 돌려준다. 그런데 네 꼴을 한번 보자꾸나……."

그러자 모두의 눈이 마까르에게 쏠렸고 그는 수치심을 느꼈다. 그는 자신의 눈이 흐리멍덩하고 얼굴은 검으며 턱수염은 뒤죽박죽이고 옷은 누더기라는 사실을 알았다. 그리고 비록 죽기 오래전부터 착실한 농부인지라 죽음의 심판대에 설 때 신을 새 장화를 장만하려고 했지만 그때마다 그 돈으로 술을 마셔 버렸고 지금 멍청한 야쿠트 사람마냥 다 찢어진 순록 가죽 장화를 신고 토이온 앞에 서 있는 것이었다……. 그는 땅속으로 숨고 싶었다.

"너의 얼굴은 검고," 나이 든 토이온이 말을 이었다. "눈빛은 흐리멍덩하며 옷은 누더기로구나. 네 심장은 잡초와 가시덩굴, 그리고 쓰디쓴 쑥으로 가득하구나. 내가 경건한 자들을 어여삐 여기고 너와 같은 불신자들로부터 얼굴을 돌리는 이유가 바로 그 때문이다."

마까르는 심장이 죄어들었다. 자신의 존재가 수치스러워졌다. 그러나 그는 떨구려던 고개를 번쩍 쳐들고는 다시 말을 이었다.

토이온이 말하는 경건한 자들이란 누구란 말인가? 마까르와 같은 시대에 부유한 목조가옥에 살던 그들을 말하는 것이라면 마까르는 그들을 잘 알고 있다……. 그들의 눈이 맑은 것은 마까르가 흘린 눈물만큼 눈물을 흘려 본 적이 없기 때문이고, 그들의 얼굴이 밝다면 그것은 향수로 세수를 하고 다른 사람의 손으로 꿰맨 깨끗한 옷을 입었기 때문이다.

마까르는 고개를 떨구었다가 바로 다시 들었다.

그가 여느 사람들처럼 맑게 활짝 뜨고, 땅과 하늘이 거울처럼 반사됐던 눈을 갖고, 세상의 모든 아름다움에 마음을 활짝 열 준비가 되어 있는 깨끗한 심장을 갖고 태어났다는 사실을 그는 보지 못하는가? 만약에 그가 자신의 음침하고 수치스러운 육신을 땅 밑에 감추고 싶어 한다면 그것은 그의 잘못이 아니다……. 그렇다면 누구의 잘못인가? 그는 이에 대한 대답을 모른다. 하지만 그의 가슴속에 인내심이 바닥났다는 사실 하나는 알고 있었다.

자신의 연설이 늙은 토이온에게 어떤 영향을 줄지 마까르가 미리 알았다면, 분노에 찬 자신의 말 한 마디 한 마디가 납으로 만든 추처럼 황금잔 위에 놓여질 것이라는 사실을 미리 알았다면 그는 물론 자신의 감정을 추스렸을 것이다. 하지만 그의 가슴을 메운 맹목적인 절망감 때문에 그는 그런 것을 볼 수 없었다.

그는 자신이 겪은 고통스런 삶을 되돌아보았다. 어떻게 그런 끔찍한 짐을 지고 지금까지 올 수 있었는지 모를 일이다. 그것이 가능했던 것은 안개 속에 작은 별빛처럼 그가 여전히 희망을 갖고 있었기 때문이었다. 그는 아직 살아 있었고, 어쩌면 앞으로 더 나은 삶이 그를 기다리고 있을지도 몰랐다……. 하지만 지금 그는 삶의 끝에 와 있었고 희망은 사라진 후였다…….

그러자 그의 마음은 어둠에 휩싸였고 캄캄한 밤 텅 빈 스텝에서 부는 폭풍우처럼 분노가 치밀어 오기 시작했다. 그는 자신이 어디에 있는지, 누구 앞에 서 있는지 잊었다. 자신의 분노 외에 모든 것을 잊었다…….

이때 늙은 토이온이 그에게 말했다.

"기다리게, 바라흐산! 자네는 지금 이승에 있는 것이 아니네……. 이곳에는 자네를 위한 진실도 있지……."

이 말에 마까르의 몸이 떨리기 시작했다. 그를 동정하고 있다는 생각이 그의 가슴을 건드리자 마음이 누그러졌다. 태어나서 지금까지 자신의 가엾은 삶이 주마등처럼 눈앞을 스치자 스스로가 너무나도 가여워졌다. 그는 울음을 터뜨렸다…….

늙은 토이온도 눈물을 흘렸다……. 나이 든 이반 신부도 울었고, 젊은 사도들도 넓고 하얀 소맷자락으로 흐르는 눈물을 훔쳤다.

저울이 계속 요동치면서 나무잔이 위로 올라갔다!

마까르의 꿈

"새가 비행을 위해서 태어나듯이 인간은 행복을 위해서 태어난다." —블라지미르 꼬롤렌꼬

꼬롤렌꼬의 아버지는 지방 관리사회에서 자신의 돈키호테적인 정직과 강직함 때문에 괴짜, 나아가서는 위험인물로 낙인 찍힌 사람이었다. 이러한 부친의 성격은 꼬롤렌꼬에게도 이어져 8년에 걸친 수형 및 유형생활에서 굴하지 않은 의지력, 그리고 제정러시아 시대와 혁명기의 부조리에 큰 목소리로 항의하는 휴머니스트로서의 면모를 확립할 수 있었다. 꼬롤렌꼬의 평생 신조는 "결과에 연연하지 말고 너의 의무를 이행하라"였다고 한다. 그의 문학저술은 항상 사회비평과 동시에 이뤄졌다.("나는 사회비평을 통해서 곰팡내 나는 건물의 창을 열고 사회의 끔찍한 침묵을 환기시킴으로써 펜으로 가능한 모든 것에서 인간의 권리와 존엄성을 수호하기 위해 크게 소리치고 싶은 욕망을 해소할 수 있다.")

「마까르의 꿈」(1883)은 꼬롤렌꼬의 첫 단편소설로 작가로서의 그의 이름을 널리 알리는 계기가 되었다. 볼셰비키 혁명운동에 가담한 죄로 시베리아 야꾸쨔야에서 유형생활을 하던 1883년 겨울 집필한 이 이야기의 주인공은 농부 마까르다. 유형시절 작가가 묵었던 집의 주인인 농부 자하르 찌꾸노프가 실제 모델이었고, 그래서 초고에서

는 주인공의 이름이 자하르였는데 나중에 러시아 속담에 자주 등장하는 마까르로 대체되었다.

동시대인들 사이에서 큰 인기를 얻은 이 '성탄절 이야기'(궁지나 곤경에 처한 주인공이 기적의 힘으로 행복해지는 내용을 줄거리로 하는 성탄절에 어울리는 이야기 장르로, 찰스 디킨스의 「크리스마스 캐럴」, 안데르센의 「성냥팔이 소녀」 등이 속한다.)는 문단에서 그 비유의 심층적 의미가 혁명에 동조적이냐, 아니면 순수하게 기독교적인 것이냐가 논란의 대상이 되기도 했다.

꿈에서 죽어 심판자인 토이온 앞에 서게 된 민초 마까르는, 살아생전의 죄를 다는 저울이 너무 무겁게 내려가자, 지칠 때까지 경찰서장을 태우고 다니라는 벌을 받는다. 그러나 다행히 토이온 아들의 중재로 스스로를 변호할 기회를 얻게 된 마까르는 자신이 왜 그렇게 무거운 죄를 짓게 될 수밖에 없었는지를 웅변한다. 평생을 권력자들과 성직자들 등쌀에 시달리고, 가혹한 가난과 싸우며, 아내가 죽고 아들의 행방의 알 수 없는 상황에서도 살아남기 위해 일을 해야 하고, 일을 하면 죄를 지을 수밖에 없는 민중들의 삶을 이야기한다. 마까르의 항변은 왜 가난한 자들이 더 많을 죄를 지을 수밖에 없는가에 대한 작가 꼬를렌꼬의 통렬한 사회 비판이다. 그에게 있어 죄는 개인 심성의 문제가 아니라 사회의 구조적 병폐로 인해 파생되는 것이다.

마까르의 항변이 끝나면 심판자 토이온과 젊은 사도들은 물론 마까르 자신과 독자들 역시 눈물짓게 되는데, 이는 민초들의 삶을 바라보는 작가의 시각이 냉철하게 본질을 꿰뚫고 있으면서도 인간에 대한 따뜻한 연민을 잃지 않고 있기 때문이다.

초고의 결말은 꿈에서 깬 마까르가 신부와 불목하니에게 해몽을 부탁하는 것이었는데 퇴고 과정에서 꼬롤렌꼬는 이 부분을 삭제함으로써 마까르와 그의 운명이 갖는 보편성을 표현하고자 했다고 한다.

레프 똘스또이_Лев Толстой

사람에겐 땅이 얼마나 필요한가

레프 똘스또이(Лев Толстой, 1828~1910)
러시아 남부 뚤라 지방의 백작가문에서 출생. 이십대에는 대학을 중퇴하고 방탕한
생활과 영지 농노들을 위한 계몽사업 등을 번갈아 하다가, 스물넷의 나이에 자서전
적 소설 『유년시절』로 문학계에 데뷔했다. 삼십대 후반부터 『전쟁과 평화』, 『안나
까레니나』, 『부활』과 같은 장편을 발표하여 세계 대문호의 반열에 올랐다. 젊은 시
절부터 민중계몽에 관심이 많았던 그는 오십대에 접어들면서 『참회록』을 집필하는
등 인류와 민중의 행복, 인생의 참된 의미를 찾기 위한 구도적 단계로 돌입했다. 말
년에 세계 각지로부터 똘스또이주의에 매료된 구도자들의 발길이 그가 머물던 야스
나야 뽈랴나로 향했지만, 정작 그는 속물적인 아내와의 불화로 가정적으로 행복하
지 못했다. 여든둘의 나이에 가출을 시도했다가 한적한 시골 역사에서 숨을 거뒀다.

사람에겐 땅이 얼마나 필요한가

Много ли человеку земли нужно

1

도시에 사는 언니가 시골에 사는 여동생 집을 찾아왔다. 도시 상인에게 시집간 언니와 시골 농부에게 시집간 동생, 두 자매가 홍차를 마시며 수다를 떨기 시작했다. 도시에 사는 언니가 거드름을 피우며 도시는 얼마나 넓고 청결하고 살기가 좋은지, 아이들은 얼마나 좋은 옷을 입히는지, 음식은 얼마나 호사스러운지, 산책, 승마, 극장은 얼마나 자주 가는지 자랑을 늘어놓기 시작했다.

심술이 난 동생은 장사꾼들의 삶을 비웃으면서 농부로 사는 것이 얼마나 좋은지 추어올리기 시작했다.

그녀는 말했다. "뭐라고 해도 이곳의 생활을 언니의 것과 바꿀 마음이 나지 않아요. 시골이 따분하기는 하지만 무서울 게 없는 걸요. 도시의 생활이 더 청결하고 장사로 큰돈을 벌 수 있다고는 하지만, 언제 쫄딱 망해 버릴지 누가 아우. 속담에도 '이득을 보면 손해 볼 날도 있다' 라거나 '오늘은 정승, 내일은 쪽박' 이라지 않아요. 우리 농사꾼 일이야 믿을 수가 있지요. 가늘지만 길게 살지 않우. 부자는 아니어도 배만 불러요."

그러자 언니가 입을 열었다.

"배가 부르기는! 돼지랑 송아지랑 같이 뒹굴고 살면서! 불결하기 짝이 없고, 사교생활이라고는 모르지! 네 주인이 등골 빠지게 일해 봐라. 어차피 지금 살고 있는 거름더미 속에서 죽게 될 걸. 네 애들이라고 다를 줄 아니."

여동생이 받아쳤다. "난들 어쩌겠수. 우리 삶이 그런 걸. 대신에 우린 누구한테 머리 조아리는 법 없이 당당하게 살아요. 무서울 게 없지. 언니네 도시에서는 사방에 유혹거리가 넘쳐 나지 않아요? 오늘 호사를 누리다가 내일이면 마가 낄지 누가 아우. 두고 보라구요. 언니 주인이 노름이나 술독에 빠지지 않는다고, 아니면 바람이 나지 않는다고 누가 장담하겠어요. 그럼 결국 모두 도로아미타불이죠. 그런 일이 없으리라고 장담하겠어요?"

난로 위에서 여자들의 수다를 듣고 있던 집주인 빠홈이 끼어들었다.

"틀림없는 사실이지요. 우리 농부들이야 아주 어릴 적부터 어머니 같은 흙을 갈면서 살아왔지만 어리석은 생각 따위는 한 적이 없답니다. 딱 하나 애통한 게 있다면 손바닥만한 땅 뙈기죠! 땅만 충분히 있으면 아무도 두려울 게 없습니다요. 악마도 두렵지 않아요!"

여자들은 홍차를 마시며 옷에 대해 이야기꽃을 피우다가 설거지를 한 후 잠자리에 들었다.

그런데 난로 뒤에 숨어 있던 악마가 이걸 모조리 엿듣고 있었다. 악마는 농부의 아내가 자기 남편으로 하여금 땅만 있으면 악마도 두렵지 않다고 호언장담하도록 바람을 불어넣은 것이 기쁘기 짝이 없었다.

'좋다. 어디 한번 내기를 해 볼까' 하고 악마는 생각했다. '너에게 많은 땅을 주겠다. 대신 그 땅으로 너를 파멸시켜 주마.'

2

마을 부근에는 작은 영지를 가진 여지주가 살았다. 여지주 는 백이십 정보('제샤찌나'는 미터법 시행 전의 러시아 지적단위로 우리나라 의 '정보(3천 평)' 보다 약간 크다. 편의를 위해서 본문에서는 1제샤찌나를 1정보로 통일한다.)의 땅을 소유하고 있었고 지금까지 영지의 농부들과 사이좋게 지내면서 못살게 군 적이 없었다. 그러던 차에 퇴역 군인 하나가 나타나 마름이 되더니 농부들에게 시시콜콜한 일로 벌금을 매겨 대기 시작했다. 아무리 조심을 해도 말이 귀리밭으로 뛰어 들어가거나 암소가 과수원에 들어가거나 송아지들이 목초지로 들어가는 것을 일일이 다 막을 수는 없었고, 그럴 때마다 벌금을 물어야 했다.

벌금을 물고 나면 빠홈은 욕지거리를 해 대면서 식구들을 흠씬 두들겨 팼다. 마름 때문에 빠홈은 여름 한철 동안 많은 죄를 짓고 만 것이다. 가축들을 마당 안으로 들이고 나서야 빠홈은 안심이 됐다. 사료 값은 아깝지만, 대신 걱정거리는 사라졌다.

겨울이 되자 여지주가 영지를 팔려고 내놓았으며 신작로에 사는 건물관리인 하나가 땅을 매입하려고 한다는 소문이 돌았다. 소식을 들은 농부들은 망연자실하고 말았다. '이제 땅이 건물관리인한테 넘어가면 여지주보다 더 지독하게 벌금을 물려 댈 테지. 땅 없이는 살 수가 없지 않은가. 우리는 이 땅에 매인 사람들인 걸' 하는 것이 그들의 생각이었다. 농부들은 단체로 여지주를 찾아가 땅을 건물관리인에게 팔지 말고 자신들에게 팔라고 애원했다. 더 많은 돈을 지불하겠다고 약속을 하자 여지주는 승낙을 해 주었다. 농부들은 농민공동체를 통해서 땅을 통째로 매입하자고 협상을 하기 시작했다. 그것 때문에 한 두 차례 공동체 집회를 열었지만 합의를 볼 수가 없었다. 악마가 끼어들어 이간질을 하는 통에 뜻을 하나로 모을 수가 없었던 것이다. 결국 농부들은 제각기 능력껏 땅을 조금씩 구입하는 것으로 결론을 내렸다. 여지주는 이번에도 승낙했다. 빠홈은 이웃이 여지주에게서 땅 스무 정보를 사면서 여지주로부터 땅값의 절반을 일 년 후에 갚아도 된다는 허락을 받았다는 소문을 들었다. 부러운 마음이 든 빠홈은 '이웃들이 땅을 다 사 버리면 나는 빈손으로 무엇을 한다는 말인가' 하고 아내와 머리를 맞대고 궁리를 했다.

"다들 땅을 사느라고 난리인데 우리도 열 정보 정도는 사 두어야 되지 않을까? 이렇게는 살 수가 없어. 마름이 매겨 댄 벌금 때문에 죽을 맛이라구."

부부는 땅을 살 방법을 두고 고심했다. 저축해 놓은 돈 백 루블에다가 망아지와 꿀벌 절반을 판 돈, 아들을 머슴으로 보내고 동서에게 빌린 돈을 보태서 땅값의 절반을 마련했다.

빠홈은 돈을 챙겨 들고 작은 숲이 딸린 땅 열다섯 정보를 골라서 흥정을 하러 여지주에게 갔고, 흥정에 성공해 계약을 하고 보증금을 내놓았다. 시내로 가서 땅문서를 작성하고 절반의 돈을 지불하고 나머지는 두 해에 걸쳐서 갚아 나가기로 약조했다.

그렇게 하여 빠홈은 땅을 소유하게 되었다. 빠홈은 종자를 빌려서 사들인 땅에 씨를 뿌렸다. 작황은 좋았다. 일 년 만에 여지주와 동서의 빚을 모두 갚았다. 빠홈은 이제 지주가 되었다. 제 땅을 갈고 씨를 뿌렸고 제 땅에서 건초를 베고 말뚝을 베었으며 제 땅에서 가축을 먹였다. 완전히 제 것이 된 땅을 갈러 나가거나 싹이 움트는 것과 목초지를 바라보면서 빠홈의 마음은 한없이 흡족했다. 자라는 풀과 피어나는 꽃들이 예전과는 전혀 다르게 보였다. 예전에도 이 땅을 지나다녔지만 땅은 그저 땅일 뿐이었다. 그런데 이제 땅은 완전히 다른 느낌으로 그에게 다가왔다.

3

그리하여 빠홈은 사는 게 즐거워졌다. 이웃 농부들이 빠홈의 농지와 목초지를 망쳐 놓지만 않았다면 금상첨화였을 것이다. 간곡히 부탁도 해 보았지만 그들은 말을 듣지 않았다. 목동들이 소를 그의 목초지에 풀어 놓는가 하면 한밤에 방목해 놓은 말들이 그의 농지를 짓밟아 놓았다. 빠홈은 가축들을 내몰아 보기도 하고 눈을 감아 주기도 하면서 이제까지처럼 소송을 걸지 않다가, 결국에는 참을 수 없는 지경에 이르자 읍사무소에 고소를 하기에 이르렀다. 빠홈 자신도 이웃들이 악의로 그러는 것이 아니라 모두에게 땅이 비좁기 때문에 그런다는 것을 알고 있었지만 그의 생각인즉슨 이랬다. '더 이상 그냥 보고만 있어서는 안되겠다. 이러다가는 땅을 모두 망쳐 버릴 게야. 따끔한 맛을 보여줘야지.'

빠홈은 연거푸 재판을 하면서 이웃들이 벌금을 물도록 만들었다. 앙심을 품은 이웃들은 이제 고의적으로 빠홈의 땅을 망쳐 놓기 시작했다. 어느 야심한 밤 누군가가 빠홈의 숲에 몰래 들어가 보리수 열 그루를 속껍질까지 벗겨 놓았다. 숲을 가로지르던 빠홈이 뭔가 희끗희끗한 것을 보고 가까이 다가가 보니 나무에서 벗겨진 껍질들이 땅에 수북하고 진액의 거품이 부글대고 있었다. 어느 몹쓸 놈이 수풀의 가장자리 것들만 망쳐 놓은 것도 아니고, 한 그루도 성하게 남겨 놓은 것이 없이 모조리 껍질을 벗겨 놓은 것이었다. 빠홈은 노발대발해서는 '누구 짓인지 밝혀지기만 하면 혼구녕을 내 줄 테다' 하고 생각하며 범인이 누구일지 곰곰이 생각했다. '숌까(세묜의 애칭) 말고는 이런 짓을 할 사람이 없지.' 결론을 내린 빠홈은 이웃의 집으로 들이닥쳤지만 아무 증거도 발견하지 못하고 언성만 높이다 돌아왔다. 그러자 빠홈은 그것이 세묜의 짓임을 더욱 확신하고 이웃을 고소해 재판이 열리게 됐다. 재판은 오래 끌었지만 결국 증거가 없었기 때문에 이웃은 무죄방면 되었다. 빠홈은 더 노발대발해서는 읍장과 재판관들에게까지 욕을 퍼부었다.

"당신네들은 모두 도둑과 한통속이었군요. 당신들이 정직한 사람들이라면 도둑을 풀어 주지는 않았을 겁니다."

결국 빠홈은 재판관들과도, 이웃들과도 사이가 틀어져 버렸다. 죽은 수탉을 그의 집 앞에 갖다 놓고 위협하는 일까지 있었다. 땅은 불어났지만, 그는 점점 인심을 잃어 갔다.

그즈음 사람들이 땅을 찾아 타지로 떠나고 있다는 소문이 들려왔다. 빠홈은 생각했다. '내 땅을 버리고 타지로 떠날 생각은 없지만, 다른 사람들이 떠나 버리면 이곳이 훨씬 여유로 워지겠지. 그자들의 땅을 사서 있는 것에 보태면 살림도 더 나아질 거야. 손바닥만 한 땅이 답답하구나.'

하루는 빠홈이 집에 앉아 있는데 지나가던 행인이 들러 하룻밤 신세를 질 수 있을지 물었다. 빠홈은 그를 집 안에 들여 요기를 시켜 주고는 어디서 왔는지를 물었다. 농부의 말인즉 슨 저 아래 지방, 볼가 강 유역에서 오는 길이며 그곳에서 일을 했다는 것이었다. 그가 차근차근 늘어놓는 이야기를 들어 보니 도처에서 사람들이 그곳에 정착하기 위해 모여들고 있다는 것이었다. 그의 마을 사람들 또한 그곳으로 이주하여 그곳의 농민공동체에 이름을 올리고 한 사람당 열 정보의 땅을 받았다는 말이었다.

"그곳의 땅으로 말하자면," 농부는 말했다. "호밀을 심으면 나중에 그 키가 말보다 높이 자라고 짚은 무성하여 다섯 대만 베어도 낟가리 하나를 만들 수 있다고 합디다. 찢어지게 가난한 한 농부가 제 두 손만 가지고 그곳에 갔는데 지금은 말이 여섯 필에 암소가 두 필이라고 하니 말이유."

빠홈의 심장이 활활 타올랐다. 그는 생각했다. '저런 낙원이 있는데 무엇 때문에 답답한 이곳에서 이 궁상을 떨고 있었담. 땅과 집을 모두 팔아서 그곳으로 달려가 새 집을 짓고 농장을 꾸며야겠다. 답답한 이곳에서는 자꾸 죄만 짓게 되고 말이야. 우선 내 눈으로 직접 사정을 자세히 알아봐야겠다.'

그는 여름을 보낼 채비를 하여 길을 나섰다. 기선을 타고 볼가 강을 따라서 사마라까지 내려간 후 걸어서 사백 킬로미터 정도를 더 갔다. 목표한 곳에 도착하니 모든 것이 들은 대로였다. 농부들은 일인당 열 정보의 땅을 할당받아서 여유로운 생활을 하고 있었고 농민조합에도 손쉽게 가입할 수 있었다. 돈이 있는 사람이라면 할당받은 토지 외에도 원하는 만큼 영구적으로 땅을 살 수가 있었다. 가장 비옥한 땅이 삼 루블씩이었고 원하는 만큼 마음껏 사들일 수가 있는 것이었다!

사정을 모두 알아본 빠홈은 가을경 고향으로 돌아와 모든 걸 팔아치우기 시작했다. 땅은 살 때보다 이문을 남겨서 팔았고 집도 가축도 모두 팔아 버리고 농민조합에서 탈퇴한 후 봄을 기다렸다가 가족과 함께 새 삶의 터전으로 출발했다.

4

빠홈은 가족들과 함께 새로운 장소에 도착해 큰 마을의 농민조합에 편입됐다. 마을 노인장들에게 술을 대접하고 서류를 모두 갖췄다. 마을에서는 빠홈을 받아들여 그의 가족 다섯

명에게 방목지 외에도 다양한 용도의 토지 총 오십 정보를 할당해 주었다. 빠홈은 살 집을 짓고 가축을 장만했다. 그가 소유한 땅은 과거보다 세 배가 불어났다. 땅은 기름졌고 생활은 예전보다 열 배는 풍족해졌다. 경작지와 사료도 충분했다. 가축을 얼마든지 길러도 될 만큼이었다.

처음 집을 짓고 자리를 잡는 동안 빠홈은 만족했지만 정착해 살다 보니 어느덧 새 땅도 좁게 느껴지기 시작했다. 첫해에 빠홈은 할당받은 땅에 밀 씨앗을 뿌렸는데 풍작이었다. 밀농사를 크게 짓고 싶었지만 할당받은 땅으로는 부족했고 밀농사에는 적합하지 않았다. 이 고장에서는 나래새(볏과의 여러해살이풀)가 무성한 땅이나 휴경지에 밀 종자를 파종하는데, 한 두 해 농사를 짓고 다시 나래새가 무성해질 때까지 놀려 두었다. 그런 땅을 찾는 사람은 부지기수였고, 모든 사람에게 돌아가기에는 땅이 모자랐다. 그런 땅 때문에 분쟁이 일어났다. 부유한 자들은 직접 농사를 짓고자 했고, 가난한 농부들은 장사꾼들에게 땅을 임대해 주고 지대를 받아 살았다. 빠홈은 밀농사를 더 크게 하고 싶어져서 이듬해에는 한 장사꾼을 찾아가서 땅을 일 년 간 임차했다. 파종을 늘려서 작황은 좋았지만 임차한 농지는 마을에서 멀리 떨어진 곳이라서 십오 킬로미터 정도를 운반하는 것도 일이었다. 주변을 둘러보니 장사를 겸하는 농부들은 농장을 지어서 점점 더 부자가 되고 있었다. 빠홈은 생각했다. '나도 땅을 내 것으로 사서

농장을 지어야 되는 걸까? 그럼 온전한 살림이 될 터인데.'
이제 빠홈은 땅을 완전히 제 것으로 사들일 방법을 궁리하기
시작했다.

그렇게 빠홈은 삼 년을 보냈다. 땅을 빌려 밀을 심었다. 풍
년이 계속되어 밀 작황이 좋았고 돈이 쌓여 갔다. 먹고 살 만
해졌지만 빠홈은 해가 바뀔 때마다 사람들을 찾아다니며 땅
을 빌리고 땅 때문에 골머리를 썩는 것이 싫증이 났다. 좋은
땅이라도 나타날라 치면 농부들이 쏜살같이 나타나 먼저 빌
려 버렸다. 제때에 땅을 빌리지 못하면 씨를 뿌릴 곳도 없었
다. 게다가 한 상인과 절반씩 부담하여 여러 농부들로부터 삼
년째 빌려 쓰고 있는 방목지는 개간을 다 해 놓았더니 농부들
사이에 소송이 일어나 그동안 들인 노고가 모두 헛수고가 돼
버렸다. 빠홈은 생각했다. '내 땅이 있었으면 누구에게도 머
리를 조아리지 않고 죄도 짓지 않았을 것을.'

그러자 빠홈은 땅을 영구적으로 매입할 수 있는 곳을 알아
보기 시작했다. 그러다가 한 농부를 만나게 됐다. 농부는 오
백 정보의 땅을 팔려고 내놓았는데 파산 직전이라 헐값에 내
놓은 상태였다. 빠홈은 농부와 흥정을 시작했다. 한참을 흥
정한 끝에 천오백 루블에 가격이 결정되었고 땅값의 절반은
돈이 생기면 갚기로 했다. 최종적으로 합의를 하려는 찰나 길
을 가던 한 상인이 빠홈의 집에 요기를 하러 찾아왔다. 차를
마시면서 이야기를 나누는데 상인이 하는 말이 자신은 바슈

끼르 사람들이 사는 머나먼 곳에 갔다가 오는 길이라고 했다. 상인은 바슈끼르 인들로부터 대략 오천 정보의 땅을 매입했는데 겨우 천 루블을 주었다는 것이었다. 빠홈이 이것저것 묻기 시작하자 상인은 말했다.

"노인들의 마음에만 들면 됩니다. 두루마기와 양탄자 같은 것을 백 루블어치쯤 사다가 선물로 나눠 주고 전차도 선물하고 술을 마시는 사람에겐 포도주를 대접했지요. 일 정보에 이십 꼬뻬이까씩을 주고 샀답니다." 이렇게 말하더니 땅문서를 내보여 주었다. "매입한 땅은 강을 끼고 있고 초원에는 온통 나래새가 무성합니다."

빠홈은 무엇을 어떻게 해야 하는지 꼬치꼬치 캐묻기 시작했다.

"그곳의 땅은 일 년을 걸어도 다 돌아볼 수가 없다는 말입니다. 바슈끼리야란 곳은 말이죠. 반면에 사람들은 양처럼 어리석답니다. 거의 공짜로 땅을 얻을 수가 있답니다."

그러자 빠홈은 생각했다. '내 돈 천 루블에다가 빚까지 져서 겨우 오백 정보의 땅을 살 뻔했지 뭔가. 이자의 말을 믿자면 천 루블이면 원하는 만큼 땅을 소유할 수 있다지 않은가!

5

빠홈은 가는 길을 캐물은 후 상인을 배웅하자마자 길 떠날 채비를 했다. 아내는 집에 남겨 두고 자신은 머슴과 길을 떠났다. 시내에 들러 상인이 말해 준 대로 전차와 기타 선물들과 포도주를 샀다. 마차를 타고 끝없이 길을 가다가 대략 오백 킬로미터를 지나왔다. 이레째 되는 날 바슈끼르 사람들의 유목민 천막촌에 도착했다. 모든 것이 상인이 말한 대로였다. 사람들은 스텝 초원 작은 강 위편에 양모직 펠트로 만든 천막 속에 살고 있었다. 농사도 짓지 않고 곡식을 먹지도 않았다. 대신 초원에는 가축들이 돌아다니고 말들이 떼를 지어 다녔다. 천막 뒤편으로는 망아지들을 매어 놓고 하루에 두 번 어미 말을 데려갔다. 말 젖을 짜서 그것으로 마유주를 만들었다. 여자들은 마유주를 흔들어서 치즈를 만들었는데 남자들이 하는 일이라고는 마유주와 차를 마시고 양고기를 뜯고 피리를 부는 것이었다. 그들은 모두 얼굴에 윤기가 반지르르했고 즐거운 표정으로 여름 내내 빈둥거리고 있었다. 사람들은 매우 무식하며 러시아 어를 하지 못했지만 친절하기 그지없었다.

바슈끼르 사람들은 빠홈을 보자마자 천막에서 나와 그를 빙 둘러쌌다. 통역도 찾을 수 있었다. 빠홈은 그에게 땅 때문에 왔다고 전했다. 바슈끼르 사람들은 기뻐하면서 빠홈을 들어 올려 훌륭한 천막으로 데려가 양탄자 위에 앉히고 깃털 방석을 깔아 주고 빙 둘러앉아 차와 마유주를 대접하기 시작했다. 양을 잡아 양고기를 실컷 먹였다. 빠홈은 사륜마차에서 선물을 꺼내 와 바슈끼르 사람들에게 나눠 주기 시작했다. 빠홈은 바슈끼르 사람들에게 골고루 선물을 하고 차를 나눠 주었다. 바슈끼르 사람들은 기뻐했다. 자기들끼리 뭐라고 한참을 떠들더니, 통역에게 말을 하라고 시켰다.

"이렇게 말을 하라고 하네" 하고 통역은 말을 시작했다. "사람들이 자네가 마음에 들었다네. 손님에게 온갖 즐거움을 선사하고 선물에 대해서는 꼭 보답을 하는 것이 우리 풍습이지. 자네가 우리에게 선물을 했으니 우리가 가진 것 중에 자네 마음에 드는 것을 얘기하면 보답을 하겠네."

"여러분이 가진 것 중에" 하고 빠홈은 말했다. "가장 마음에 드는 것은 땅입니다. 우리 고향의 땅은 비좁고 모두 경작지뿐이지요. 그런데 이곳은 땅도 넓고 기름진 것이, 이런 땅은 생전 처음 봅니다."

통역이 말을 전했다. 바슈끼르 사람들은 자기들끼리 한참 얘기를 나눴다. 그들이 무슨 말을 하는지는 알 수 없었지만 소리를 지르며 웃어 대는 것이 기분이 좋아 보였다. 그러다가 잠잠해지더니 빠홈을 바라보았고, 통역이 말했다.

"자네에게 전해라 하네" 하고 통역이 말했다. "자네의 선행에 대한 대가로 자네가 원하는 만큼 땅을 주겠다고 하네. 원하는 곳을 손으로 가리키기만 하면 자네 것이 될 걸세."

그곳 사람들이 다시 말을 시작했는데 다투는 소리처럼 들렸다. 빠홈은 무슨 일로 싸우는지 물었고, 통역이 대답했다.

"어떤 자들은 땅에 관한 것은 읍장이 있어야지 결정할 수 있다고 하고, 다른 자들은 꼭 그럴 필요는 없다고 하고 있네."

6

바슈끼르 사람들이 언쟁을 하고 있는 사이 어디선가 갑자기 여우털모자를 쓴 사람이 나타났다. 그러자 모두 말을 멈추고 자리에서 일어섰다. 통역이 말했다.

"우리 읍장님이시라네."

그러자 빠홈은 최고급 두루마기를 꺼내 홍차 오 푼트(미터법 시행 이전 러시아의 중량 단위로 1푼트는 0.41킬로그램이다.)와 함께 읍장에게 내놓았다. 읍장이 선물을 받고 상석에 앉자 바슈끼르 사람들이 그에게 뭔가를 말하기 시작했다. 읍장은 한참 동안 이야기를 듣더니 그들에게 조용히 하라는 신호로 고개를 끄덕이고는 빠홈에게 러시아 어로 말하기 시작했다.

"가능하다네. 마음에 드는 곳을 가지게나. 땅은 많으니까."

빠홈은 생각했다. '어떻게 원하는 만큼 갖는다는 말인가.

어떤 방법으로든 확실히 표시를 해 두어야 하지 않을까. 그렇지 않았다가는 줬다가 나중에 빼앗아도 할 말이 없지.'

그는 말했다. "그렇게 말씀해 주시니 감사합니다. 여러분이 가진 땅은 광대하지만, 제게는 조금밖에 필요하지 않습니다. 단지 제 땅이 어느 것인지는 알았으면 합니다. 어떻게든 측량을 해서 저의 소유권을 공증해 놓아야 하지 않을까요? 사람의 운명은 하나님께 달린 것인지라, 선량한 여러분들께서 제게 주신 것을 여러분의 자손들이 빼앗을지 어느 누가 알겠습니까?'

"자네 말이 맞네." 읍장이 말했다. "소유권을 공증하는 것도 가능하네."

빠홈이 말을 이었다.

"한 상인이 이곳에 왔었다는 이야기를 들었습니다. 여러분은 그자에게도 땅을 선물하고 땅문서를 만들어 주었다고 하더군요. 제게도 똑같이 해 주셨으면 합니다."

읍장은 그의 말을 모두 이해했다.

"다 해 줄 수가 있네. 우리도 서기가 있고 시내에 가서 인장을 찍으면 된다네."

"가격은 어떻게 될까요?" 빠홈이 물었다.

"이곳의 가격은 하나뿐이지. 하루에 천 루블이라네."

빠홈은 어리둥절했다.

"하루라니, 그게 무슨 단위랍니까? 하루라면 몇 정보가 되는 건지요?"

읍장이 말했다. "우리는 그렇게 세는 법은 모른다네. 우리는 하루치씩 땅을 팔지. 하루 동안 자네가 돌아올 수 있는 땅이 자네 것이 되는 걸세. 가격은 하루에 천 루블이네."

빠홈은 놀랐다.

"그렇지만 하루에 돌아올 수 있는 땅은 엄청날 텐데요."

읍장은 껄껄 웃고는 말했다.

"그게 다 자네 걸세. 단 한 가지 조건이 있지. 하루 안에 출발점으로 돌아오지 않으면 자네 돈은 돌려주지 않을 걸세."

"제가 지나온 땅은 어떻게 표시를 합니까?"

"자네가 고른 장소에 우리가 서 있을 걸세. 그러면 자네는 계속 길을 가면서 원을 그리면 되는 거야. 써레를 갖고 가서 필요한 곳에 표시를 하게. 방향을 꺾을 때마다 작은 구덩이를 파서 그 위에 양모 토시를 얹어 놓으면 우리가 한 구덩이에서 다른 구덩이까지 쟁기로 표시를 해 놓겠네. 원하는 대로 원을 그리되, 해가 지기 전에 출발지점으로 돌아오게. 돌아서 오는 땅이 모두 자네 것이 될 걸세."

빠홈은 하늘을 날듯이 기뻤다. 아침 일찍 출발을 하기로 결정이 되었다. 이야기를 나누면서 마유주와 양고기를 더 먹고 홍차를 실컷 마셨다. 한밤이 되었다. 빠홈에게 깃털이불을 준비해 준 후 바슈끼르 사람들은 제각기 천막으로 흩어졌다. 내일 동틀 녘에 모여서 해가 뜨기 전에 출발 장소로 떠나기로 약속이 되었다.

7

빠홈은 깃털이불 위에 누웠지만 잠은 오지 않고 계속 땅 생각이 머릿속을 어른거렸다. '팔레스티나만큼 큰 땅을 차지해야지. 하루면 오십 정보는 돌아서 올 수 있겠지. 요즘 하루는 일 년만큼 길지 않은가. 오십 정보면 어마어마한 땅이야. 토질이 떨어지는 곳은 팔거나 소작을 주고, 기름진 곳은 내가 직접 농사를 지을 테다. 쟁기를 맬 황소 두 필을 사고, 머슴 두어 명을 고용해서 오십 정보에는 농사를 짓고 자투리땅에는 가축을 방목시켜야겠다.'

빠홈은 밤새 잠자리에서 뒤척이다가 동틀 녘이 되서야 잠이 들었다. 잠이 들자마자 꿈을 꾸기 시작했다. 꿈에서 그는 바로 이 유목민 천막 안에 누워서 밖에서 누군가 껄껄대며 웃는 소리를 들었다. 누가 웃고 있는 건지 궁금해진 그가 자리에서 일어나 천막 밖으로 나가자 바슈끼르 읍장이 천막 앞에 앉아서 배를 양손으로 끌어안고 무슨 이유에선지 박장대소를 하며 웃고 있었다. 그는 다가가서 "뭣 때문에 웃고 있는 겁니까?" 하고 물었다. 그러고 보니 앞에 있는 자는 바슈끼르 읍장이 아니라 얼마 전에 그의 집을 찾아와 땅 이야기를 해

준 그 상인으로 바뀌어 있었다. 빠홈이 상인에게 "당신은 언제부터 여기 있었나?" 하고 묻고 보니 그는 이미 상인이 아니라 예전에 아래지방에서 올라온 농부로 바뀌어 있었다. 농부는 이내 빠홈의 눈앞에서 뿔과 발굽이 있는 악마로 바뀌어 자리에 앉아 깔깔대며 웃고 있었고, 악마의 앞에는 맨발에 셔츠와 바지를 입은 한 사내가 쓰러져 있었다. 빠홈은 쓰러져 있는 자가 누구인지 들여다보다가, 그자가 이미 숨이 끊겨졌으며 그것은 다름아닌 자기 자신이라는 사실을 깨달았다. 빠홈은 화들짝 놀라서 잠에서 깨었다. '참 이상한 꿈도 다 있군' 하고 생각했다. 주위를 둘러보다가 열린 문틈을 보니 벌써 밖이 훤한 것이 동이 터오기 시작하는 것이었다. '사람들을 깨워야겠는걸. 출발 시간이다.' 빠홈은 자리에서 일어나 사륜마차 속에서 자고 있는 머슴을 깨워 말을 준비하라고 시키고 바슈끼르 사람들을 깨우러 갔다.

그는 "측량을 하러 초원으로 나갈 시간입니다" 하고 말했다. 하나 둘씩 잠에서 깬 바슈끼르 인들이 모두 한자리에 모이자 읍장도 도착했다. 바슈끼르 사람들은 마유주를 마시면서 빠홈에게도 차를 대접하려고 했는데 그는 기다릴 수가 없었다.

"어차피 갈 바에는 지금 가는 편이 낫겠소" 하고 말했다.

8

바슈끼르 사람들은 일부는 말을 타고, 다른 일부는 사륜마차를 타고 출발했다. 빠홈은 머슴과 함께 써레를 챙겨서 자신의 작은 사륜마차를 타고 출발했다. 초원에 도착하니 새벽노을이 막 이글거리며 솟아오르는 중이었다. 그들은 언덕의 꼭대기로 올라가 말과 사륜마차에서 내려 둥글게 모여 섰다. 읍장이 빠홈에게 다가와 손으로 가리키며 말했다.

"자, 여기서 자네 눈앞에 보이는 땅이 모두 다 우리 땅일세. 아무 곳이나 선택하게나."

빠홈의 눈이 활활 불타올랐다. 나래새가 무성한 초원은 손바닥처럼 평평하고 양귀비씨처럼 검었으며 작은 골짜기에는 가슴 높이까지 온갖 풀이 자라 있었다.

읍장은 여우털모자를 벗어 땅 위에 놓았다.

"자, 이게 표식이라네. 여기서 출발했다가 여기로 돌아오게. 자네가 돌아서 온 곳이 다 자네 것이 될 걸세."

빠홈은 돈을 꺼내 모자 위에 올려놓고 두루마기를 벗었다. 가벼운 속외투 차림이 된 그는 배 아래에 허리끈을 단단히 두르고는 꽉 졸라맸다. 빵을 담은 가방을 품속에 넣고 물을 채운 물통을 허리끈에 매달고 장화의 목 부분을 졸라매고 머슴에게서 써레를 받아 출발할 채비를 갖추었다. 사방의 땅이 모두 마음에 드는지라 갈 방향을 고르지 못해 한참을 망설였다. '어차피 다 똑같으니, 해가 뜨는 쪽으로 가야겠다' 하고 생각한 빠홈은 해를 향해 서서 몸을 풀고는 지평선에서 해가 떠오르기를 기다렸다. 그리고 '시간을 낭비할 수는 없어. 서늘할 때 걷는 것이 한결 수월할 거야' 라고 생각하고는 지평선에 해가 모습을 드러내자마자 써레를 어깨에 걸쳐 메고 초원으로 발걸음을 내디뎠다.

빠홈은 느리지도 빠르지도 않게 걷기 시작했다. 일 킬로미터 정도 갔을 때 발을 멈추고 구덩이를 파서는 눈에 잘 띄도록 토시 한 짝에 다른 짝을 겹쳐서 올려놓았다. 그리고는 다시 몸을 풀고 속도를 더해 걷기 시작했다. 한참을 더 가서 또 하나의 구덩이를 팠다.

빠홈은 사방을 둘러보았다. 태양 아래 언덕 꼭대기에 서 있는 사람들이 잘 보였고 사륜마차의 바퀴들이 반짝이고 있었다. 가늠해 보니 오 킬로미터 정도를 지나온 것 같았다. 몸이 더워지기 시작하는지라 속외투를 벗어서 어깨에 걸치고 앞으로 계속 걸었다. 약 오 킬로미터를 더 지나니 날씨가 푸근해졌다. 해를 보니 시각은 아침을 먹을 때가 다 되었다.

빠홈은 '지금까지 온 거리가 한 참(站)은 되는데 하루에 네 참(站)은 갈 수 있으니 아직 돌아가기는 이르다. 신발만 벗도록 하자' 하고 자리에 앉아서 장화를 벗어 허리춤에 매단 후 다시 길을 출발했다. 걷기가 한결 수월해졌다. '오 킬로미터 정도 더 가서 왼쪽으로 방향을 꺾도록 하자. 땅이 참 좋아서 이곳을 떠날 수가 없구나. 가면 갈수록 땅이 좋아진다'고 생각한 그는 한참을 곧장 앞으로 갔다. 뒤를 돌아보니 이제 까마득히 작게 보이는 언덕의 정상 위에 개미같이 새까만 사람들이 있었고 그 옆에 뭔가가 반짝거렸다.

'이 방향으로 충분히 왔으니 옆으로 방향을 돌려야겠다. 땀을 너무 흘려서 기운도 없고 목도 마르다'고 생각한 빠홈은 멈춰 섰다. 다른 것들보다 더 크게 구덩이를 판 후 토시를 얹어 놓고 허리춤에서 물통을 풀어 한껏 물을 마시고 나서 왼쪽으로 방향을 꺾어 계속 걸었다. 갈수록 풀의 키가 더 커졌고 날씨는 더워졌다.

빠홈은 지치기 시작했다. 해를 보니 점심때가 다 된지라 '좀 쉬는 게 좋겠다'고 생각했다. 자리에 멈춰서 쪼그리고 앉아 빵과 물로 요기를 했지만 자리에 누우면 눈이 감겨 버릴 것 같아 눕지 않았다. 좀 더 앉아 있다가 다시 길을 나섰다. 처음에는 가볍게 출발했다. 요기를 한 덕분에 힘이 솟았다. 무더운 날씨와 졸음 때문에 괴로웠지만 빠홈은 '개같이 벌어서 정승같이 쓴다고 하지 않는가'라고 생각하며 걸음을 계속 재촉했다.

같은 방향으로 꽤 많이 걸어온지라 이제 다시 왼쪽으로 방향을 꺾으려는 찰나 빠홈의 눈앞에 촉촉하게 습기를 머금은 분지가 모습을 드러냈다. 내버리고 가기가 아까웠다. '아마가 잘 자라겠어' 하고 생각한 빠홈은 계속 앞으로 갔다. 분지를 다 지나고 나서야 구덩이를 팠고 그곳에서 두 번째로 방향을 틀었다. 고개를 돌려 언덕 방향을 보니 한낮의 열기 때문에 안개가 자욱하고 공기 중에 뭔가가 흔들리면서 안개 사이로 꼭대기 위의 사람들이 어렴풋하게 보였다. 십오 킬로미터 정도 떨어져 있었다. 빠홈은 생각했다. '처음에 너무 멀리 변(邊)을 잡았는걸. 이번에는 좀 짧게 가야겠다.' 세 번째 길을 나서면서 발걸음에 더욱 박차를 가했다. 해를 보니 정오에 가까워지고 있었고 세 번째 길은 이제 겨우 이 킬로미터밖에 지나오지 못했다. 도착지점까지는 여전히 십오 킬로미터는 남아 있었다. 빠홈은 '안되겠다. 찌그러진 모양이 되더라도 이제 곧장 걸어가야지. 안 그랬다가는 늦어 버리겠다. 괜한 욕심을 부릴 필요는 없지. 지금까지 걸어온 것만 해도 땅은 충분해' 하고는 재빨리 구덩이를 판 후에 언덕의 꼭대기 쪽으로 방향을 틀었다.

9

언덕 꼭대기를 향해 곧장 걷던 빠홈은 이제 힘이 들어 죽을 지경이었다. 땀을 흘려 기진맥진한데다가 신발을 신지 않은 발은 상처투성이가 됐고 기침까지 콜록콜록 나오기 시작했다. 잠깐이라도 쉬고 싶었지만 해지기 전까지 도착해야 했기 때문에 그럴 수가 없었다. 해는 그를 기다려 주지 않고 점점 더 지평선 쪽으로 기울 뿐이었다. 빠흠은 생각했다. '실수를 한 건 아닐까? 욕심을 너무 부린 건 아닐까? 어떻게 시간 안에 도착하지?' 정면에 있는 언덕 꼭대기와 해를 보니 출발점까지는 아직 멀었지만 해는 이미 지평선에서 멀지 않았다.

빠흠은 기력이 쇠진했지만 걸음을 더욱 재촉했다. 걸어도 걸어도 거리가 줄지 않자 그는 힘껏 뛰기 시작했다. 속외투, 장화, 물통, 모자를 모두 내던지고 써레에 의존하면서 뛰었다. '욕심을 부리다가 일을 그르쳤구나. 해 질 때까지 도착하지 못할 것이다' 하는 생각이 들자 두려움에 정신이 더 아득해졌다. 빠흠은 달렸다. 셔츠와 바지는 땀 때문에 몸에 철썩 달라붙었고 입 안은 바싹 말라붙었다. 가슴은 대장간의 풀무처럼 부풀어 올랐고 심장은 망치로 때리듯이 뛰었으며 두 다리는 제 것이 아닌 것처럼 후들거리기 시작했다. '이러다가 숨이 끊어지겠다' 하는 생각에 빠흠은 무서워졌다.

죽는 것이 두려웠지만 그렇다고 멈출 수도 없었다. 빠흠은 생각했다. '이 먼 거리를 달려왔는데 여기서 포기한다면 사람들은 나더러 바보라고 하겠지.' 정신없이 달려서 언덕의 정상에 가까워지자 바슈끼르 사람들이 소리를 지르며 그를 응원하는 소리가 들렸고 고함 소리 때문에 빠흠의 심장은 더욱 힘차게 타올랐다. 빠흠은 젖 먹던 힘을 다해서 뛰었다. 하지만 해는 이미 지평선에 닿을락 말락하면서 피처럼 시뻘겋게 울렁거리고 있는 것이 곧 져 버릴 기세였다. 해는 지고 있었지만 도착점까지도 이제 그리 멀지 않았다. 빠홈은 정상 위의 사람들이 그를 향해 손을 흔들며 응원하는 것을 보았다. 땅 위에 놓인 여우털모자와 그 위의 돈도 보였다. 땅 위에 앉아서 양손으로 배를 잡고 있는 읍장의 모습도 보였다. 그러자 빠홈은 새벽에 꾼 꿈이 생각났고 이런 생각이 머리를 스쳤다. '땅은 많지만 신께서 과연 내가 그 땅에서 사는 것을 허락해 주실까. 아, 나는 이제 끝장이로구나. 더는 달릴 수가 없다.'

빠홈이 해를 바라보니 벌써 해의 아랫부분이 지평선에 닿아 넘어가면서 반밖에 보이지 않았다. 빠홈은 젖 먹던 힘을 다해 달렸다. 온몸을 앞으로 내지르면서 넘어지지 않으려고 억지로 두 발을 앞으로 내디뎠다. 빠홈이 언덕 꼭대기에 거의 도착했을 때 갑자기 사방이 어두워졌다. 주위를 돌아보니 해는 이미 져 버린 상태였다. 빠홈은 탄식의 한숨을 내쉬며 '이 모든 고생이 물거품이 되어 버렸구나' 하고 생각했다. 그리고 포기하려는 찰나 바슈끄르 인들이 여전히 함성을 지르는 것을 보고는 언덕 아래에서는 해가 진 것처럼 보이지만 꼭대기에서 보면 아직 해가 지지 않았다는 사실을 깨달았다. 빠홈은 공기를 한껏 들이마시고는 꼭대기로 뛰어 올라갔다. 정상은 아직 밝았다. 모자가 보였다. 모자 앞에는 읍장이 앉아서 껄껄 웃으면서 양손으로 불룩한 배를 안고 있었다. 빠홈은 꿈을 떠올리고 탄식을 했다. 곧 다리가 후들거리더니 앞으로 넘어지면서 빠홈은 양손으로 모자를 잡았다.

"해냈군!" 읍장이 외쳤다. "자넨 이제 땅 부자일세!"

빠홈의 머슴이 달려와 그를 일으키려 했지만, 그는 입에서 피를 흘린 채 이미 숨이 끊어져 있었다.

바슈끼르 인들은 혀를 차면서 그를 애도했다.

머슴이 써레를 들어 칠 척(尺), 즉 빠홈의 발부터 머리까지 정확히 들어갈 길이로 구덩이를 파서 땅 속에 그를 파묻었다.

사람에겐 땅이 얼마나 필요한가

똘스또이는 장년기에 쓴 대작 『전쟁과 평화』, 『안나 카레니나』, 『부활』로 생전에 이미 세계문학의 대문호 반열에 올랐다. 여든둘이라는 장수를 누린 똘스또이는 오십대를 기점으로 하여 인생의 후반기를 인류와 민중의 행복, 참된 삶의 의미에 몰두하였으며 오십대 중후반에는 예로부터 내려온 우화, 민담을 바탕으로 하여 민중이 쉽게 읽을 수 있는 다수의 교훈적인 동화들을 집필했다. 어린 시절 누구나 한번쯤 접해보았을 「사람은 무엇으로 사는가」(1882), 「사람에게는 땅이 얼마나 필요한가」(1885), 「사랑이 있는 곳에 신이 있다」(1885), 「바보 이반의 이야기」(1886) 등이 그것이다.

「사람에게는 땅이 얼마나 필요한가」의 주인공 빠홈은 소작농이다. 어느 날 우연한 계기로 "내 땅만 있다면 악마도 무섭지 않다"고 호언장담을 하게 되고 이를 엿들은 악마가 땅으로 빠홈을 파멸시키려고 마음먹게 되면서 이야기는 시작된다. 이 이야기는 빠홈이 너무나 쉽게 계속해서 더 많은 땅을 얻게 되는 과정이, 단순한 구조로 반복되고 있다. 작가 똘스또이는 빠홈이 결국은 절망적인 파국을 맞게 되리라는 것을 독자들이 쉽게 예측하게 하고, 심지어 주인공인 빠홈에게도 꿈을 통해 충분히 경고한다. 그러나 그럼에도 불구하고 빠홈은 파국을 향해 달린다.

이 이야기의 초점은 빠홈이 특별히 아둔한 욕심쟁이라서 비극적인 결말을 맞는 것이 아니라는 데 있다. 그는 땅을 얻기 위해 걸으면서 해가 지는 속도와 거리를 면밀히 계산했으며, 중간쯤에서는 '괜한 욕심을 부릴 필요는 없' 다고까지 생각한다. 나중에는 자신이 가진 모든 것을 버리고 뛴다.

빠홈은 충분한 사리판단 능력을 가지고 있지만 바로 눈앞의 재물에 대한 욕심 앞에서는 스스로를 통제하지 못하는 아주 평범한 인간일 뿐이다. 그래서 빠홈이 결국은 파멸에 이를 줄 알고 있으면서도 독자들은 마지막을 향해 가는 빠홈의 심리적 절박성에 공감하게 되고 마지막 그의 죽음에 이르러 안타까움을 느끼게 되는 것이다.

빠홈의 행적과 심리적 궤적을 따라가는 동안 독자들은 평범한 인간의 속성, 즉 자신의 모습을 발견한다. 하지만 그렇다고 해서 빠홈의 이야기에서 얻은 교훈대로 자신의 욕망을 통제하기는 어렵다. 빠홈이 꿈에 죽은 자신의 얼굴을 보고도 땅 얻기를 포기하지 않는 것처럼 말이다. 결국 꿈을 통해 충분히 경고했음에도 더 큰 땅을 얻기 위해 뛰다 죽는 빠홈이나, 이런 빠홈의 일생을 통해 충분히 경고를 받았음에도 여전히 욕망을 통제하지 못하는 독자들은 같은 지점에서 만나는 것이다.

안똔 체호프_Антон Чехов

개를 데리고 다니는 여인

새 별장

안똔 체호프(Антон Чехов, 1860~1904)

러시아를 대표하는 단편작가로 생전에 10권의 작가 전집이 출판되었다. 러시아 남부 항구도시 따간로그에서 잡화상의 아들로 태어났다. 그의 조부는 농노해방령(1861)이 선포되기 전에 자비로 자신과 식솔의 몸값을 지불하고 농노에서 해방된 인물이다. 모스크바대학 의학부 시절 학비를 벌기 위해 쓴 단편 「학식이 높은 이웃에게 보내는 편지」(1880)로 등단했다. 따뜻한 유머, 신선한 문체, 예리한 심리분석, 정확한 묘사력으로 평가받는 900여 편에 달하는 중단편과 4대 희곡 『갈매기』, 『바냐 아저씨』, 『세 자매』, 『벚꽃동산』을 남겼다. 서른 살에 범죄자들의 유형지로 유명한 사할린을 탐방하고 여행기 『시베리아로부터』, 『사할린 섬』을 썼다. 평생 그를 괴롭힌 지병인 각혈성 폐결핵 때문에 1897년부터 흑해 연안의 휴양지 얄따에서 주로 살았다. 1901년 자신의 희곡들이 무대에 올려진 모스크바예술극장의 여배우 올가 끄니뻬르와 결혼했지만, 급격한 건강 악화로 1904년 6월 독일 바덴바덴으로 요양을 떠난 지 한 달 만에 숨을 거둔다. 시신은 모스크바 노보제비치 수도원 묘지에 안치되어 있다.

개를 데리고 다니는 여인

Дамас с обачкой

1

해안 산책로에 새로운 얼굴, 그러니까 개를 데리고 다니는 여인이 나타났다는 소문이 돌았다. 얄따에 온 지 벌써 이 주가 되어 이곳 생활에는 익숙해진 드미뜨리 드미뜨리치 구로프도 새로운 얼굴들이 나타나면 흥미를 보였다. 그가 베르네 제과점의 수상카페에 앉아 있을 때 자그마한 키의 젊은 여인이 산책로를 지나가는 것이 보였다. 금발에 베레모를 쓴 그녀의 뒤를 하얀 스피츠가 따르고 있었다.

그 이후로 하루에도 몇 번씩 시립 공원과 공원 광장에서 그녀를 볼 수 있었다. 그녀는 예의 똑같은 베레모를 쓴 채 하얀 스피츠를 데리고 늘 혼자 산책을 했다. 그녀의 이름을 아는 사람은 아무도 없었고 그래서 사람들은 그녀를 그냥 '개를 데리고 다니는 여인'이라고 부르기 시작했다.

'남편도 아는 사람도 없이 혼자 이곳에 온 거라면 알고 지내는 것도 나쁘지 않겠는걸' 하고 구로프는 생각했다.

아직 마흔 줄을 넘지 않았지만 그에게는 이미 열두 살 먹은 딸아이와 중학교에 다니는 두 명의 아들이 있었다. 부모님의 뜻에 따라 그는 대학교 2학년 때 이른 결혼을 해야 했고 지금 그의 아내는 그보다 몇십 년은 더 나이 들어 보였다. 짙은 눈썹에 키가 크고 허리가 꼿꼿한 그의 아내는 도도하고 위엄이 있었으며, 그녀 자신이 표현대로라면 사고(思考)하는 여성이었다. 다독가인 그녀는 편지를 쓸 때 유행에 따른 철자법을 사용했고 남편을 드리뜨리가 아니라 지미뜨리라고 불렀다(불필요한 철자를 폐지하려는 진보적인 움직임에 동조하는 동시에 남편의 이름을 교회 슬라브어 식으로 발음함으로써 자신의 지식을 과시하려는 그녀의 성향을 보여준다). 하지만 그는 내심 아내를 어리석고 근시안적이며 천박한 여자라고 생각했고 아내가 무서워서 가급적이면 집에 있지 않으려고 했다. 아내를 배신하기 시작한 지는 이미 오래전이었고 바람 피우는 횟수도 잦았다. 여자에 대한 이야기만 나오면 거의 대부분 혹평을 늘어놓은 것은 아마도 그런 이유에서였을 것이다. 그가 있는 자리에서 여자들에 대한 이야기가 오가기 시작하면 그는 이렇게 말하는 것이었다.

"저급한 인종이지요!"

여자들 때문에 이미 쓰라린 경험을 충분히 했기 때문에 자신은 그들을 마음 내키는 대로 부를 자격이 있다고 느끼면서도, 정작 이 '저급한 인종' 없이는 그는 단 하루도 살 수가 없었을 것이다. 남자들의 사교모임에서는 따분한 표정으로 바늘방석에라도 앉은 듯 차갑게 입을 다물고 있던 그가 여자들 사이에 끼게 되면 물고기가 물을 만난 듯 수다스럽고 당당해졌다. 아니 여자들과 함께라면 별 말을 하지 않아도 마음이 편해졌다. 그의 외모, 성격, 그의 기질 전체에 정체를 알 수 없는 어떤 매력이 있어서 그것이 여자들을 그에게로 끌어당기고 매료시켰다. 그 스스로 이 사실을 알고 있었고 그 역시 어떤 알 수 없는 힘에 의해 여자들에게 끌렸다.

솔직히 말하자면 그에게 쓰라림만을 남겨 준 과거의 수많은 연애 경험들에서 그는 이미 오래전부터 모든 종류의 남녀 관계라는 것이 처음에는 삶에 활기를 더해 주고 가볍게 지나가는 즐거운 모험처럼 여겨지지만 결국에 가서는 점잖은 부류, 특히 쉽게 결단을 내리지 못하고 우유부단한 모스크비치(뉴욕 사람을 뉴요커라고 하듯이, 모스크바 사람을 러시아어로 모스크비치라고 한다.)들에게는 처지 곤란한 골칫거리로 변해 버리고, 마침내 참을 수 없이 괴로운 상황에 직면하게 된다는 사실을 잘 알고 있었다. 하지만 눈앞에 매혹적인 여자가 다시 나타나면 이런 경험은 기억에서 흐릿해지고 삶의 의욕이 용솟음치며 모든 것이 너무나도 단순하고 즐겁게 여겨지는 것이었다.

그러던 차에 어느 저녁 무렵 공원에서 식사를 하고 있는 구로프 쪽으로 예의 베레모를 쓴 여인이 옆 테이블에 앉기 위해 천천히 다가왔다. 그녀의 얼굴 표정, 걸음걸이, 옷차림, 머리 모양 하나하나에서 그는 이 여인이 점잖은 집안 출신으로 남편이 있고, 얄따에는 처음이며 혼자 왔으리라는 것, 그리고 이곳의 생활에서 무료함을 느끼고 있음을 알아챘다……. 휴양지에서 벌어지는 풍기문란한 소문들은 대체로 사실무근인 경우가 많았기에 그는 그러한 소문들을 경멸했고 그러한 이야기들이 대부분 스스로 능력만 된다면 아무 거리낌 없이 죄를 지을 사람들이 지어 낸 것이라는 걸 알고 있었다. 하지만 그녀가 자신에게서 몇 발짝 떨어진 옆 테이블로 와서 앉자 머릿속에 어떻게 손쉽게 여자를 정복하고 산속으로 드라이브를 다녀왔는가 하는 뒷얘기들이 떠오르더니, 갑자기 이 이름도 성도 모르는 낯선 여인과 짧고도 빠른 로맨스와 정사를 나누고 싶다는 유혹에 사로잡히고 말았다.

구로프는 상냥한 손짓으로 스피츠를 자기 쪽으로 불렀고 개가 다가오자 손가락으로 개를 위협하는 시늉을 했다. 스피츠가 으르렁대자 구로프는 다시 위협하는 시늉을 했다.

여인은 그를 힐끗 쳐다보더니 이내 눈길을 아래로 내려버렸다.

"물지 않아요." 이렇게 말하고 그녀는 금세 얼굴을 붉혔다.

"뼈다귀를 줘도 될까요?" 그녀가 허락의 뜻으로 고개를 끄덕이자 그는 다정하게 물었다. "얄따에 오신 지는 얼마나 되셨나요?"

"오 일 정도 됐어요."

"저는 이곳에 온 지 벌써 이 주가 다 되어 간답니다."

잠시 침묵이 흘렀다.

"시간이란 참 빨리 흐르죠. 그런데 이곳은 정말 지루하군요!" 그쪽을 바라보지도 않고 그녀가 말했다.

"사람들은 타성에 젖어서 이곳이 지루하다고 말합니다만, 벨료프나 지즈드라(벨료프는 뚤라현, 지즈드라는 깔루가 현에 있는 지방도시의 이름) 같은 곳에서 지루한 줄 모르고 살던 사람들도 이곳에만 오면 '어머, 지루해라! 어머, 이 먼지 좀 봐!' 라고 외치는 거죠. 마치 어디 그라나다에서라도 온 듯이 말입니다."

그녀가 소리 내어 웃었다. 그리고는 두 사람은 서로 모르는 사람들처럼 잠자코 식사를 계속했다. 하지만 식사를 마치자 그들은 함께 나란히 걷기 시작했다. 어디를 가든, 무슨 이야기를 하든 상관이 없는 한가하고 여유로운 사람들만이 할 수 있는 재치 있고 가벼운 대화가 그들 사이에 오가기 시작했다. 걷다가 잔잔하고 포근한 느낌의 연보랏빛 수면 위로 한 줄기 달빛이 금빛으로 울렁거리는 것을 보면 바다 빛깔이 묘하기도 하다느니, 아니면 한낮의 더위가 지나니 후텁지근하다는 이야기를 했다. 구로프는 자신이 모스크비치로 인문학을 전공했지만 은행에서 근무하고 있다는 것, 사설 오페라 극장 무대에 서려고 준비한 적도 있지만 포기했다는 것, 모스크바에 집 두 채를 갖고 있다는 것들을 늘어놓았다……. 그녀의 이야기에서 그는 그녀가 뻬쩨르부르그에서 자랐지만 S시로 시집을 가 벌써 두 해째 그곳에서 살고 있으며, 얄따에서는 한 달 정도 더 머물 예정이며 남편도 휴가차 그녀가 있는 이곳으로 올 수도 있다는 사실을 알아냈다. 그녀는 남편이 근무하는 곳이 현청인지 현자치회인지 헷갈려 하면서 그 사실에 스스로 재미있어 했다. 구로프는 그녀의 이름이 안나 세르게예브나라는 것도 알게 되었다.

그날 호텔방으로 돌아온 구로프는 그녀 생각에 잠겨 내일 어쩌면 또 그녀를 만나게 될 것이라고 생각했다. 당연히 그럴 수밖에 없었다. 잠자리에 누우면서 그녀가 얼마 전까지만 해도 대학에 다녔을 것이며 지금 자신의 딸아이처럼 공부에 여념이 없었을 것이라는 생각이 뇌리를 스쳤다. 웃을 때, 낯선 남자와 대화를 할 때 아직 숫기가 없고 어설픈 그녀의 모습이 떠오르면서 그녀는 필경 상상조차 못할 엉큼한 목적을 가진 남자들이 그녀의 꽁무니를 쫓고 그녀를 훑어보며 수작을 거는 이런 상황에 생전 처음 혼자 처하게 되었을 것이라고 생각하는 것이었다. 결코 우연히 처하게 된 것이라고 할 수 없는 은밀한 목적만을 가진 남자들이 그녀의 뒤를 따르고 그녀를 바라보며 그녀와 이야기를 하는 이런 상황에서 혼자 남겨진 것이리라. 그녀의 가늘고 연약한 목과 아름다운 회색 눈동자가 떠올랐다.

'어쨌거나 그녀에겐 뭔가 동정심을 불러일으키는 구석이 있어.' 이렇게 생각하고는 그는 잠에 빠져들었다.

2

안면을 튼 지 일주일이 흘렀다. 휴일이었다. 실내는 후텁지근했고, 거리에는 먼지 회오리가 모자를 날려 버렸다. 온종일 갈증이 가시지 않아 구로프는 몇 번이나 수상카페에 들러서 안나 세르게예브나에게 시럽을 넣은 생수나 아이스크림을 권했다. 그 외에는 달리 할 일이 없었다.

저녁이 되어 바람이 다소 잦아들자 두 사람은 기선이 들어오는 것을 구경하기 위해 방파제로 나갔다. 부둣가는 누군가를 마중 나온 듯 꽃다발을 손에 들고 산책하는 사람들로 붐볐다. 나이보다 젊게 차려입은 중년 여인들과 발에 채일 듯이 많은 장군들, 호화로운 얄따 휴양객들을 알아볼 수 있는 이 두 가지 특징을 여기서도 분명하게 볼 수 있었다.

바다에 풍랑이 심해서 기선은 해가 떨어진 후에야 들어온 데다가 방파제 쪽으로 배를 대려고 방향을 돌리는데 상당한 시간이 걸렸다. 안나 세르게예브나는 마치 아는 사람이라도 찾듯이 손잡이가 달린 안경을 눈에 대고 기선과 승객들 쪽을 보고 있었는데, 그러다가 구로프에게 얼굴을 돌려 말을 걸 때면 눈빛이 빛났다. 그녀는 수다스러워졌고 두서없이 질문을 던졌다가 방금 전에 자신이 한 질문이 무엇이었는지 잊어버리곤 했다. 그리고 그런 와중에 인파 속에서 손잡이 안경을 잃어버렸다.

호화로운 군중이 흩어지기 시작했다. 어두워서 사람들의 얼굴도 분간할 수 없었고 바람도 이미 완전히 멎었지만 구로프와 안나 세르게예브나는 기선에서 혹시 누가 더 내리지 않을까 기다리듯이 제자리에 서 있었다. 안나 세르게예브나는 이제 구로프 쪽은 보지 않은 채 말 없이 꽃향기를 맡고 있었다.

"저녁이 되니 날씨가 좀 나아졌군요." 그가 말했다. "이제 어디로 갈까요? 마차를 타고 어디라도 다녀오는 건 어떻겠어요?"

그녀는 아무 대답도 하지 않았다.

그러자 그는 그녀를 뚫어질듯 바라보다가 갑자기 포옹하며 입을 맞췄다. 물기를 머금은 꽃향기가 그의 코에 물씬 와 닿았다. 그러고는 누가 본 사람이라도 없는지 화들짝 놀라 주위를 둘러보았다.

"당신 방으로 갑시다……." 그가 나지막이 속삭였다.

그리고 두 사람은 빠른 걸음으로 걷기 시작했다.

그녀의 호텔 방 안은 후텁지근했고 일본상점에서 구입한

향수 냄새가 났다. 구로프는 그녀를 새삼스레 바라보며 '살다 보니 별 이상한 만남도 다 있군!' 하고 생각했다. 과거의 기억을 더듬어 보면 그가 가져다준 아주 짧은 행복에도 고마워하며 사랑을 즐기는 태평하고 상냥한 여자들도 있었지만 그의 아내처럼 진실성이라고는 조금도 없이, 쓸데없는 말을 늘어놓으며, 부자연스럽고, 히스테리를 일으키고, 마치 자신에게는 사랑도, 정열도 아닌 뭔가 훨씬 더 중요한 의미를 지닌 것이 있다는 듯한 표정으로 사랑을 하던 여자들도 있었다. 그런가 하면 삶이 인간에게 줄 수 있는 것보다 더 많은 것을 삶에서 얻어내려는 광기 어린 표정, 집요한 욕망을 일순 얼굴에 드러내곤 했던, 매우 아름답지만 차가웠던 여자들도 두서넛 있었다. 한창 때를 지난 나이에 변덕스럽고 비합리적이며 권위적이지만 어리석기 짝이 없는 그들에 대한 애정이 식어가면 그들의 아름다움은 오히려 그의 내부에서 증오심을 불러일으키면서 그들의 속옷에 달린 레이스가 마치 뱀의 비늘처럼 느껴지곤 했다.

그런데 지금 그의 눈앞에 있는 여전히 숫기 없고 어설프며 세상 물정 모르는 이 젊은 여인은 어색한 티를 내며 마치 갑자기 누군가 문을 두드리기라도 한 것처럼 당황하고 있다는 느낌이 들었다. 안나 세르게예브나, 이 '개를 데리고 다니는 여인'은 방금 벌어진 일로 자신이 타락의 길로 접어들기라도 했다는 듯이 이상하게 심각한 태도를 보이고 있었다. 이런 분위기가 그는 마음에 들지 않았고 자가당착처럼 생각되었다. 얼굴 양쪽으로 머리를 늘어뜨리고 옛 그림 속에 나오는 죄 지은 여자처럼 우울하게 앉아 생각에 잠겨 있는 그녀는 이제 자태마저 풀이 죽고 시들어 버린 것 같았다.

"기분이 좋지 않아요." 그녀가 말했다. "당신은 이제 저를 존경하지 않는 분이 되셨겠죠."

호텔 방 테이블 위에는 수박이 놓여 있었다. 구로프는 한 조각을 잘라 내어 서두르지 않고 먹기 시작했다. 적어도 반 시간이 침묵 속에서 흘러갔다.

안나 세르게예브나는 감동적이었다. 정숙하고 순진하며 속세의 때가 묻지 않은 여인의 청순함이 그녀에게서 느껴졌다. 테이블 위에서 외롭게 타고 있던 양초가 그녀의 얼굴을 거의 비춰 주지 않았지만 그녀의 영혼이 고통을 받고 있다는 것을 알 수 있었다.

"왜 내가 이제 당신을 존경하지 않는다고 생각하는 거지?" 구로프가 물었다. "자신이 무슨 말을 하는지 모르고 있는 것 같군."

"신께서 저를 용서해 주시기를!" 이렇게 말한 그녀의 두 눈에 눈물이 가득했다. "이건 무서운 일이에요."

"당신은 변명이라도 늘어놓고 싶은 모양이지."

"제가 어떻게 변명을 하겠어요? 저는 나쁘고 천한 여자예요. 나는 자신을 경멸할 뿐 변명을 할 생각은 없어요. 제가 기만한 건 남편이 아니라 제 자신이에요. 이번뿐이 아니라 이미 오래전부터 기만해 왔어요. 내 남편은 정직하고 좋은 사람일지는 모르지만, 그는 종 같은 사람이라구요! 그가 관청에서 무슨 일을 하는지, 어떻게 근무하는지는 모르지만 그가 종이라는 사실만은 알고 있어요. 그와 결혼했을 때 나는 스무 살로 호기심에 가득 차서 뭔가 더 나은 생활을 고대하고 있었어요. 뭔가 다른 삶이 있을 거야, 하고 스스로에게 말했었죠. 멋지게 살아 보고 싶었지요! 멋지고 신나게 말이에요……. 저는 호기심에 몸이 달았어요……. 당신은 이해하지 못하겠지만, 신께 맹세컨대 저는 저 자신을 억제할 수가 없었답니다. 뭔가 알 수 없는 것이 내 안에서 꿈틀대는지라 남편에게 아프다는 핑계를 대고 이곳으로 왔어요……. 이곳에서도 들뜬 상태로, 정신이 나간 사람처럼 다녔지요……. 그러다가 결국 저는 모든 사람의 손가락질을 받아 마땅한 천하고 더러운 여자가 돼 버린 거예요."

구로프는 더 이상 듣고 있기가 거북했다. 상황에 걸맞지 않은 뜻밖의 참회와 그녀의 순진한 말투에 그만 짜증이 나 버렸고 그녀의 눈에 고인 눈물만 아니었다면 지금 그녀가 장난을 치거나 연기를 하는 것이라고 생각했을 것이었다.

"이해를 못하겠군." 그가 조용히 말했다. "당신이 바라는 게 도대체 뭐지?"

그녀가 그의 가슴에 얼굴을 묻고 안겨 왔다.

"저를 믿어 주세요. 제발 부탁이니 저를 믿어 주세요……."
그녀가 말했다. "저는 정직하고 정결한 삶을 원해요. 죄를 짓는다는 것은 혐오스럽기 짝이 없어요. 제가 무슨 짓을 하고 있는 건지 저 자신도 모르겠어요. 사람들이 악마에게 홀렸다고 말을 하죠. 저도 지금 악마에게 홀린 것 같은 기분이에요."

"그만, 그만 하지……." 그가 중얼거렸다.

구로프는 그를 응시하는 겁먹은 그녀의 눈동자를 보면서 그녀에게 입을 맞추고 나지막한 목소리로 그녀를 달랬고 그녀는 다소 진정하더니 평소의 명랑함을 되찾았다. 두 사람은 소리 내어 웃기까지 했다.

그 후 그들이 밖으로 나왔을 때 해안 산책로에는 사람의 그림자라고는 찾아볼 수 없었고 사이프러스 나무가 늘어선 시내는 죽은 듯한 적막이 흘렀지만 바다는 여전히 거친 파도가 철썩이며 기슭을 치고 있었다. 바다에는 대형 보트 한 척이 파도에 흔들리면서 그 안의 등불이 졸린 듯 깜박이고 있었다.

지나가는 마차를 잡아타고 오레안다(얄따에서 6킬로미터 떨어진 곳에 위치한 황제의 영지)로 향했다.

"방금 호텔 로비에서 당신 성을 알아냈지. 흑판에 폰 디데리츠라고 적혀 있더군." 구로프가 말했다. "남편이 독일인이요?"

"아뇨. 할아버지가 독일인이었다는 거 같은데, 남편은 정교회 신자예요."

오레안다에서 그들은 교회에서 가까운 벤치에 앉아서 아무 말 없이 아래쪽 바다를 내려다보았다. 자욱한 새벽안개 사이로 얄따가 희미하게 보였고 산봉우리들에 흰구름이 꼼짝 않고 걸려 있었다. 미동도 하지 않는 나뭇잎 사이에서 매미가 우렁차게 울고 있었고, 절벽 아래서 들려오는 단조롭고 먹먹한 파도 소리가 우리를 기다리는 안식과 영원한 잠에 대해서 속삭이는 듯했다. 이곳은 얄따도 오레안다도 없었던 옛날에도 파도가 쳤을 것이며 지금도, 그리고 우리가 죽고 난 다음에도 파도는 절벽을 치며 무심하고 먹먹한 소리를 내고 있을 것이다. 그리고 어쩌면 이러한 불변성, 인간 개개인의 삶과 죽음에 대한 완벽한 무관심 속에 우리의 영원한 구원, 지상에서의 삶의 부단한 움직임, 완성을 향한 부단한 추구의 증거가 숨어 있는지도 몰랐다. 새벽빛을 받아 한층 아름답게 보이는 젊은 여인과 나란히 앉아서 바다와 산, 구름과 드넓은 하늘이 만들어 낸 동화 같은 분위기에 매료되고 마음이 차분해진 구로프는, 사실 따지고 보자면 우리가 존재의 고매한 목적, 인간의 존엄성을 잊은 채 저지르는 생각과 행동들을 제외하면 이 세상 모든 것이 얼마나 아름다운가, 하는 생각이 들었다.

문지기로 보이는 한 남자가 다가와서 두 사람을 쳐다보더니 가 버렸다. 이러한 사소한 일까지도 신비롭고 아름답게 생각되었다. 페오도시아에서 온 기선이 선내 등을 벌써 끈 채 항구에 서 있는 곳이 보였다.

"풀잎에 이슬이 맺혔어요." 침묵을 지키던 안나 세르게예
브나가 말했다.

"그렇군. 돌아갑시다."

그들은 시내로 돌아왔다.

그 후 그들은 매일 정오에 해안 산책로에서 만나 함께 아침
을 먹고 점심을 먹고 산책을 하고 바다를 보며 감탄했다. 그
녀는 잠자리가 뒤숭숭하고 심장이 불안하게 뛴다고 하소연
을 했고 때론 질투로, 때론 두려움으로 흥분해서는 그가 그녀
를 충분히 존경하지 않는다며 똑같은 질문을 계속 퍼붓기도
했다. 그리고 그는 광장 공원이나 시립 공원을 거닐다 주변에
인기척이 없는 틈을 타 갑자기 그녀를 자기 쪽으로 잡아당겨
서 뜨겁게 키스를 퍼부었다. 완벽한 안일함, 대낮에 사람들의
눈을 피해 가며 하는 키스들, 더위, 바닷내음 그리고 끊임없
이 눈앞을 스쳐가는 만사태평하고 호화롭게 차려입은 배부
른 휴양객들 덕분에 그는 완전히 딴사람이 된 것 같았다. 그
는 안나 세르게예브나에게 그녀가 얼마나 아름답고 매혹적
인지 반복해서 말했고 때로는 타오르는 정열을 참지 못했으
며 그녀에게서 한 발짝도 떨어지려고 하지 않았다. 한편 그녀
는 생각에 잠기는 때가 많아졌고 끊임없이 그에게 애원하며
그가 그녀를 존경하지 않으며, 전혀 사랑하지도 않을뿐더러
실제로는 그녀를 천박한 여자라고 생각하고 있다는 것을 인
정하라고 했다. 거의 매일 저녁 늦게 그들은 오레안다 아니면

폭포(얄따에서 9.5킬로미터 떨어진 곳에 위치한 우찬수 폭포)가 있는 교외 어디론가로 마차를 타고 산책을 나갔으며 산책은 항상 즐거웠고 언제나 어김없이 황홀하고 멋진 기분으로 돌아왔다.

그들은 조만간 그녀의 남편이 올 것으로 생각했다. 하지만 대신에 편지 한 통이 도착했고, 남편이 눈병이 났으니 어서 집으로 돌아오라는 내용이 적혀 있었다. 안나 세르게예브나는 서두르기 시작했다.

"제가 떠나게 돼서 다행이에요." 그녀는 구로프에게 말했다. "이건 운명의 결정이에요."

그녀는 마차를 타고 기차역으로 향했고 그도 배웅을 하기 위해 동행했다. 가는 데 하루 종일이 걸렸다. 특급열차의 객차에 올라탄 후 출발을 알리는 두 번째 종이 울리자 그녀가 말했다.

"한 번만 더 얼굴을 보여 주세요……. 한 번만 더. 이제 됐어요."

그녀는 울지 않았지만 병이라도 난 사람처럼 침울했고 얼굴이 떨리고 있었다.

"당신을 생각할 거예요……. 우리의 추억을 잊지 않을 거예요." 그녀가 말했다. "신께서 당신을 보살펴 주시기를. 안녕히 계세요. 저에 대한 나쁜 기억은 지워 버리세요. 우린 이제 영원히 이별이군요. 하지만 이럴 수밖에 없어요. 우리는 만나지도 말았어야 했으니까요. 자, 신께서 당신을 보살펴 주시기를."

　기차는 순식간에 떠나 버렸고 차창에서 새어 나오던 불빛도 곧 사라졌다. 잠시 후 이미 아무 소리도 들리지 않았다. 마치 모든 것들이 고의로 작당을 해서 이 달콤한 망각을, 이 광증을 중지시키려 드는 것 같았다. 플랫폼에 홀로 남아 먼 어둠을 바라보면서 구로프는 마치 방금 잠에서 깨어난 기분으로 귀뚜라미 우는 소리와 전신주의 전선이 윙윙대는 소리를 듣고 서 있었다. 그리고 자신의 인생에서 또 하나의 기행 혹은 모험을 겪었고 그것 또한 이제 끝이 나 추억이 되었다고 그는 생각했다……. 그는 감상에 젖어 우울한 기분이 돼서는 앞으로 더 볼 일이 없을 그 젊은 여인이 그와 함께 하면서 결코 행복하지 않았다는 사실에 일말의 가책을 느꼈다. 그는 물론 매너 있고 친절했지만 그럼에도 불구하고 그녀를 대하는 그의 태도, 말투와 애무에는 쉽게 행운을 거머쥔 남자, 게다가 그녀보다 거의 두 배는 나이가 많은 남자의 가벼운 조소, 무례한 오만함이 서려 있었다. 그녀는 그를 내내 좋은 분, 특별한 분, 고매한 분이라고 불렀고 사실과는 배치되는 그녀의 생각은 결국 의도하지는 않았지만 그가 그녀를 기만했다는 말이 되는 것이었다…….

　이곳 기차역은 벌써 가을 향기가 느껴지고 저녁 공기는 서늘했다.

　'나도 이제 북쪽으로 돌아갈 때가 됐군.' 플랫폼을 나오면

서 구로프는 생각했다. '돌아갈 때가 됐어!'

3

　모스크바의 집은 이미 모든 것에서 겨울 분위기를 느낄 수 있었다. 난로에는 장작이 탔고, 아이들이 학교에 갈 준비를 하며 홍차를 마시는 아침이면 아직 어두워서 유모가 잠깐씩 등불을 켜야 했다. 이미 얼음이 얼기 시작했다. 첫눈이 내리는 날 처음 썰매를 달리면서 흰 눈이 덮인 땅과 지붕을 바라보는 것은 즐거운 일이었다. 숨 쉬는 것도 상쾌하고 달콤한 것이 이럴 때면 어린 시절이 떠올랐다. 서리가 하얗게 내려앉은 보리수와 자작나무 고목들에는 사이프러스나 야자나무에서는 느낄 수 없었던 마음을 푸근하게 해 주는 친근함이 느껴져서 산과 바다에 대한 생각을 떨쳐 버릴 수 있었다.

　구로프는 모스크바치였고 그가 집에 돌아온 날은 상쾌한 영하의 날씨였다. 모피 코트를 꺼내 입고 따뜻한 장갑을 낀 채 뻬뜨로프까 거리를 한 바퀴 돌아온 후, 토요일 저녁 울려 퍼지는 교회 종소리를 듣게 되자 얼마 전의 여행과 그가 머물렀던 여러 장소들은 금세 그 매력을 잃고 말았다. 서서히 모스크바 생활에 침잠하면서 그는 벌써 하루에 세 종류의 신문을 탐독하면서도 자신은 신념에 의거하여 모스크바 신문 따위는 읽지 않는다고 말하곤 했다. 예전처럼 레스토랑, 클럽, 초청 만찬, 축하연 같은 것들에 흥미가 생겼고, 자기 집에 저명한 변호사나 배우들이 찾아온다거나 의사클럽에서 교수들과 카드게임을 한다는 사실에 은근한 자부심을 느꼈다. 이제 프라이팬에 가득 담긴 러시아식 스튜를 혼자서도 거뜬히 해치울 수 있게 되었다…….

한 달쯤 지나면 안나 세르게예브나도 기억 속에서 흐릿해져서 그 애틋한 미소를 띤 모습도 다른 여자들이 그랬던 것처럼 이따금 꿈속에서나 볼 수 있을 것이라고 그는 생각했다. 하지만 한 달이 더 지났고 한겨울이 왔건만 안나 세르게예브나와 헤어진 것이 마치 엊그제 일처럼 기억 속에서 또렷해졌다. 날이 갈수록 그 추억은 점점 더 생생해졌다. 조용한 저녁 아이들의 숙제하는 소리가 그가 있는 서재까지 들려오거나, 레스토랑에서 사랑노래나 오르간 연주를 들을 때, 아니면 눈보라가 벽난로 속에서 휘이잉 소리를 낼 때면 방파제에 갔던 일, 산 위의 새벽안개, 페오도시아에서 온 기선, 그리고 입맞춤들, 그 모든 것들이 갑자기 기억 속에서 하나도 빠짐없이 되살아나는 것이었다. 그는 한참 동안 방 안을 서성이면서 추억에 잠겨 미소를 짓곤 했으며 그러다가 추억이 갈망으로 바뀌었고 그의 상상 속에서 과거가 미래의 일과 뒤죽박죽이 돼버렸다. 안나 세르게예브나는 그의 꿈에 등장하는 대신 그림자처럼 그가 어디를 가든 그의 뒤에서 그를 따라다니며 그를 지켜보았다. 눈을 감으면 예전보다 더 아름답고 젊고 사랑스러워진 그녀의 모습이 생생하게 보였고 그 자신도 그때보다 멋있게 느껴졌다. 밤마다 책장 속에서, 벽난로 속에서, 방 한구석에서 그를 응시하는 그녀가 보였고 그녀의 숨소리, 그녀의 옷이 부드럽게 사각거리는 소리가 들렸다. 거리에선 여자들의 얼굴을 유심히 살피며 그녀를 닮은 사람을 찾아 헤맸다…….

결국 누구에게든 자신의 연애담을 들려주고 싶은 욕망에 사로잡히고 말았다. 하지만 집 안에서 자신의 사랑 이야기를 할 수는 없었고 집 밖에서도 이야기할 상대가 없었다. 집에 세 든 사람들에게 아니면 은행에 가서 그런 이야기를 할 수는 없는 노릇이었다. 게다가 따지고 보면 무슨 얘기를 할 수 있단 말인가! 과연 그것을 사랑이라고 할 수 있을까? 안나 세르게예브나와 그의 관계에 아름답고 시적이고 교훈적인 것, 그도 아니면 남의 흥미를 끌 만한 것이 과연 있기라도 한가? 이러다 보니 그는 사랑이니 여자니 하는 것에 대해서 뜬구름 잡는 듯한 이야기를 늘어놓을 수밖에 없었다. 아무도 그가 무슨 말을 하고자 하는 것인지 눈치채지 못했지만 그의 아내만은 검은 눈썹을 추켜올리며 이렇게 말하는 것이었다.

"지미뜨리, 그런 바람둥이 같은 소리는 당신과는 전혀 어울리지 않아요."

어느 날 밤 의사클럽에서 그날 카드게임을 함께 한 관리 한

명과 나오다가 그는 더는 참지 못하고 말을 해 버렸다.

"제가 얄따에서 얼마나 멋진 여인을 만났는지 모르실 겁니다!"

관리는 썰매에 올라타 출발하려다가 갑자기 뒤를 돌아보더니 대답했다.

"드미뜨리 드미뜨리치!"

"왜 그러십니까?"

"일전에 자네가 한 말이 맞았소. 철갑상어에서 고약한 냄새가 났어!"

평소라면 전혀 이상할 것이 없는 이 말이 왠지 모욕적이고 불결하게 생각되어 구로프는 화가 났다. 이 얼마나 야만스런 세태와 사람들이란 말인가! 광란의 카드게임, 폭식과 음주, 언제나 똑같이 되풀이되는 대화들, 어리석기 짝이 없고 지겹고 생기 없는 낮과 밤들! 무의미한 일들과 반복되는 대화에 가장 소중한 시간과 정열을 쏟다가 결국에 가서는 꼬리가 잘리고, 날개가 꺾인 삶, 무의미한 삶이 남는 것이었다. 정신병원이나 유치장에 꼼짝없이 갇혀서 어디로도 도망갈 수 없는 꼴이었다!

구로프는 화를 참지 못해 밤새 한잠도 자지 못한지라 그 다음 날 온종일 두통에 시달렸다. 그 후에도 여러 날 잠을 설치며 침대에 앉아 생각에 잠기거나 방 안을 서성거렸다. 아이들도 귀찮아졌고 은행일도 싫증이 났으며 아무 데도 가고 싶지 않았고 아무 말도 하고 싶지 않았다.

12월 연휴에 그는 길 떠날 채비를 하고는 한 청년의 취직을 주선하기 위해 뻬쩨르부르그에 다녀오겠다고 아내에게 말한 후 S시로 떠났다. 무엇을 위해서? 그 자신도 이유를 알 수 없었다. 그는 안나 세르게예브나의 얼굴을 보고 이야기를 나누고, 가능하다면 만나고 싶었다.

아침에 S시에 도착해 호텔에서 제일 좋은 방을 잡았다. 바닥 전체에 회색 군복 부직포로 만든 양탄자가 깔려 있었고 테이블 위에는 위로 치켜든 손에 모자를 든 기마상이 조각된 잉크병이 머리가 떨어져 나가고 먼지가 뿌옇게 앉은 채 놓여 있었다. 그는 호텔 수위에게서 필요한 정보를 얻어 냈다. 폰 디데리츠는 호텔에서 멀지 않은 스따로곤차르나야 거리에 있는 자신의 단독주택에 살며, 자기 소유의 말도 몇 필 갖고 있으며, 생활은 풍족하고 부유하여 이 도시에서 그를 모르는 사람이 없다는 것이었다. 수위는 그의 성을 발음할 때 드리디리츠라고 했다.

구로프는 천천히 걸어서 스따로곤차르나야 거리로 향했고 그 집을 찾아냈다. 저택의 정면에 잿빛 나무 울타리가 길게 세워져 있었고 그 위에는 뾰족한 못들이 박혀 있었다.

'저런 울타리를 넘어서 도망치기란 쉽지 않겠군.' 구로프는 저택의 창문들과 울타리를 번갈아 보면서 생각했다.

오늘은 공휴일이니 십중팔구 남편이 집에 있겠군, 하고 그는 머리를 굴려 보았다. 설령 남편이 없더라도 무작정 집 안으로 들어가 그녀를 당황하게 만드는 것은 경우에 어긋나는 일일 것이었다. 그렇다고 쪽지를 보냈다가 남편의 손에 들어간다면 모든 것을 그르칠 수도 있었다. 제일 좋은 방법은 우연한 기회를 잡는 것이었다. 그래서 그는 길을 서성이면서 울타리 앞에서 그 우연한 기회가 찾아오기를 기다렸다. 걸인 하나가 대문 안으로 들어가자 개들이 덤벼드는 것이 보였고 그로부터 한 시간 가량이 지나자 그랜드피아노를 연주하는 소리가 들렸는데 그 소리는 분명하지 않게, 어렴풋이 들려왔다. 안나 세르게예브나가 연주하는 것이리라. 현관문이 벌컥 열리더니 안에서 웬 노파가 나왔고 그 뒤를 낯익은 하얀 스피츠가 따라 나왔다. 구로프는 개를 부르고 싶었지만 갑자기 가슴이 쿵쿵대며 흥분한 탓인지 스피츠의 이름이 무엇이었는지 기억이 나지 않았다.

그렇게 한참을 길가에서 서성거리다 보니 그는 이 잿빛 울타리가 저주스러워진 나머지 안나 세르게예브나는 이미 오래전에 그를 잊고 다른 사람과 노닥거리고 있을 수도 있으며, 하루종일 이 저주받을 울타리를 바라보고 있을 수밖에 없는 젊은 여인의 입장에서 보자면 그것은 자연스러운 일이라고 다소 자포자기에 신경질적인 심정이 돼 버렸다. 그는 호텔방으로 돌아와 한참을 소파에 멍하니 앉아 있다가 점심을 먹고 한참을 잤다.

'이 모든 게 정말 어리석고 번거롭기 짝이 없구나.' 잠에서 깨 어두워진 창밖을 바라보며 그는 생각했다. '어찌 된 일인지 잠은 푹 잤군. 이제 오늘 밤은 뭘 하고 보낸단 말인가?'

그는 병원에서 볼 수 있는 싸구려 회색 담요를 깔아 놓은 침대에 앉아 자괴감에 사로잡혀 한탄했다.

'개를 데리고 다니는 여인 어쩌구 하더니……. 어디 모험 한번 멋지게 잘했군……. 이러고 앉아서 꼴 한번 좋구나.'

그때 아침 기차역에서 커다란 글씨로 '게이샤(영국 작곡가 S. 존스의 오페레타로 1897년 모스크바에서 초연되었다.) 초연(初演)'이라고 씌어있던 포스터를 본 기억이 났다. 그는 극장으로 향했다.

'초연이라면 그녀가 올 가능성이 크지 않겠는가.' 그는 생각했다.

극장은 만원이었다. 그리고 으레 지방 현의 극장들이 그렇듯이 이곳도 샹들리에 상단 부분은 담배 연기가 자욱했고 맨 위층 싸구려 좌석은 사람들의 떠드는 소리로 정신이 없었다. 그 맨 앞줄에는 오페레타의 막이 오르기 전까지 지방의 멋쟁이들이 뒷짐을 지고 서 있었다. 이곳에서도 현지사(縣知事) 지정석의 맨 앞자리에 기다란 깃털 목도리를 두른 현지사의 영애가 앉아 있었고 현지사 자신은 커튼 뒤에 조심스럽게 몸을 감춘 채 손만 내놓고 있었다. 무대의 커튼이 출렁거렸고 오케스트라가 한참 동안 화음을 맞추고 있었다. 관객들이 들어와 제자리를 찾는 동안 구로프는 열심히 눈을 굴리며 그녀를 찾았다.

마침내 안나 세르게예브나의 모습이 보였다. 그녀는 세 번째 열에 앉았다. 그녀를 본 순간 구로프는 가슴이 죄어 오면서 이제 이 세상에서 그에게 이 여인보다 더 가깝고 소중하며 중요한 사람은 없다는 사실을 확실히 깨달았다. 지방의 군상들 틈에 파묻힌 채 천박한 오페라글라스를 손에 들고 있는 이 평범하기 짝이 없는 자그마한 여인이 이제 그의 삶 전체를 사로잡았으며 그의 고통, 기쁨, 그리고 그가 이제 자신에 바랄 수 있는 유일한 행복이 되어 버렸다. 그리고 형편없는 삼류 오케스트라와 시골의 바이올린 소리를 들으며 그는 그녀가 얼마나 아름다운지를 생각하며 몽상에 잠겼다.

안나 세르게예브나와 함께 짧은 구레나룻에 키가 크고 허리가 구부정한 젊은 남자가 들어와 그녀의 옆에 앉았다. 걸음을 옮길 때마다 고개를 끄덕이는 것이 연신 누군가에게 인사를 하는 것 같았다. 아마도 이 남자가 그때 얄따에서 그녀가 괴로운 감정을 주체하지 못하고 종이라고 외쳤던 그녀의 남편이리라. 그리고 실제로 그의 큰 키와 구레나룻, 살짝 벗겨진 대머리에는 뭔가 시종이나 하인을 연상시키는 비굴한 구석이 있었다. 사근사근한 그의 미소, 단춧구멍 위에 반짝이는 무슨 학위 배지는 확실히 그의 시종스러움을 다시 한 번 확인시켜주는 것이었다.

첫 번째 휴식시간에 남편은 담배를 피우러 나가고 그녀만

자리에 남아 있었다. 그녀와 마찬가지로 아래층 보통석에 앉아 있던 구로프는 그녀에게 다가가 억지로 미소를 지으며 떨리는 목소리로 말했다.

"안녕하십니까."

그를 보자 그녀의 얼굴이 백짓장처럼 하얘졌고 자신의 눈을 믿지 못하겠다는 듯이 다시 한 번 공포에 질린 눈으로 그를 쳐다보고는 손에 든 부채와 오페라글라스에 힘을 주는 것이 졸도라도 할까봐 안간힘을 쓰는 것 같았다. 두 사람 다 말이 없었다. 그녀는 앉아 있었고 그는 선 채로 그녀의 반응에 놀란 나머지 옆에 앉을 엄두를 내지 못했다. 바이올린과 플루트의 조율이 시작되었고 불현듯 지정석에 앉은 모든 사람들이 그들을 주시하고 있다는 느낌에 갑자기 등골이 오싹해졌다. 그 순간 그녀가 벌떡 일어나더니 빠른 걸음으로 출구 쪽을 향하기 시작했다. 그도 그 뒤를 따라 밖으로 나왔고 두 사람이 말 없이 복도와 계단을 이리저리 오르내리는 동안 하나같이 무슨 배지를 단 법관, 교사, 왕실임야국 관리 제복을 입은 자들과 여인들, 옷걸이에 걸려 있는 모피 코트들이 그들의 눈앞을 스쳐갔고, 어디선가 담배꽁초 냄새가 섞인 바람이 코앞을 스쳤다. 쿵쿵대는 자신의 심장 소리를 들으며 구로프는 생각했다.

'오 하나님! 이 사람들, 이 오케스트라는 도대체 어디서 나타난 것입니까······.'

그 순간 문득 안나 세르게예브나를 배웅했던 그 저녁 기차역에서 모든 것이 끝났으며 그들은 이제 영원히 만나지 않을 것이라고 스스로에게 다짐했던 것이 생각났다. 하지만 이제 어디에 끝이 있는지 그는 알 수 없었다!

'반원형 관람석 입구' 라고 쓰인 좁고 어두침침한 층계에서 그녀가 걸음을 멈췄다.

"사람을 이렇게 놀라게 하시다니!" 거칠게 숨을 내쉬며 아직 충격에서 벗어나지 못해 얼굴이 백짓장처럼 하얀 그녀가 말했다. "오, 얼마나 놀랐는지! 숨이 멎을 뻔했어요. 도대체 왜 오신 건가요? 왜요?"

"제 마음을 알아주세요, 안나. 이해해 주세요……." 그는 나지막한 목소리로 급하게 속삭였다. "제발 부탁입니다. 이해해 주세요……."

그를 바라보는 그녀의 눈동자에는 두려움과 애원, 그리고 사랑이 담겨 있었다. 그녀는 그의 얼굴을 기억 속에 각인이라도 시키듯 뚫어져라 그를 쳐다보았다.

"제가 얼마나 괴로워하는지 모르실 거예요!" 그의 말은 아랑곳하지 않고 그녀가 말을 이었다. "그동안 줄곧 당신 생각만 하고, 당신에 대한 생각만으로 살아왔어요. 저도 당신을 잊으려고, 잊고 살려고 노력해 왔어요. 그런데 왜, 도대체 왜 찾아오신 건가요?"

위쪽 층계참에서 중학생 두 명이 담배를 피우며 아래를 내

러다보고 있었지만 구로프는 개의치 않고 안나 세르게예브
나를 자기 쪽으로 끌어당겨 그녀의 얼굴, 뺨, 양손에 키스를
퍼붓기 시작했다.

"무슨 짓을 하시는 거예요! 이게 무슨 짓이에요!" 그녀는
그를 자신에게서 떼놓으면서 공포에 질려 말했다. "당신과
저는 제정신이 아니에요. 오늘 떠나세요. 지금 당장 떠나세
요……. 세상의 모든 성스러운 것들의 이름으로 부탁드려요.
제발……. 누가 와요!"

계단 아래에서 누군가가 위로 올라오고 있었다.

"가셔야 해요……." 안나 세르게예브나가 속삭이면서 말했
다. "듣고 계세요, 드미뜨리 드미뜨리치? 제가 모스크바로 찾
아뵐게요. 저는 지금까지 한 번도 행복했던 적이 없었고 지금
도 불행합니다. 저는 결코, 결코 행복해질 수 없을 거예요, 결
코! 저를 더 이상 고통받게 하지 마세요! 약속할게요. 모스크
바에 갈 거예요. 이제 헤어져요! 나의 소중한 사람, 나의 사
랑, 가세요!"

그녀는 그의 손을 꼭 쥐었다 놓고 아래로 황급히 뛰어 내려
가면서 연신 뒤를 돌아보았다. 그녀의 눈에서 그녀가 정말 행
복하지 않다는 사실을 알 수 있었다. 구로프는 잠시 제자리에
서서 귀를 기울이다가 복도가 조용해지자 외투를 찾아 극장
을 나왔다.

4

그렇게 하여 안나 세르게예브나는 그를 만나기 위해 모스크바를 방문하기 시작했다. 두세 달에 한 번씩 그녀는 S시를 떠나면서 남편에게는 여인과 질병 때문에 교수님께 진찰을 받으러 간다고 말했고 남편은 반신반의했다. 모스크바에 도착하면 그녀는 슬라뱐스끼 바자르 호텔(1872년 지어진 호텔로 1917년 폐쇄되었다. 동명의 레스토랑은 아직 운영 중이다.)에 투숙하고 바로 심부름꾼을 구로프에게 보냈다. 그럼 구로프가 그녀를 찾아왔고 모스크바에서 이 사실을 아는 사람은 한 명도 없었다.

어느 겨울 아침 같은 방법으로 그녀를 찾아가는 중이었다. (심부름꾼이 전날 저녁 그의 집에 들렀지만 그는 집에 없었다.) 가는 도중에 딸아이의 중학교가 위치하고 있어서 딸아이와 함께 길을 나섰다. 축축한 함박눈이 펑펑 내리고 있었다.

"지금은 영상 삼도인데 눈이 오는구나." 구로프가 딸에게 말했다. "그건 왜냐하면 지표면은 따뜻하더라도 대기권 높은 곳에는 완전히 기온이 다르기 때문이란다."

"아빠, 겨울에는 왜 천둥이 치지 않아요?"

그는 이유를 설명해 주면서 한편으론 자신이 지금 밀회의 현장으로 가고 있지만 세상에서 그 사실을 아는 사람은 아무도 없고 아마도 영원히 그 누구도 알지 못할 거라고 생각했다. 그에게는 두 개의 삶이 있었다. 첫 번째는 원하는 사람이라면 누구든 볼 수 있는 공개된 삶으로 그것은 조건부의 진실과 조건부의 허위로 가득 차 있었고 그를 둘러싼 동료, 친구들의 삶도 그것과 판박이였다. 한편 두 번째는 타인의 눈에는 보이지 않는 삶이었다. 그리고 무슨 이상한 우연의 일치인지는 모르지만 그에게 중요하고 흥미롭고 필요한 모든 것, 그가 진심을 보이고 스스로를 기만하지 않으며 그의 삶의 핵심을 이루는 모든 것은 타인의 눈을 피해서 일어났다. 반면에 직장 생활, 클럽에서의 논쟁, 예의 '저급한 인종'이라는 발언, 아내와 기념일에 참석하는 것과 같이 진실을 감추기 위해 그가 숨는 껍데기, 허위를 이루는 모든 것들은 공개되어 있었다. 이러한 자신을 기준으로 타인을 평가하다 보니 그는 눈에 보이는 것을 신뢰하지 않았고 누구나 내밀한 곳에 비밀을 감추고 있으며, 그것은 마치 밤의 베일 아래서야말로 진정한, 가장 흥미로운 삶이 펼쳐지는 것과 같다고 단정해 버리는 것이었다. 모든 개인의 존재는 비밀에 근거하고 있고 어쩌면 바로 이런 이유로 교양 있는 자들이 개인의 비밀이 존중되기를 그토록 신경질적으로 요구하는 것일지도 몰랐다.

딸을 중학교에 데려다 준 구로프는 슬라뱐스끼 바자르로 향했다. 그는 아래층에서 모피 코트를 벗고 위층으로 올라가 조용하게 문을 두드렸다. 여정과 기다림에 지친 안나 세르게예브나는 그가 좋아하는 회색 드레스를 입고 기다리고 있었다. 그녀는 창백했고 그를 보고도 미소도 짓지 않다가 그가 문턱을 넘어서자마자 그의 가슴에 왈칵 안겨 왔다. 마치 몇 해는 만나지 못한 사람들처럼 그들의 키스는 길고 길었다.

"그래, 어떻게 지냈어요?" 그가 물었다. "무슨 새로운 일이라도 있었소?"

"잠시만. 이제 말해 줄게요……. 아니, 안되겠어요."

그녀는 우느라 말을 잇지 못하고 그에게서 등을 돌리더니 손수건을 눈가에 갖다 댔다.

'좀 울도록 놔두는 게 좋겠어. 그동안 나는 좀 앉아 있어야겠군.' 그는 이렇게 생각하고는 안락의자에 앉았다. 그런 다음 벨을 눌러 홍차를 가져오도록 시켰다. 그가 홍차를 마시는 동안 그녀는 줄곧 창문 쪽을 향한 채 서 있었다……. 두 사람의 인생이 이렇게 돼 버린 것, 타인의 눈을 피해 도둑처럼 몰래 만날 수밖에 없는 운명이 서글프게 생각된 나머지 흥분에 참지 못하고 울고 있는 것이었다! 그들의 삶은 산산조각이 나 버린 것이었다!

"이제 그만 울어요!" 그가 말했다.

그들의 이런 사랑이 조만간에 끝나지는 않을 것이며 그 끝이 언제가 될지 모른다는 사실이 그에게는 분명했다. 안나 세르게예브나는 점점 더 강하게 그에게 집착했고 그를 숭배했다. 이 모든 것이 언젠가는 끝날 것이라고 그녀에게 말한다는 것은 무의미했고 말한다고 해도 그녀는 믿지 않았을 것이다.

그는 그녀에게 다가가 우스갯소리라도 하여 그녀를 달래
주려고 어깨를 안았다가 문득 거울에 비친 자신의 모습을 보
았다.

그의 머리에는 벌써 흰머리가 보이기 시작했다. 불과 몇 년
사이에 이처럼 늙고 추해졌다는 사실이 이상하게 느껴졌다.
그의 손이 얹어진 어깨는 따스했으며 떨고 있었다. 이 순간은
이토록 따뜻하고 아름답지만 아마도 조만간 그의 인생처럼
시들고 생기를 잃기 시작할 것이 분명한 그녀의 삶에 그는 연
민을 느꼈다. 무엇 때문에 그녀는 그를 이토록 사랑하는 것일
까? 여자들의 눈에 그는 언제나 자신의 실체와는 다른 누군
가로 비쳐졌고 그들은 그 속에서 그가 아니라 그들 스스로 만
들어 낸 상상 속의 남자를, 그들이 자신의 생에서 갈구하던
그 사람을 발견하고 사랑했다. 그래서 나중에 자신의 실수를
깨닫게 되더라도 그녀들은 어쨌든 그를 사랑했다. 하지만 그
들 중 어느 누구도 그와의 관계에서 행복을 얻지 못했다. 시
간은 흘렀고 그는 끊임없이 새로운 여자를 만나 연애를 하고
이별을 했지만 단 한 번도 사랑에 빠진 적이 없었다. 뭐라고
하든 좋았지만 사랑은 아니었다.

그리고 이제 그의 머리에 서리가 내리고 나서야 그는 생전
처음 진정한 의미의 사랑을 하게 된 것이었다.

안나 세르게예브나와 그는 아주 가까운 가족처럼, 남편과

아내처럼, 다정한 친구처럼 서로를 사랑했고 운명에 의해 서로 맺어진 것처럼 느껴졌다. 그래서 두 사람에게 남편과 아내가 있다는 사실을 이해할 수 없었다. 그들은 마치 사람들에게 붙들려 각기 다른 새장에 갇힌 암컷과 수컷, 두 마리의 철새와 같았다. 그들은 서로의 부끄러운 과거를 용서했고 현재의 모든 것을 용서했으며 그들의 사랑이 둘 모두를 변화시켰다고 생각했다.

과거 우울한 순간에 그는 그때그때 머리에 떠오르는 온갖 논거로 스스로를 안심시켰지만 이제는 논거를 찾기 힘들었다. 그의 마음 깊은 곳에서 연민의 감정이 고개를 들었고, 이제 진실하고 상냥한 사람이 되고 싶어졌다⋯⋯.

"그만 울어요, 사랑하는 당신." 그가 말했다. "그만큼 울었으니 이제 됐어요⋯⋯. 이제 얘기를 하면서 무슨 수를 생각해 봅시다."

그렇게 두 사람은 한참을 머리를 맞대고 어떻게 하면 사람들의 눈을 피해 만나고, 거짓말을 하고, 서로 다른 도시에 살면서 오랫동안 이별해야 하는 이 현실에서 벗어날지를 의논했다. 어떻게 해야 이 참기 힘든 형벌에서 벗어날 수 있을까?

"어떻게 해야 좋을까? 어떻게 하지?" 그는 양손으로 머리를 움켜잡고 자문하는 것이었다. "어떻게 해야 좋을까?"

조금만 더 노력하면 무슨 해결방법이 나타날 것 같았고 그럼 새롭고 아름다운 삶이 시작될 것 같았다. 종착점에 도착하려면 아직 까마득한 날들이 남아 있으며 가장 어렵고 힘든 순간은 이제 겨우 시작되었을 뿐이라는 사실을 두 사람은 분명하게 알고 있었다.

개를 데리고 다니는 여인

　단편소설의 거장 체호프의 후기 작품 중의 하나인 「개를 데리고 다니는 여인」은 1899년 12월 처음 발표된 후 독자들과 문학비평가들 사이에서 열띤 토론의 대상이 되었다. 이른바 '휴양지 로맨스'로 분류돼 버릴 수도 있는 유부녀와 유부남 사이의 불륜 이야기가 독자들의 마음을 움직인 이유는 무엇이었을까? 열정에 사로잡혀 불륜을 저지른 자신의 여주인공 안나를 기차바퀴 아래로 떨어뜨려서 죽음으로 몰고 가던 말년의 도덕주의자 똘스또이는, 이 두 사람(개를 데리고 다니는 여인의 이름도 안나이다)을 "선악을 분간하지 못하는 짐승 같은 자들"이라고 혹평했다. 하지만 당대의 독자들은 왜 이 불륜남녀의 미래에 대한 작은 암시라도 달라며 체호프에게 편지를 보냈을까?

　19세기 러시아 상류사회에서는 부와 조건을 따지는 정략결혼이 관례화되어 있었다. 많은 모스크비치들처럼 주인공 구로프는 결혼을 하여 아이들이 있고 버젓한 직장을 다니며 밤이면 화려한 사교생활에 탐닉하지만 그 나이까지 진심으로 사랑한 적도 없고 진심으로 사랑을 받아 본 적도 없다. 그런 점에서 개를 데리고 다니는 여인도 비슷한 처지다. 문제는 개를 데리고 다니는 여인에 대한 구로프의 감정이 일시적인 바람기에서 서서히 진지한 사랑으로 변화하면서 시작된다.

　이 작품이 갖는 미덕은 현실적 조건이나 사랑에 대한 냉소와 무관하게 찾아와 자신의 마음을 일깨워 주는 참된 사랑에 있다. 구로프와 안나는 자신들의 상황을 초월하여 정열적인 사랑을 택하는 사람들이 아니다. 현실과 미래를 무시할 만큼 어리지도 충동적이지도 않은 그들은 안락한 현실과 윤리의 틀 안에서 안정된 삶을 유지하기 위해 부단히 노력한다. 두 사람 모두 자유분방한 사랑지상주의자들은 아닌 것이다. 하지만 그럼에도 불구하고 시간이 흘러도 서로를 사랑하는 감정은 부정할 수 없고, 현실과 사랑 사이에서 갈등하는 사이 열망은 오히려 점점 더 짙어지기만 한다.

세상은 이 두 사람의 사랑을 응원할 수도, 비난할 수도 있겠지만 인간의 현실적 조건에 갇히지 않는 사랑의 속성과 외면하려 할수록 선명해지기만 하는 진정한 사랑의 감정을 윤리적 잣대만으로 재단할 수는 없다는 것만은 분명하다. 또한 이 두 사람이 사랑과 현실 중 어떤 선택을 하게 될지는 알 수 없지만, 어떤 쪽을 선택하더라도 진정한 사랑을 찾았고 경험했다는 사실만은 변함이 없을 것이다.

새 별장

Новая дача

1

오브루차노보 마을로부터 삼 킬로미터 정도 떨어진 곳에 웅장한 다리가 세워지고 있었다. 강기슭 가파른 절벽 높은 곳에 위치한 마을에서 다리의 격자 무늬 골조가 보였다. 안개가 끼거나 고요한 겨울날 다리의 가느다란 철제 트러스와 주변의 숲이 서리로 덮일 때면 다리는 한 폭의 풍경화, 심지어는 환상적인 그림처럼 여겨졌다. 간혹 다리 공사를 맡고 있는 건축기사 꾸체로프가 경주용 마차나 사륜마차를 타고 마을을 통과해서 지나가곤 했다. 그는 떡 벌어진 어깨에 살집이 있고 턱수염을 기르고 있었고 항상 살짝 구겨진 제모를 쓰고 있었다. 휴일이 오면 다리 공사장에서 어슬렁거리던 부랑자들이 이따금 마을을 찾았다. 그들은 동냥을 하거나 여자들을 희롱했고 도둑질을 하는 경우도 있었다. 하지만 그런 일은 드물었고 대부분의 하루는 인근에 공사가 있다는 것을 눈치채지 못할 정도로 조용하고 평온하게 지나갔다. 그러다가 다리 부근에 모닥불이 지펴지는 저녁이 돼서야 바람에 부랑자들의 노랫소리가 희미하게 전해져 왔다. 낮에도 이따금 우울한 금속성 타격음이 동— 동— 동— 하고 들려왔다……

어느 날 기사 꾸체로프의 아내가 그를 찾아왔다. 강기슭 그리고 작은 마을들, 교회들, 가축 떼들이 보이는 푸른 골짜기의 황홀한 풍경에 넋이 나간 그녀는 남편에게 땅을 조금 사서 이곳에 별장을 세우자고 조르기 시작했다. 남편은 그 말을 따랐다. 그들은 이십 정보의 땅을 구입했고 바로 전까지 오브루차노보 마을의 소들이 풀을 뜯던 높은 강기슭의 초지에 테라스, 발코니와 첨탑이 있는 아름다운 이층집을 지었다. 첨탑에는 일요일마다 깃발이 바람에 휘날렸다. 집은 불과 3개월 만에 완공됐고 그 후 겨울 내내 키 큰 나무들을 심어 봄이 찾아오자 주변은 온통 녹음으로 덮였다. 새 저택에는 벌써 가로수길이 만들어졌고 흰색 앞치마를 두른 정원사와 두 명의 일꾼이 집 근처의 땅을 파고 있었다. 분수에서 물이 콸콸 솟았고 그 위에 달린 거울 공은 너무 밝게 빛나서 눈이 아파 쳐다볼 수가 없었다. 그리고 대저택에는 벌써 '새 별장'이라는 이름이 붙여졌다.

오월 말의 화창하고 따뜻한 어느 아침 오브루차노보 마을의 대장장이 로지온 뻬뜨로프의 집 앞에 말 두 마리가 편자를 교체하기 위해 서 있었다. 새 별장에서 온 것이었다. 말들은 털이 눈처럼 새하얗고 늘씬한데다 잘 먹어서 토실토실했으며 놀라울 정도로 서로 닮아 있었다.

"영락없이 백조 같구만!" 황홀하게 말들을 쳐다보며 로지온이 중얼거렸다.

그의 아내 스쩨빠니다와 아이들, 손자들이 구경을 하러 밖으로 나왔다. 차츰 사람들이 모여들기 시작했다. 퉁퉁 부은 얼굴에 태어날 때부터 수염을 기른 적이 없는 리치꼬프 부자가 모자도 쓰지 않고 다가왔다. 좁고 긴 수염에 끝이 구부러진 지팡이를 쥔 키가 크고 비쩍 마른 꼬조프 영감도 다가왔다. 영감은 교활한 눈을 연신 찡긋대면서 마치 뭔가를 알고 있다는 듯이 시큰둥하게 미소를 지었다.

"하얗다고 뭐 별건가?" 그가 말했다. "내 말들한테 귀리를 먹였어 봐. 저만큼 윤기가 흐를걸. 저놈들도 쟁기를 지우고 채찍으로 갈겨 줘야 한다구⋯⋯."

마부는 경멸의 눈초리로 그를 힐긋 쳐다보았을 뿐 한 마디도 하지 않았다. 그리고 좀 지나서 대장간에서 불을 지피는 동안 마부는 담배를 피우며 이야기를 늘어놓았다. 농부들은 그로부터 많은 이야기를 들을 수 있었다. 주인 가족이 부자라는 얘기, 마님 옐레나 이바노브나는 결혼 전에는 모스크바에서 가정교사를 하며 가난하게 살았다는 얘기, 이곳의 새 영지는 경작이나 파종을 하는 대신에 맑은 공기를 마시며 자연을 즐기기 위해서 그냥 놓아 둘 것이라는 얘기였다. 이야기를 마친 후 그가 말들을 데리고 다시 왔던 길로 되돌아가자 한 무리의 소년들이 그 뒤를 따랐고 개들이 짖어 댔다. 멀어지는 뒷모습을 바라보던 꼬조프는 한쪽 눈을 찡긋하며 비아냥거렸다.

"개나 소나 지주랍시고!" 그가 말했다. "집을 짓고, 말들을 들여놓으면 뭐하나. 먹을 게 하나도 없는데. 개나 소나 지주야!"

꼬조프는 새 별장과 새하얀 말들, 그리고 배부르고 때깔 좋은 마부가 첫눈에 이유 없이 싫어졌다. 외로운 홀아비로 무료한 삶을 살며 (탈장인지 기생충인지 하는 병 때문에 그는 일을 할 수 없다고 했다.) 하리꼬프의 제과점에서 일하는 아들이 보내주는 생활비로 연명을 하는 꼬조프는 이른 아침부터 저녁까지 강기슭이나 마을을 어슬렁거리며 다니다가 누군가 통나무를 운반하거나 낚시라도 하고 있는 것을 보게 되면 "그 통나무는 죽은 나무에서 자른 거라 다 썩었어"라든가, "이런 날씨에는 고기가 물 리가 없지"라고 지껄였다. 가뭄이 들면 한겨울이 올 때까지 비가 오지 않을 거라고 말했고 비가 오면 이제 들판이 썩어 버려서 다 못쓰게 될 거라고 했다. 그런 말을 늘어놓으면서 자신은 마치 뭔가 비밀을 알고 있기라고 한다는 듯이 연신 한쪽 눈을 찡긋댔다.

저녁이면 저택에서는 불꽃놀이를 하며 로켓을 발사했고 오브루차노보 마을 기슭을 따라 붉은 등을 매단 돛단배가 지나가곤 했다. 한번은 아침에 기사의 아내인 옐레나 이바노브나가 짙은 밤색 조랑말 두 마리가 끄는 노란색 바퀴가 달린 마차를 타고 어린 딸과 함께 마을을 찾아왔다. 두 사람 모두 커다란 챙이 귀 부분에서 접힌 밀짚모자를 쓰고 있었다.

때는 마침 거름을 주는 시기였고 키가 크고 비쩍 마른 노인인 대장장이 로지온은 맨발에 모자도 쓰지 않고 한쪽 어깨에는 갈퀴를 걸친 채 더럽고 볼썽사나운 수레 옆에 서서 입을 떡 벌리고 조랑말들을 지켜보고 있었다. 그의 표정을 보아하니 지금까지 그렇게 작은 말을 본 적이 없었음을 알 수 있었다.

"꾸체로프 마누라가 왔어!" 주위에서 속삭이는 소리가 들렸다. "봐, 꾸체로프 마누라가 왔다구!"

옐레나 이바노브나는 뭔가를 고르기라도 하듯이 오두막들을 살펴보다가 노랑 머리, 검은 머리, 빨강 머리를 한 아이들의 작은 얼굴이 옹기종기 창밖을 내다보고 있는 가장 가난한 오두막 옆에 마차를 세웠다. 로지온의 아내인 뚱뚱한 노파 스쩨빠니다는 오두막에서 뛰어나오다가 허옇게 센 머리에서 머릿수건이 홀러덩 벗겨지기까지 했다. 해를 마주하고 마차를 바라보는 그녀의 얼굴은 미소를 짓고 있는 동시에 잔뜩 찡

그리고 있는 것이 꼭 장님 같았다.

"이건 자네 아이들에게 주는 걸세." 옐레나 이바노브나는 이렇게 말하고 그녀에게 삼 루블을 던져 주었다.

스쩨빠니다는 왈칵 울음을 터뜨리고는 땅에 절을 했다. 훤 하게 드러난 갈색 대머리를 내보이면서 아내를 따라 고개를 숙이고 절을 하다가 로지온은 갈퀴로 아내의 옆구리를 찍을 뻔했다. 당황한 옐레나 이바노브나는 왔던 길로 되돌아가 버 렸다.

2

리치꼬프 부자가 자신의 목초지에서 일하는 말 두 마리와 조랑말 한 마리, 얼굴이 넓적한 알가우산(産) 황소를 잡아서 대장장이 로지온의 아들인 빨강 머리 볼로지까와 함께 마을 로 몰아오더니 촌장을 부르고 증인을 모아 망가진 목초지를 보러 갔다.

"좋아, 어디 한번 해 보라구!" 꼬조프가 눈을 찡긋하면서 말했다. "해 보라고 해! 어디 신선한 공기를 마셔 보라고 해. 어디 기사들이랍시고 말이지. 재판을 못할 거 같아? 좋아! 순 경을 부르러 보내고 조서를 작성하라구!……."

"조서를 작성해!" 볼로지까가 그의 말을 따라 했다.

"이걸 그냥 두고 볼 수는 없어!" 아들 리치꼬프가 소리쳤는데 점점 목소리가 커져서 수염이라고는 없는 그의 얼굴이 점점 더 부어오르는 것 같았다. "유행이라도 되는 게야! 그냥 놔 두면 저자들이 우리 목초지를 다 짓밟아 놓을 거라구! 당신들은 민중들을 못살게 굴 권리가 전혀 없어! 우린 더 이상 농노가 아니야!"

"우린 더 이상 농노가 아니야!" 볼로지까가 따라했다.

"지금까지 다리 없이 잘 살아왔어." 아버지 리치꼬프가 침울하게 중얼거렸다. "우리가 언제 다리를 세워 달랬는가? 다리를 뭐에 쓰게? 그런 건 필요 없어!"

"정교를 믿는 형제들이여! 더 이상 두고 볼 수만은 없지 않소!"

"좋아, 어디 한번 해 보라구!" 꼬조프가 눈을 찡긋했다. "어디 한번 신선한 바람을 쐬 보시지! 어디서 지주랍시고!"

마을 쪽으로 방향을 돌려서 걷는 동안 아들 리치꼬프는 연신 가슴을 주먹으로 치면서 소리를 질렀고 볼로지까도 그의 말을 따라 하면서 같이 소리를 질렀다. 한편 그 사이 마을에서는 혈통이 좋은 황소와 말들 주변에 사람들이 잔뜩 모여 있었다. 황소는 겁을 집어먹은 나머지 주변을 힐끔거리다가 갑자기 머리를 땅으로 숙이고 뒷발질을 하면서 날뛰기 시작했다. 화들짝 놀란 꼬조프가 소를 향해 지팡이를 휘둘러대자 사람들이 깔깔대고 웃었다. 그러고 나서 가축들을 가둬 두고 기다리기 시작했다.

저녁이 돼서 기사가 망친 목초지에 대한 대가로 오 루블을 보내자 그때까지 먹이도, 물도 먹이지 않은 두 마리 말과 조랑말, 황소가 고개를 푹 숙인 채 마치 대역죄인이라도 된 듯한 낯으로 집으로 돌아왔다.

수중에 오 루블이 생긴 리치꼬프 부자는 촌장, 볼로지까와 배를 타고 강을 건너 술집이 있는 *끄랴꼬보* 마을 쪽으로 향해서는 그곳에서 한참 술판을 벌였다. 밤새 이자들의 노랫소리와 젊은 리치꼬프가 지르는 고함소리가 들려왔다. 마을에서는 여인들이 밤새 잠을 뒤척이며 근심했다. 로지온도 잠이 오지 않았다.

"이건 좋지 않아." 그는 자리에서 계속 돌아누우면서 한숨을 내쉬며 말했다. "나으리가 성이라도 나면 나중에 어쩌려구……. 나으리 기분을 상하게 했으니……. 아이고, 이 일을 어떡하누. 이건 좋지 않아……."

한번은 로지온을 포함한 농부들이 자신들의 숲에 가서 풀 벨 땅을 나누고 집으로 돌아오는 길에 맞은편에서 걸어오는 기사를 만났다. 붉은 무명 셔츠에 긴 장화를 신은 기사의 뒤를 세터견이 긴 혀바닥을 내민 채 따라오고 있었다.

"안녕들하시오, 형제들!" 그가 말했다.

농부들이 멈춰 서서 모자를 벗었다.

"벌써 오래전부터 여러분과 얘기를 나누고 싶었습니다, 형제들." 그가 말을 이었다. "무슨 일이냐 하면 말입니다. 이른 봄부터 하루가 멀다 하고 우리 정원과 숲에 여러분의 가축이 들어와 있지 않습니까. 발굽에 짓밟혀 남은 게 없어요. 돼지들이 초지를 다 파 놓고, 텃밭을 망쳐 놓고 숲에는 어린 나무들이 다 죽어 버렸습니다. 마을의 몰이꾼에게 부탁을 할라치면 욕부터 해 대니 대화가 되지 않습니다. 하루가 멀다 하고 내 땅에 와서 짓밟아 놓는데 제가 언제 벌금을 물리거나 하소연을 한 적이 있었는지요. 그런데 내 말들과 황소를 내몰고는 오 루블을 받아내셨지요. 이웃 간에 이래도 좋은가요?" 말은 이어졌지만 그의 목소리는 부드럽게 설득하는 어조였고 눈초리도 순했다. "그게 과연 점잖은 분들이 할 짓인지요? 일주일 전에는 여러분 중 누군가가 내 숲에서 참나무 두 그루를 베어 갔어요. 여러분들이 예레스네보로 가는 길을 갈아엎어 놓아서 이제 저는 삼 킬로를 돌아서 가야 합니다. 도대체 무슨 이유로 사사건건 저를 괴롭히는 건지요? 제가 도대체 여러분에게 무슨 나쁜 짓을 했다고 이러시는지 말씀 좀 해 주십시오. 저와 아내는 최선을 다해서 여러분과 평화롭고 사이좋게 지내려고 노력하고 있답니다. 저희 능력껏 농민을 돕고 있어요. 제 아내는 착하고 심성이 고운 여자입니다. 도움을 거절하는 경우도 없고 여러분과 여러분의 아이들을 돕는 일을 하는 것이 그녀의 꿈이랍니다. 그런데 우리의 선의를 여러분은 이렇게 보답하시나요. 형제들, 여러분은 공정하지 않습니다. 생각해 보세요. 제발 부탁드리니, 생각을 해 보세요. 우리가 여러분을 인간적으로 대하는 만큼 여러분도 같은 동전으로 우리에게 갚으셔야 하지 않겠습니까."

그리고는 뒤로 돌아 가버렸다. 농부들은 잠시 머뭇거리다가 다시 모자를 쓰고 걷기 시작했다. 사람들의 말을 언제나 제멋대로 해석하는 로지온이 한숨을 내쉬며 말했다.

"세금을 내라는 거야. 형제들, 동전으로 갚으세요, 라지 않아……."

마을까지 오는 동안 모두 아무 말이 없었다. 집으로 돌아온 로지온은 기도를 하고 신발을 벗고 아내와 나란히 벤치에 앉았다. 그와 아내 스쩨빠니다는 집에 있을 때면 항상 나란히 벤치에 앉아 있었고 길에서는 항상 나란히 걸었으며 먹고 마시고 자는 것도 항상 함께 했고 나이가 들수록 서로에 대한 애정은 더욱 깊어졌다. 그들이 사는 오두막은 좁고, 무덥고 마루, 창턱, 벽난로 위, 어디든 아이들이 바글바글했다……. 스쩨빠니다는 중년의 나이에도 불구하고 여전히 줄줄이 아이를 뽑아냈다. 그래서 이제 우글대는 아이들을 보고 있노라면 그중 어느 녀석이 로지온의 아이인지, 어느 녀석이 볼로지까의 아이인지 구별하기가 어려웠다. 퉁방울눈에 매부리코를 한 젊지만 못생긴 볼로지까의 아내 루꼐리야가 나무통에 밀가루 반죽을 치대고 있었고 볼로지까는 다리를 꼰 채 난로 위에 앉아 있었다.

"돌아오는 길에 니끼따네 메밀밭 근처에서 그…… 기사와 개를 만났는데……." 숨을 좀 돌린 후 옆구리와 팔꿈치를 긁으면서 로지온이 이야기를 시작했다. "그 사람 말이 세금을 내야 한다는 거야……. 동전으로 말이야……. 동전이든 아니든, 한 집마다 십 꼬뻬이까짜리 은전 한 닢씩은 거둬야 될 거야. 사람들이 나으리를 너무 못살게 하고 있어. 안됐지 뭔가……."

"다리가 없이도 잘만 살았다구." 특별히 누구를 향하지 않고 볼로지까가 말했다. "그따위 거 필요 없어."

"어쩔 수 없잖아! 나라에서 짓는 건데."

"우린 그런 거 필요 없어."

"누가 네놈한테 묻기라도 한다더냐. 말하는 꼬라지하고는!"

"누가 네놈한테 묻기라도 한다더냐, 홍!" 볼로지까가 비꼬며 흉내를 냈다. "다리가 생겨도 우리가 어디 갈 데라도 있어요? 강을 건너려면 나룻배를 타면 되는 거고."

그때 누군가 마당에서 창문을 세차게 두드렸고 그 때문에 오두막 전체가 흔들렸다.

"볼로지까, 집에 있냐?" 아들 리치꼬프의 목소리가 들렸다. "볼로지까, 나와라. 가자!"

볼로지까는 난로에서 뛰어내려 모자를 찾기 시작했다.

"가지 말거라, 볼로지까." 로지온이 망설이며 내뱉었다.

"그자들과 어울리지 말거라, 아들아. 너는 어린애처럼 철이 없는데다가 그 인간들한테 배워서 좋을 게 없단다. 가지 말거라!"

"가지 말아라, 아들아!" 스쩨빠니다가 애원하면서 울음이라도 터뜨릴 듯 눈을 깜빡거렸다. "틀림없이 술집에 가자는 걸게야."

"술집에, 흥……." 이번에도 비꼬며 볼로지까가 흉내를 냈다.

"또 고주망태가 돼서 돌아오기만 해 봐라, 이 아무 짝에 쓸모없는 인간!" 성난 눈으로 남편을 보면서 루께리야가 말했다. "어서 가, 가 보라구. 보드카 먹고 캑 죽어버려라. 이 꼬리 없는 악마 새끼야!"

"넌 입 닥치고 있어!" 볼로지까가 소리쳤다.

"불쌍한 고아인 나를 이 빨강 머리 술주정뱅이 바보한테 시집 보내는 바람에 내 인생이 이 모양 이 꼴이 됐지." 온통 밀가루 반죽투성이인 손으로 얼굴을 훔치면서 루께리야가 목청을 높였다. "네딴 놈 얼굴은 다시는 꼴도 보기 싫어!"

볼로지까는 그녀의 귀싸대기를 한 대 갈기고는 밖으로 나갔다.

3

엘레나 이바노브나와 그녀의 어린 딸이 걸어서 마을로 찾아왔다. 그들은 산책 중이었다. 때는 마침 일요일이라 화려한 옷을 차려입은 아낙들과 처녀들이 길을 거닐고 있었다. 현관 계단에 나란히 앉아 있던 로지온과 스쩨빠니다는 엘레나 이바노브나와 딸에게 이제 친숙하게 고개를 숙여 인사를 하고 미소를 지었다. 그리고 집 안에서 열 명은 넘는 아이들이 창문을 통해 그들을 지켜보고 있었다. 아이들의 얼굴에는 어리둥절함과 호기심이 어려 있었고 속삭이는 소리가 들렸다.

"꾸체로프 마누라가 왔어! 꾸체로프 마누라래!"

"안녕들 하세요." 엘레나 이바노브나는 인사를 하고는 잠시 멈춰 서 아무 말이 없다가 이렇게 물었다. "그래, 어떻게들 지내시나요?"

"그럭저럭 살고 있습니다. 다 하나님 덕분이지요." 로지온은 막힘 없이 술술 대답했다. "뭐 별다른 게 있겠습니까."

"우리 삶이란 게 그렇죠!" 스쩨빠니다가 쓴웃음을 지었다. "사랑스런 마님, 직접 보셔서 아시겠지만 가난하기 그지없지요! 먹여 살릴 식구가 모두 열넷인데 돈을 버는 사람은 둘뿐이랍니다. 대장장이랍시고 허울은 좋지만 누가 말편자를 박으러 와도 석탄이 없고 살 돈도 없답니다. 사는 게 힘들어요,

마님." 계속 이야기를 늘어놓으면서 그녀는 크게 웃었다. "아이고, 정말 죽을 맛이라구요!"

옐레나 이바노브나는 현관 계단에 앉아 딸아이를 가슴에 안고는 생각에 잠겼다. 소녀 또한 얼굴 표정으로 보건대 머릿속에 뭔가 즐겁지 않은 생각이 떠돌아다니는 모양이었다. 생각에 잠긴 아이는 어머니의 손에 쥐어져 있던 화려한 레이스 양산을 가지고 장난을 치기 시작했다.

"가난하지요!" 로지온이 말했다. "걱정거리는 많고 일을 해도 끝이 어딘지 보이지가 않습니다. 요사이는 하나님께서 비도 내려주시지 않네요……. 사는 게 녹록하지 않습죠. 말할 필요가 있겠습니까."

"이승에서 여러분은 고통을 받지만," 옐레나 이바노브나가 말했다. "대신에 저승에 가면 행복하겠죠."

로지온은 말뜻을 이해하지 못하고 대답 대신 주먹에 대고 기침을 했다. 대신 스쩨빠니다가 말했다.

"사랑스런 마님, 부자야 저 세상에 가서도 행복하겠지요. 부자는 교회에 양초도 켜고 감사기도도 올리고 거지에게 동냥을 하니까요. 하지만 농민은 어찌 그럴 수가 있나요? 이마에 성호를 그을 새도 없을 만큼 쥐뿔도 없이 가난해빠졌는데 어떻게 구원을 바라겠어요? 가난하니까 무수히 많은 죄를 짓게 마련이고, 그게 다 먹고살기가 힘들어서 그런 거지요. 개처럼 짖어 댈 줄이나 알지 고상한 말을 입에 담아 본 적도 없답니다. 사랑스런 마님, 그것 말고도 어떤 일이 벌어지는지 모르실 거예요! 우리 같은 사람들한테는 이승에도, 저승에도 행복이란 없답니다. 세상의 모든 행복이 부자들한테만 주어진 거라구요."

이런 말을 늘어놓으면서도 표정만은 쾌활한 것이 힘겨운 삶에 대해 넋두리를 늘어놓는 데는 이미 이력이 난 것 같았다. 로지온도 미소를 지었다. 나이 든 자신의 마누라가 이처럼 딱 부러지게 말을 잘하는 것이 기분 좋았다.

"부자들이라고 마냥 행복하다는 건 선입견에 지나지 않아요." 엘레나 이바노브나가 말했다. "모든 사람에겐 그만의 불행이 있기 마련이지요. 저와 제 남편을 보세요. 사는 것은 여유가 있고 재산도 있지만 과연 우리가 행복할까요? 저는 아직 젊지만 벌써 아이가 넷이나 있어요. 아이들은 모두 병약하고 저도 몸이 아프답니다. 끊임없이 치료를 받고 있어요."

"어데가 아프신가요?" 로지온이 물었다.

"부인병이랍니다. 잠을 잘 수가 없고 두통 때문에 한시도 편하지가 않아요. 이렇게 앉아서 말을 하는 동안에도 머리가 아프고 온몸에는 기운이 없답니다. 저라면 이런 상태보다는 아주 힘든 노동을 하는 편을 택하겠어요. 마음도 편치 않답니다. 아이들과 남편 걱정이 끊이지 않아요. 모든 가정이 저마다의 불행이 있듯이 우리 집에도 불행이 있어요. 저는 귀족출신이 아니랍니다. 저의 조부는 평범한 농민이었고 부친께서는 모스크바에서 장사를 했는데 마찬가지로 평민이셨죠. 제 남편의 부모님은 명성도 있고 재산도 많은 분들이세요. 남편이 저와 결혼하는 것을 반대하셨지만 남편은 부모님의 말을 듣지 않았고 사이가 틀어져 버렸죠. 그래서 그분들은 아직까지도 우리를 용서하지 않으신답니다. 남편은 그것 때문에 항상 근심하고, 걱정하고, 불안해하는걸요. 그는 어머니를 좋아하니까요. 굉장히 말이죠. 저도 마찬가지로 근심할 수밖에요. 가슴이 아프지요."

로지온의 오두막 근처에는 벌써 농부들과 아낙들이 모여들어 듣고 있었다. 꼬조프도 다가와서 뾰족하고 긴 턱수염을 흔들면서 멈춰 섰다. 리치꼬프 부자도 다가왔다.

"자기 자리가 아닌 곳에서는 행복과 만족을 얻을 수 없다는 말이 있잖아요." 옐레나 이바노브나가 말을 계속했다. "여러분은 각자 자신의 운명이 있고 각자 맡은 일을 하면서 무엇을 위해서 일을 하는지 아시잖아요. 제 남편은 다리를 짓는 사람이구요. 한마디로 모든 사람이 자기 자리가 있지요. 그런데 저는 어떤가요? 저는 그저 살아 있을 뿐이죠. 제겐 저의 운명이 없어요. 하는 일도 없고 제 자신이 이방인 같답니다. 여러분이 겉모습을 보고 판단을 하지 마시라고 이 말씀을 드리는 거예요. 누군가 부자처럼 차려입고 재산이 있다고 해서 그가 자신의 삶에 만족한다고는 할 수 없는 거지요."

그녀는 자리를 뜨기 위해서 일어나 딸아이의 손을 잡았다.

"저는 여러분이 사는 이곳이 참 마음에 들어요." 이렇게 말하고 그녀는 미소를 지었다. 주저하듯 가냘픈 그 미소에서 그녀가 정말로 병약하고 아직은 젊고 아름답다는 사실을 느낄 수 있었다. 그녀의 눈썹은 짙었고 머리카락은 밝은 금발이었다. 얼굴은 창백하고 야윈 모습이었다. 어린 소녀 또한 어머니처럼 깡마르고 하얀 피부에 가냘팠다. 모녀에게서 향수 냄새가 났다.

"강도 마음에 들고, 숲도, 마을도 모두 좋아요……." 옐레나 이바노브나는 말을 이었다. "여기서라면 평생 살 수 있을 거 같아요. 여기서라면 저도 건강을 회복하고 제 자리를 찾을 수 있을 거 같아요. 제가 얼마나 여러분을 돕고 싶은지, 여러분에게 힘이 되고 친한 사람이 되고 싶은지 모르실 거예요. 저는 여러분에게 무엇이 필요한지 알아요. 머리로 모르는 것은 가슴으로 느끼고 이해할 수 있어요. 저는 몸이 약하기 때문에 원하는 대로 저 자신의 삶을 변화시킨다는 건 이미 늦은 일일 거예요. 하지만 제게는 아이들이 있고 저는 아이들이 여러분에게 익숙해지고 여러분을 사랑하도록 교육시킬 거예요. 아이들에게 자신의 삶이 자기 자신이 아니라 여러분에게 속해 있다는 사실을 끊임없이 주입시킬 거예요. 제가 여러분께 부탁드리고 애원하고 싶은 것이 있다면 제발 저희를 신뢰하고 저희와 사이좋게 살아 달라는 거랍니다. 제 남편은 착하고 좋은 사람이에요. 그를 걱정시키거나 화나게 하지 마세요. 그 사람은 사소한 것에 예민한 성격이거든요. 어제만 해도 여러분의 가축들이 우리 텃밭에 들어왔고 여러분 중에 누군가가 저희 양봉장 싸리울타리를 망가뜨렸는데 우리한테 그런 식으로 대하시면 남편은 절망적이 된답니다. 부탁드려요." 그녀는 애원조로 말을 이으면서 두 손을 가슴에 얹었다. "부탁드려요. 저희를 이웃사촌처럼 여겨 주세요. 평화롭게 같이 살아요! 옛말에도 '나쁜 평화가 좋은 싸움보다 낫다' 거나 '땅을 사지 말고 이웃을 사라' 는 말이 있지요. 다시 한번 말씀드리지만 제 남편은 착하고 좋은 사람이랍니다. 모든 것이 순조롭게만 된다면, 분명히 약속드리지만 여러분을 위해서 저희가 할 수 있는 모든 것을 할 거예요. 도로도 정비하고 여러분의 아이들을 위해서 학교도 지어 드릴게요. 약속드려요."

"그거야, 물론, 감사할 일이지만요, 마님." 아버지 리치꼬프가 땅을 바라보며 말했다. "나으리들이야 교양 있는 분들이니까 더 잘 아시겠죠. 그런데 예레스네보 마을에 보로노프라는 돈 많은 농부도 학교를 지어 주겠다고 약속했었지요. 내가 여러분들한테, 내가 여러분들한테, 이러고 다녔답니다. 그러더니 학교 터만 세워 놓고는 손을 떼 버렸지요. 그러더니 나중에 농민들한테 지붕을 얹고 학교를 다 짓도록 만들었답니다. 천 루블이 들어갔대요. 보로노프는 눈 하나 깜긋하지 않고 수염이나 쓰다듬고 있었답니다. 그러니 농부들이 화가 나지 않았겠어요."

"그땐 갈까마귀였고 지금은 떼까마귀가 날아온 게지." 꼬조프가 이렇게 말하고는 눈을 찡긋했다.

깔깔대는 웃음소리가 들렸다.

"우린 학교가 필요 없어요." 볼로지까가 음침하게 중얼거렸다. "우리 애들은 뻬뜨롭스꼬예 마을에 있는 학교에 다니고 있으니 괜찮다는 말입니다. 학교 따위 필요 없어요."

옐레나 이바노브나는 갑자기 겁을 집어먹은 것처럼 보였다. 얼굴에 핏기가 사라지고 핼쓱해지더니 뭔가 거친 것이 그녀의 몸에 닿기라도 한 듯이 몸을 움츠렸다. 그리고는 더 이상 한 마디도 하지 않고 걷기 시작했다. 뒤도 돌아보지 않은 채 걸음은 점점 더 빨라졌다.

"마님!" 로지온이 그녀의 뒤를 따라가면서 불렀다. "마님, 내 말을 좀 들어보십시다."

그는 모자를 벗고 그녀의 뒤를 따라 걸으면서 마치 구걸이라도 하듯이 낮은 목소리로 말했다.

"마님! 내 말을 좀 들어보십시다."

마을에서 벗어나자 옐레나 이바노브나는 나이 든 마가목 나무 그늘 아래 누군가가 세워 놓은 수레 옆에서 발길을 멈췄다.

"기분 풀어요, 마님." 로지온이 말했다. "저건 다 헛소리랍니다! 조금만 참으세요. 한 이 년만 참아 보세요. 참을성을 갖고 좀 살다 보면 다 좋아질 거랍니다. 이곳 사람들은 본디 착하고, 성미가 순하답니다……. 괜찮은 사람들이에요. 하나님께 맹세컨대 말이죠. 꼬조프나 리치꼬프 부자 같은 자들은 쳐다보지도 말아요. 볼로지까두요. 내 아들이지만 좀 모자란 녀석이죠. 남이 하는 말은 앵무새처럼 따라 하니 말입니다. 다른 순한 사람들은 말을 하지 않는 것뿐이에요……. 양심껏 말을 하고 싶어도 사람들 앞에 나서서 말할 엄두를 못 내는 거지요. 영혼도 있고 양심도 있지만 혀가 없는 게지요. 기분 풀고……. 좀 참아 보라구요……. 저깟 놈들이야!"

생각에 잠겨 고요하게 흐르는 넓은 강을 보고 있던 옐레나 이바노브나의 뺨을 타고 눈물이 흘러내렸다. 그 눈물 때문에 로지온도 황망해진 나머지 눈물을 쏟을 뻔했다.

"괜찮다니까요……." 그가 중얼거렸다. "두 해 정도만 참아 봐요. 학교도 지을 수 있고, 도로도 낼 수 있구 말구요. 당장에 뭘 해치울 생각만 안 하면 말입니다……. 예를 들어서 마님이 저기 언덕에 씨를 뿌리고 싶다면 말이죠, 처음에는 먼저 열심히 돌을 골라서 캐내야 하지 않습니까. 그리고 나서는 땅을 갈아야 하구요. 일을 하고 또 해야 하는 거랍니다……. 민중이란 것도 마찬가지랍니다……. 일을 하고 또 하다 보면 결국은 극복할 수 있을 겁니다."

사람들이 로지온의 오두막을 떠나 길을 따라 이곳 마가목 나무 쪽으로 다가오기 시작했다. 그들은 노래를 부르며 손풍

금을 연주하고 있었다. 행렬이 점점 더 그들에게 가까워졌다…….

"엄마, 우리 여기서 떠나!" 창백해진 어린 소녀가 어머니에게 몸을 꼭 붙이고 온 몸을 떨면서 말했다. "여기서 떠나, 엄마!"

"어디로?"

"모스크바로……. 여기를 떠나요, 엄마!"

소녀는 울음을 터뜨렸다. 로지온은 너무 당황한 나머지 얼굴에서 땀이 마구 흘러내렸다. 그는 호주머니에서 온통 흑빵 부스러기가 묻은 반달처럼 휘어진 자그마한 오이를 꺼내 소녀의 손에 쥐어 주려고 했다.

"자, 뚝 그치거라……." 엄하게 인상을 쓰면서 그는 중얼거렸다. "오이를 받거라. 먹어……. 울면 엄마가 맴매한다……. 집에 가서 아버지한테 이를 거야……. 자, 자……."

두 사람은 계속 걷기 시작했고, 그 역시 어떻게든 이들을 위로하고 설득할 요량으로 그 뒤를 따라서 걸었다. 하지만 로지온은 곧 그들은 자신의 불행과 생각에 골몰한 나머지 그의 존재는 안중에 없다는 사실을 알아차리고는 걸음을 멈췄다. 그는 내리쬐는 햇빛으로부터 눈을 가리고 한참 동안, 그들의 모습이 숲 속에서 사라질 때까지 지켜보았다.

4

기사는 신경이 예민해져서 사소한 것에도 화가 나는지 별일 아닌 것도 이제 누군가 도둑질을 했다거나 아니면 일부러 해코지를 하는 것이라고 생각하기에 이르렀다. 저택의 대문에는 낮에도 빗장을 걸어 두었으며 밤에는 두 명의 수위가 정원을 다니면서 울타리의 판자를 두드렸다. 오브루차노보 마을에서는 날품 일꾼을 더 이상 고용하지 않았다. 한 번은 누군가가 (마을 사람이었는지 부랑자였는지 확실치 않다.) 기사의 수레에서 새 바퀴들을 떼어 낸 후 낡은 바퀴를 끼워 놓았고 얼마 지나지 않아 마구 두 개와 자름집게가 사라졌다. 그러자 마을에서조차 원성의 소리가 커졌다. 급기야 리치꼬프 부자나 볼로지까의 집을 뒤져봐야 된다는 말이 나오기 시작하자 곧 기사의 정원 울타리 밑에서 자름집게와 마구가 발견됐다. 누군가 놓고 간 것이었다.

하루는 숲에서 무리를 지어 돌아오는 도중에 다시 기사를 만났다. 그는 걸음을 멈추더니 인사도 하지 않고 한 사람 한 사람을 노한 눈으로 쳐다보더니 말을 꺼냈다.

"우리 공원과 마당 근처에서 버섯을 따지 말라고, 내 아내와 아이들에게 남겨 달라고 부탁을 드렸는데 날만 밝으면 마을 처녀들이 왔다 가는군요. 그리고 나면 버섯이 하나도 남지 않아요. 여러분한테 부탁을 해 봤자 아무 소용이 없군요. 정중히 부탁을 해도, 잘 대해 드려도, 설득을 해 보아도 결론적으로는 모두 헛수고라는 생각이 듭니다."

그는 분노에 찬 시선을 로지온에게 향하더니 말을 이었다.

"저와 제 아내는 당신을 인간적으로, 동등한 인간으로 대했는데, 당신들은 어떻습니까? 하긴, 이런 말이 무슨 소용이겠습니까! 결국은 당신들을 보잘것없어하는 것으로 다 끝나겠지요. 더 이상 아무것도 남은 게 없으니까요!"

그리고는 쓸데없는 말을 더 늘어놓지 않기 위해 분노를 억누르는 것이 역력한 표정으로 뒤로 돌아 가버렸다.

집으로 온 로지온은 기도를 드린 후 신발을 벗고는 아내와 나란히 벽에 붙은 벤치에 앉았다.

"맞아……." 숨을 돌린 그가 말을 꺼냈다. "방금 전에 오는 길에 꾸체로프 나으리와 길에서 마주쳤는데……. 그래……. 동이 트기만 하면 마을 처녀들을 봤다지 뭐야……. 왜 버섯을 갖다 바치지 않느냐고 그러는군……. 아내와 아이들한테 말이지. 그러더니 나를 보고 이렇게 말하는 거야. 나와 내 아내가 자네를 보살펴 줄 거네(로지온은 꾸체로프의 '보잘것없어한다'는 말을 '보살펴 주겠다'로 알아들었다.) 하고 말이야. 난 그의 발밑에 무릎을 꿇고 싶었지만 겁이 나서 그러지 못했지……. 신께서 나으리 가족의 건강을 보살펴 주시기를……."

스쩨빠니다는 성호를 긋고는 한숨을 쉬었다.

"나으리 부부는 좋은 분들이야. 격식도 따지지 않고……."
로지온이 말을 이었다. "보살펴 줄 걸세, 하고 사람들이 보는
앞에서 약속을 하셨지. 우리가 나이가 들면…… 그것도 괜찮
겠지…… 죽을 때까지 나으리 부부를 위해 신께 기도를 드릴
수도 있어……. 하나님께서 축복을 내려주시기를……."

9월 14일 성십자가제(祭) 때는 교회에서 축제의식이 거행되
었다. 리치꼬프 부자는 아침부터 강을 건너가서 점심 때 만취
한 상태로 돌아왔다. 그들은 노래를 부르거니 좋지 않은 말로
서로에게 상소리를 해 대거니 하며 한참을 마을을 어슬렁거
리다가 마침내는 싸움이 붙어서 시비를 가린답시고 새 별장
으로 향했다. 양손에 기다란 단풍나무 지팡이를 든 아버지 리
치꼬프가 먼저 마당으로 들어섰다. 그는 망설이다가 걸음을
멈추고는 모자를 벗었다. 마침 그때 기사와 그의 가족은 테라
스에서 홍차를 마시는 중이었다.

"무슨 일인가?" 기사가 소리쳤다.

"각하, 나으리……." 리치꼬프가 말을 시작하더니 울음을
터뜨렸다. "크나큰 은총을 내려주십시오. 제 편을 들어주십
시오……. 제 아들놈 때문에 살 수가 없습니다요……. 저놈
이 가산을 탕진하고, 싸움질이나 하고 다닙니다……. 각
하……."

아들 리치꼬프도 들어왔는데 모자를 쓰지 않고 그 또한 지
팡이를 짚고 있었다. 그는 술에 취해 아무 생각이 없는 시선

을 테라스에 던졌다.

"자네들 싸움에 시비를 가리는 건 내 일이 아닐세." 기사가 말했다. "읍장이나 경찰서장한테 가 보게나."

"안 가 본 데가 없습니다요. 여기저기 다 청원서를 냈습죠……." 아버지 리치꼬프가 흐느끼며 중얼거렸다. "이제 어디 가서 도움을 청해야 합니까요? 이제 저 녀석이 나를 죽여도 된다는 건가요? 저 녀석은 무슨 짓을 해도 된다구요? 제 아버지를? 아버지를?"

그러더니 그는 지팡이를 들어 아들의 머리를 쳤다. 아들도 지팡이를 들어 반동으로 지팡이가 튕겨 나올 정도로 노인의 대머리를 정확히 갈겼다. 아버지 리치꼬프는 꿈쩍도 하지 않고 다시 아들을 때렸고 이번에도 머리였다. 그렇게 서서는 서로의 머리를 지팡이로 때리는 꼴이 싸움이 아니라 차라리 장난을 하고 있는 것처럼 보였다. 한편 대문 밖에는 농부들과 아낙들이 떼를 지어서 심각한 얼굴로 마당 안을 엿보고 있었다. 농부들은 축제 축하인사를 하려고 기사의 집에 들른 것이었는데 리치꼬프 부자가 와 있는 것을 보고는 자기네끼리 상의를 한 후 마당에는 들어오지 않았다.

다음 날 아침 엘레나 이바노브나가 아이들과 함께 모스크바로 떠났다. 그리고는 기사가 자신의 대저택을 팔아 버렸다는 소문이 돌았다…….

5

이미 오래전에 사람들은 다리에 익숙해졌고, 이제 강의 이 부분에 다리가 없다는 것을 상상하기 힘들 지경이 됐다. 공사 후에 남은 쓰레기 더미에는 벌써 오래전에 풀이 무성하게 자라났고 부랑자들의 존재는 잊혀졌고 '두비누슈까' (러시아 뱃사 공들이 부르는 민요의 제목) 대신에 이제 거의 매 시간마다 지나가는 기차가 덜커덩 소리를 내며 지나갔다.

새 별장은 오래전에 팔린 상태였다. 이제 어떤 관리가 별장의 주인이 됐고 그는 휴일에 가족과 함께 도시에서 이곳으로 와서 테라스에서 홍차를 마시다가 다시 도시로 떠났다. 그는 휘장이 달린 제모를 쓰고 다녔고, 겨우 10등관 주제에 말을 하거나 기침을 할 때면 고관대작이라도 되듯이 거드름을 피웠다. 농부들이 그에게 고개를 숙여 인사를 하면 그는 대꾸조차 하지 않았다.

오브루차노보 마을 사람들은 모두 나이가 들었다. 꼬조프는 이미 저세상 사람이 됐고 로지온의 오두막에는 아이들이 더 불어났으며 볼로지까는 이제 누런 수염을 턱에 길게 늘어뜨리고 있었다. 그들은 여전히 가난했다.

이른 봄 오브루차노보 사람들은 기차역 부근에서 땔감으로 쓸 나무를 베었다. 그들은 지금 일을 끝내고 느긋하게 한 줄로 서서 집으로 향하는 중이었다. 어깨에 걸친 폭이 넓은 톱들이 둥글게 휘어졌고 그 위에 태양이 반사됐다. 강변을 따라 난 수풀 속에서 꾀꼬리가 노래를 했고 하늘에선 노고지리가 조잘대며 울었다. 새 별장은 조용했고 사람의 그림자라고는 보이지 않았다. 햇빛이 반사되어 황금빛으로 보이는 비둘기만이 저택 상공을 날고 있었다. 로지온, 리치꼬프 부자, 볼로지까 모두 머릿속으로 새하얀 말들과 조랑말, 폭죽과 등불이 달린 요트를 회상하고 있었다. 아름답고 고운 자태를 가진 기사의 아내가 마을로 찾아와 상냥하게 말을 하던 때를 기억했다. 과연 이 모든 일이 진짜 있었던 것일까. 모든 것이 꿈이나 동화 속에서 일어난 일만 같았다.

그들은 생각에 잠긴 채 지친 몸을 이끌고 뚜벅뚜벅 걸었다……

그들은 생각했다. 마을 사람들은 착하고 온순하며 사리에 밝고 신을 경외하는 사람들이었다. 엘레나 이바노브나 또한 온순하며 선하고 상냥한 사람이었다. 그녀의 모습은 한 번만 보아도 보는 사람에게 측은한 마음이 들게 했다. 그런데 도대체 무슨 이유로 그들은 사이좋게 지내지 못하고 원수처럼 헤어질 수밖에 없었던 것일까? 가장 중요한 것을 눈앞에서 가려 버리고, 짓밟힌 밭과 마구, 자름집게 그리고 지금 돌이켜 생각해 보면 정말 말도 되지 않는 그 모든 사소한 것들만 두드러지게 보이게 했던 그 안개의 정체는 도대체 무엇이었을까? 왜 저택의 새 주인과는 평화롭게 살면서 기사와는 사이가 틀어져 버린 것일까?

아무도 이런 질문들에 대한 답을 알 수 없었고 아무 말이 없었다. 볼로지까만이 뭔가를 웅얼댔다.

"뭐라는 게냐?" 로지온이 물었다.

"우리가 언제 다리 없어서 못 살았나……." 볼로지까가 침울하게 말했다. "다리 없이도 잘 살아왔어. 우리가 부탁한 적도 없잖아……. 그딴 것 지금도 필요 없다구."

아무도 그의 말에 대꾸를 하지 않았다. 고개를 떨군 채 말없이 계속 앞으로 걸었다.

새 별장

「새 별장」이 1899년 1월 처음 발표된 후 당대의 비평가들 사이에 상당한 논란을 불러일으켰다. 똘스또이가 「새 별장」에 묘사된 농민들의 모습에 불만을 표시하며 "혐오스러운 작품"이라고 평한 반면 고리끼는 "농촌문학에서 중요한 단계가 될 작품"이라고 평했다. 체호프는 언젠가 꼬롤렌꼬를 만난 자리에서 자신이 단편을 쓰는 방법에 대해서 이렇게 말했다고 한다. "제가 짧막한 단편들을 어떻게 쓰는지 아십니까? 보여드리죠." (그는 테이블을 쳐다보고는 처음 눈에 들어온 물건을 - 그것은 재떨이었다. - 집어들어 내 앞에 놓더니 말했다.) "원하신다면, 내일까지 단편을 써드리겠습니다. 제목은 '재떨이' 입니다." 하지만 실제로 체호프는 하나의 단편을 내놓기 전에 몇 년에 걸친 준비 작업을 하는 경우가 많았으며 「새 별장」도 그런 작품 중 하나다. 체호프의 메모수첩에는 1894년 일자에 다리를 놓기 위해 시골 마을에 가족과 함께 온 건축기사가 마을 사람들과 겪는 갈등에 대한 에피소드가 적혀 있다고 한다.

이 작품이 논란의 이유가 된 것은 무엇보다도 과연 건축기사의 가족과 마을 주민들 간의 갈등의 정체가 무엇인지, 그것을 해소할 방법은 없는 것인지에 대한 것이었다. 혹자는 시골에 간 지식인들이 내적으로 민중과 동화돼야 하며 인민대중의 의식 속에 뿌리 깊게 자리 잡은 다른 계층에 대한 오해와 편견을 근절해야만 이질적인 두 계층의 접근이 가능하다고 했다. 그런가하면 지주(나으리)-농노라는 종속관계를 지탱해준 농노제가 오래 전에 폐지되었음에도 불구하고 두 계층이 동등한 관계를 유지할 수 있는 새로운 사회적, 심리적 기반이 마련되지 않았기 때문이라고 지적했다. 「개를 데리고 다니는 부인」에서와 마찬가지로 체호프는 자신이 관찰한 사회 현상이 내포하는 문제를 예리하고 재기 있는 필치로 다듬어 툭 던져놓고는 문제에 대한 해답이나 자신의 호오를 드러내지 않는다.

레오니드 안드레예프_Леонид Андреев

별장의 뻬찌까

꾸사까

레오니드 안드레예프(Леонид Андреев, 1871~1919)

러시아 오룔 태생으로 모스크바대학 법학부 졸업. 스물일곱 살에 단편 「바르가모트와 가라시까」(1898)로 데뷔하여 고리끼, 똘스또이, 꼬롤렌꼬, 체호프와 같은 거장들의 인정을 받았다. 50여 편의 단편소설을 썼으며 20세기 초 러시아에서 가장 인기 있는 작가 중 한 명이었다. 1905년 혁명에 동조한 혐의로 경찰의 탄압을 받기도 했는데 이 시기의 대표작으로 중편 「유다 이스까리오트」(1907)와 「교수대에 매달린 일곱 명의 이야기」(1908)가 있다. 전제주의에 항거하고 민중의 행복과 자유의 승리를 추구하는 혁명사상에는 동조적이었지만 1917년 볼셰비키 혁명의 폭력성에 회의를 느끼고 핀란드로 망명했다가 48세에 심장질환으로 생을 마감했다. 판금되었던 그의 작품들은 1957년부터 일부가 출판이 재개되었고 페레스토로이카 이후에야 전집이 출판되었다.

별장의 뻬찌까
Петька на даче

이발사 오시프 아브라모비치는 손님의 가슴에 얹어 놓은 더러운 수건을 바르게 펴고 손가락으로 손님의 셔츠 깃에 수건을 쑤셔 넣고는 퉁명스럽고 날카롭게 소리쳤다.

"사동, 물 가져와!"

이발소에 오면 생기는 예민함과 집중력을 가지고 거울에 비친 자신의 면상을 들여다보던 손님은 턱에 뾰루지가 하나 더 생긴 것을 발견하고는 불만스럽게 눈을 옆으로 돌리면 앙상한 작은 손을 발견한다. 그 손은 옆 어디에서 경대 쪽으로 뻗어 나와 뜨거운 물이 담긴 대야를 올려놓았다. 눈을 더 높이 쳐들자 마치 옆으로 누운 것처럼 요상하게 거울에 비친 이발사의 모습이 보인다. 그의 엄격하고 예리한 시선이 아래쪽 누군가의 머리를 향해 있는데 뭐라고 말하는지는 들리지 않지만 감정을 담아 뭐라고 속닥거리는 무언의 입술을 볼 수 있었다. 주인 오시프 아브라모비치가 아니라 조수 쁘로꼬삐나 미하일라 둘 중 하나가 손님의 면도를 할 때라면 그 속삭임은 위협적인 큰 소리로 바뀌었다.

"이놈, 나중에 보자!"

이 말은 사동이 물을 늦게 가져와서 벌을 받게 될 것이라는 소리였다. 손님은 고개를 옆으로 돌린 채 자신의 코 바로 옆에 얹어진 땀에 젖은 커다란 손을 음미하면서 '당연히 그래야지' 하고 생각했다. 이발사의 손가락 두 개가 손님의 뺨과 턱을 조심스럽게 건드릴 때 나머지 손가락 세 개는 바깥쪽으로 뻗어 있었고 무딘 면도날이 귀에 거슬리는 소리를 내며 비누거품과 함께 뻣뻣한 턱수염을 거둬 냈다.

싸구려 향수 냄새가 배고 지긋지긋한 파리들과 오물로 가득 찬 이 이발소를 찾는 손님들은 까다롭지 않은 부류들이었다. 수위, 영지관리인, 이따금 하급관리들이나 노동자, 홍조를 띤 뺨에 가느다란 콧수염, 뻔뻔스럽고 능글맞은 눈초리를 한 천박하게 잘생긴, 정체를 알 수 없는 젊은 남자들이 그들이었다. 머지않은 곳에 싸구려 사창가가 있었다. 그 젊은 남자들은 사창가를 호령하며 그곳에 불결하고, 무질서하며 불안한 묘한 분위기를 만들어 주고 있었다.

제일 구박을 많이 받는 사동의 이름은 뻬찌까였고 가게 종

업원 중 가장 나이가 어렸다. 니꼴까라고 불리는 다른 사동은 뻬찌까보다 세 살이 많았고 곧 조수급으로 승진을 시켜 준다는 약속을 받은 상태였다. 지금은 별볼일없는 손님이 이발소를 찾은지라 주인이 없는 틈을 타 조수들은 게으름을 피우며 니꼴까에게 이발을 맡겼고, 그가 기골이 장대한 가옥관리인의 숱 많은 뒤통수를 보기 위해 발뒤꿈치를 들고 선 것을 보고 박장대소를 하는 것이었다. 가끔 손님이 망쳐 버린 머리에 화를 내며 소란을 피우는 경우도 있었는데, 그럴 때면 조수들은 니꼴까에게 소리를 질렀지만 진짜로 화가 나서 그러는 것이 아니라 머리를 망쳐 버린 순진한 손님을 달래려고 그러는 것뿐이었다. 하지만 그런 경우는 어디까지나 드문 일이었고 니꼴까는 잘난 체를 하며 어른 행세를 하고 다녔다. 그는 담배를 피우고 이빨 사이로 침을 뱉으며 상스러운 욕지거리를 했다. 심지어 뻬찌까에게 보드카를 먹었다고 자랑을 한 적도 있는데 그것은 십중팔구 거짓말이었을 것이다. 조수들과 함께 옆골목에서 난 큰 주먹싸움을 보고 기분이 좋아져서 웃으면서 이발소로 들어서다가 오시프 아브라모비치에게 양쪽 뺨을 한 대씩 맞기도 했다.

뻬찌까는 열 살이었다. 그는 담배도 안 피우고 보드카도 안 마셨고 비록 상스러운 말들을 많이 알고 있었지만 욕을 할 줄은 몰랐다. 이 모든 점에서 그는 동료인 니꼴까를 부러워했다. 손님도 없고, 어디선가 밤을 새우고 돌아온 쁘로꼬삐는 하루 종일 밀려오는 잠을 참지 못해 칸막이 뒤 침침한 구석에 나자빠져 있고 미하일라는 '모스크바 페이지' 신문의 사회 면을 읽으면서 절도범이나 강도범의 이름 중에 이발소 손님이 있지 않나 찾고 있을 때면, 뻬찌까와 니꼴까는 단둘이 수다를 떨었다. 둘만 있을 때 니꼴까는 언제나 다른 때보다 상냥했고 '사동'에게 테이퍼커트, 버즈커트, 가르마커트의 의미를 설명해 주는 것이었다.

이따금 분홍빛 뺨에 동그란 유리알 눈과 드문드문 뻣뻣한 속눈썹을 붙여 놓은 밀랍으로 만든 여자 흉상이 놓여 있는 창가에 앉아서 그들은 이른 아침부터 활기를 띠기 시작하는 공원을 바라보았다. 먼지가 쌓여 뿌연 공원의 나무들은 사정없이 뜨겁게 내리쬐는 태양 아래서 흐느적거리며 마찬가지로 뿌옇고 후텁지근한 그늘을 만들고 있었다. 벤치에는 머릿수건이나 모자도 없이 불결하고 이상한 옷차림을 한 남녀군상들이 앉아 있었는데, 그들은 집 없이 그곳에서 노숙을 하는 사람들로 보였다. 무표정하고 심술맞고 타락한 얼굴들이었지만, 그 모든 얼굴에는 극도의 고단함과 자신을 둘러싼 모든 것에 대한 혐오감의 흔적이 남아 있었다. 종종 누군가의 털복숭이 머리가 스르르 어깨 쪽으로 기울면서 마치 수천 킬로미터를 쉬지도 못하고 달려온 삼등칸 승객처럼 몸을 누일 곳을 찾았지만 누울 곳은 아무 데도 없었다. 작은 도로에는 곤봉을 든 밝은 파랑색 제복의 파수꾼이 다니면서 벤치에 드러누운 자는 없는지, 햇볕에 누렇게 말라 버렸지만 여전히 폭신하고 시원한 잔디 위에 널부러져 있는 자는 없는지 살피고 다녔다. 언제나 남자들보다는 좀 더 깨끗하게 차려입고 유행에 조금은 신경을 쓴 듯한 여자들 중에는 가끔 아주 나이가 많은 여자, 혹은 너무 어려서 어린애처럼 보이는 여자도 눈에 띄곤 했지만 그들은 하나같이 비슷한 얼굴에 비슷한 나이로 보였다. 여자들은 컬컬하고 새된 목소리로 대화를 하고, 상욕을 늘어놓고 공원이 마치 제 세상인 양 아무렇게나 남자들을 포옹하고 때로는 그곳에서 바로 보드카를 마시고 요기를 하곤 했다. 가끔 술에 취한 남자가 마찬가지로 술에 취한 여자를 때리는 경우가 있었고 그러면 여자는 오뚝이처럼 쓰러졌다가 일어나고 다시 쓰러지고를 반복했다. 하지만 아무도 여자의 편을 들어주지 않았다. 사람들은 오히려 흥미진진한 광경이라도 본 듯이 이빨을 드러내고 웃으며 주변에 모여드는 것이었다. 그러다가 파랑색 제복의 파수꾼이 다가오면 모두 게으르게 흩어져서 제 갈 길을 갔다. 그럼 두들겨 맞은 여자만이 울면서 무슨 소린지 알 수 없는 욕지거리를 해댔다. 여자의 뜯긴 머리카락이 흙 위에 뒹굴고, 한낮의 태양 아래 반쯤 드러난 여자의 불결하고 누런 몸은 천박하고 처량맞게 사람들 눈에 노출되어 있었다. 사람들이 여자를 마부의 이륜마차 바닥에 태워서 어디론가 데려갔는데 죽은 사람처럼 축 늘어진 여자의 머리가 마차 밖으로 나와서 흔들렸다.

니꼴까는 수많은 여자와 남자들의 이름을 알고 있었는데 그들에 대한 낯 뜨거운 얘기를 뻬찌까에게 해 주면서 날카로운 이빨을 드러내며 웃었다. 뻬찌까는 똑똑하고 용감한 니꼴까에게 감탄했고 언젠가 자신도 니꼴까처럼 될 거라고 생각했다. 하지만 당장은 어디론가 다른 곳으로 떠나고만 싶었다……. 그것이 소원이었다.

뻬찌까의 하루는 놀랍도록 단조로웠고 하루하루가 쌍둥이처럼 대동소이했다. 겨울에도 여름에도 뻬찌까는 온종일 이발소의 금 간 거울과 비뚤어진 요술경 같은 다른 거울만 쳐다보고 살았다. 얼룩진 이발소 벽에는 언제나처럼 나체의 여자 둘이 해변가에 앉아 있는 그림이 걸려 있었고, 바뀐 것이 있다면 파리가 앉았던 흔적으로 분홍빛 나신은 점점 더 얼룩덜룩해지고 동절기에 거의 종일 석유등을 세워 두는 곳의 위 천장에 검은 그을음 자국이 더 커졌을 뿐이었다. 아침부터 저녁까지 뻬찌까의 머리 위로 예의 퉁명스런 "사동, 물 가져와!" 하는 소리가 울려 퍼졌고 그럴 때마다 그는 물을 대령했다. 쉬는 날은 없었다. 상점과 점방들의 진열대에 불이 꺼진 일요일이면 어두운 거리에 늦은 밤까지 불을 밝힌 이발소의 눈부신 빛이 인도로 쏟아졌고, 지나가던 행인은 이발소 안 한쪽 구석에 놓인 의자에 새우등을 하고 앉아서 생각에 잠긴 건지, 아니면 쿨쿨 잠을 자고 있는 것인지 모를 작고 비쩍 마른 형체를 볼 수 있었다. 뻬찌까는 잠을 많이 잤지만, 항상 몽롱한 상태였고 자신을 둘러싼 모든 것이 사실이 아니라 기나긴 악몽이라고 생각하곤 했다. 물을 흘리는 횟수도 잦아졌고 "사동, 물 가져와!" 하는 찢어지는 소리도 놓치기 일쑤였으며 몸은 점점 더 말라 갔고 빡빡 깎은 머리통에는 보기 싫은 부스럼까지 생겨 버렸다. 별 트집을 잡지 않는 손님들마저도 언제나 잠에 취한 눈으로 입을 반쯤 헤 벌리고 손과 목에는 때가 꼬질꼬질한 이 앙상한 주근깨투성이 소년을 볼 때면 인상을 찌푸리고 마는 것이었다. 눈가와 코밑에는 가는 바늘로 선을 그어 놓은 것처럼 잔주름까지 생겨서 늙은 난쟁이처럼 보였다.

뻬찌까는 지금 생활이 좋은지 나쁜지 이해하지 못했지만 어디에 있는지, 어떤 곳인지는 모르지만 어쨌든 어디론가 다른 곳으로 떠나고 싶었다. 요리사인 어머니 나제쥬다가 그를 보러 오면 그는 어머니가 가져온 과자를 천천히 씹으면서 하소연을 하는 대신 자기를 여기서 데려가 달라고 졸랐다. 하지만 이별할 때가 되면 더 이상 자신의 부탁은 접어둔 채 언제 또 올 건지도 묻지 않았다. 나제쥬다는 자신의 외아들이 머리가 모자란다는 생각에 가슴이 아파 왔다.

그렇게 뻬찌까가 이발소에서 산 것이 얼마나 됐는지 그는 기억하지 못했다. 그러던 어느 날 점심 시간에 어머니가 찾아왔고 오시프 아브라모비치와 얘기를 하더니 뻬찌까에게 다가와 어머니의 주인댁이 있는 짜리찌노의 별장에 함께 가자고 말했다. 한동안 영문을 모르고 서 있던 뻬찌까의 얼굴은 잠시 후 소리 없는 웃음과 자잘한 주름살로 가득했고 이윽고 나제쥬다를 재촉하기 시작했다. 어머니가 예의상 오시프 아브라모비치와 그의 아내의 건강에 대한 이야기를 나누고 있을 때 뻬찌까는 어머니를 말 없이 문 쪽으로 밀면서 손을 밖으로 잡아끌었다. 별장이 뭔지 몰랐지만 그가 그렇게 애타게 떠나고 싶어 하던 바로 그곳이라는 생각이 들었다. 그러자 두 손을 주머니에 꽂고 평소처럼 건방진 표정으로 나제쥬다를 째려보고 있는 니꼴까에 대해서는 홀라당 잊고 말았다. 하지만 그 순간 니꼴까의 눈동자에는 반항심이 아니라 깊은 슬픔이 어려 있었다. 한 번도 어머니를 본 적 없는 그로서는 뚱뚱한 나제쥬다 같은 여자가 그의 어머니라도 마다하지 않을 것 같았다. 니꼴까도 별장이란 곳에 가 본 적이 없었던 것이다.

수많은 인파와 와자지껄한 소란, 역으로 들어서는 기차들의 굉음과 오시프 아브라모비치의 목소리처럼 굵고 화가 난 것 같다가 그의 병든 아내의 목소리처럼 가늘고 찢어지는 기관차의 기적 소리, 서두르며 끝없이 밀려드는 승객들로 가득한 기차역을 뻬찌까는 생전 처음 보았고 눈이 휘둥그레져서 흥분하며 어서 출발하고 싶은 충동을 느꼈다. 교외선 기차의 출발시간까지는 30분도 더 남았지만 어머니와 아들은 기차를 놓칠까 봐 걱정했었다. 마침내 기차에 올라타 드디어 기차가 역을 출발하자 뻬찌까는 차창에 찰싹 달라붙어서 쇠기둥처럼 가느다란 목 위에 얹혀진 까까머리를 이리저리로 움직이는 것이었다.

도시에서 태어나 자랐고 자연에는 생전 처음 나온 것이라서 뻬찌까에게는 이곳의 모든 것이 경이롭고 신기하고 이상하게 느껴졌다. 저 멀리 하나의 풀잎사귀처럼 작게 보이는 숲을 볼 수 있는 것도 신기했고, 이 신세계의 하늘은 놀랍고도 화창하고 넓은 것이 마치 건물의 지붕 위에서 올려다보는 것만 같았다. 자기가 앉은 쪽 하늘을 보다가 우연히 엄마 쪽으로 고개를 돌린 뻬찌까는 반대편 차창에도 푸른 하늘을 천사처럼 떠다니는 하얀 구름이 있는 것을 보고 기뻐했다. 뻬찌까는 제자리에서 수선을 떨다가 이내 맞은편 차창으로 달려가 낯선 승객들의 어깨와 무릎에 아무 거리낌 없이 지저분한 손을 올려놓고는 했는데도 승객들은 미소를 지었다. 하지만 신문을 읽으면서 피곤함 때문인지 지루함 때문인지 연신 하품을 하던 신사가 한 두 차례 아이에게 못마땅한 시선을 던지자 나제쥬다가 황급히 용서를 구했다.

"기차를 처음 타는 거예요. 신기한가 봐요……."

"흠!……" 하고 중얼거린 신사는 다시 신문에 얼굴을 박았다.

나제쥬다는 뻬찌까가 이발소에서 일을 한 지 벌써 삼 년째가 되었으며 주인이 아이가 자립할 수 있도록 도와주겠다고 약속했는데, 그녀는 홀몸에다 몸까지 약해서 병이라도 나거나 나이가 들면 달리 도와줄 사람이 없기 때문에 잘된 일이 아닐 수 없다고 이 신사에게 고백하고 싶었다. 하지만 신경질적인 신사의 얼굴을 보자 이 모든 생각을 마음속에만 남겨 두었다.

기찻길 오른편으로 항상 습기가 많은 탓에 짙푸른 빛을 띤 굴곡이 많은 평원이 넓게 펼쳐져 있었고 그 가장자리에는 장난감 같은 회색 집들이 띄엄띄엄 서 있었다. 아래쪽을 가느다란 강줄기가 은빛으로 휘감고 있는 높고 푸른 언덕 위에도 장난감 같은 하얀 교회가 서 있었다. 갑자기 금속성 마찰음이 크게 울리면서 기차가 강 위의 다리로 올라가 거울 같은 강의 수면 위 공중에 붕 뜬 것처럼 보이자 뻬찌까는 그만 놀라고 당황해서 차창에서 몸을 떼며 부르르 떨었지만 이내 여정에서 볼 수 있는 세세한 것 하나라도 놓칠까 봐 다시 차창에 몸을 밀착시켰다. 예전의 잠에 취한 몽롱한 눈과 얼굴의 잔주름은 어디론가 사라져 버렸다. 마치 누군가가 뜨거운 다리미로 그의 얼굴에 있던 주름살을 쫙 펴놓은 듯 이제 뻬찌까의 얼굴은 하얗게 빛이 났다.

별장에 도착한 후 처음 이틀 동안 사방에서 뻬찌까를 공략한 수많은 인상들은 그 크기와 힘으로 뻬찌까의 작고 연약한 영혼을 당황하게 만들었다. 과거의 원시인들이 사막에서 갑자기 도시에 뚝 떨어져서 갈팡질팡했다면 이 현대의 원시인은 거대 도시의 석조 건물들의 품에서 구출되어 자연의 얼굴을 대면하고는 온몸이 후들거리고 몹시도 외로운 느낌이 들었다. 이곳의 모든 것이 살아 있고, 감정과 의지를 갖고 있는 것처럼 느껴졌다. 머리 위에서 기분 좋게 술렁거리며 끝없이 어둡고, 뭔가 생각에 잠겨 있는 듯한 숲은 그에게 공포를 불러일으켰다. 반면에 햇살이 내리쬐고 푸르르며 갖가지 색깔의 꽃이 만발해 유쾌하기 짝이 없는 숲 사이의 초지들은 사랑스런 여동생 같았고 짙푸른 하늘은 자신을 부르며 미소 짓는 어머니 같았다. 뻬찌까의 가슴은 울렁거리며 전율했다. 그는 창백해졌고 얼굴에 미소를 띤 채 노인처럼 얌전히 숲 가장자리와 나무가 울창한 작은 호수 기슭을 산책했다. 이곳에서 그는 지치고 숨이 차 무성하고 축축한 풀 위에 털썩 드러누워 그 속에 잠겼다. 작고 주근깨가 가득한 코만이 풀잎들 위로 보였다. 처음 며칠 뻬찌까는 계속 어머니 곁을 맴돌며 졸졸 쫓아다녔고 주인이 별장에 오니 좋냐고 묻자 당황한 미소를 지으며 대답했다.

"좋아요!……."

그리고는 마치 캐물어 볼 것이라도 있는 듯이 다시 울창한 숲과 고요한 호수로 향했다.

이틀이 더 지나자 뻬찌까는 자연과 완벽한 화합을 이루었다. 그것은 스따로예 짜리찌노에서 온 중학생 미쨔의 도움으로 가능했다. 햇볕에 그을은 중학생 미쨔의 얼굴은 이등칸 열차의 색깔처럼 검고 누랬고, 하늘로 비쭉 솟아오른 정수리의 머리카락은 햇볕에 바랜 듯 아주 희었다. 작은 호수에서 낚시를 하고 있는 미짜를 발견한 뻬찌까는 스스럼없이 말을 걸었고 놀랍게도 둘은 금세 친해졌다. 미짜는 뻬찌까에게 낚싯대를 빌려 주기도 했고 어디론가 먼 곳으로 수영을 하러 데리고 가기도 했다. 뻬찌까는 물속으로 들어가는 것이 두려웠지만 막상 들어가 보니 이제는 밖으로 나가기가 싫었고, 코와 눈썹을 위로 치켜들고 물속에서 허우적대면서 팔로 물을 치고 물거품을 일으켜서 수영을 하는 척했다. 이 순간 그는 처음 물속에 들어간 강아지와 너무도 비슷했다. 물에서 나와 옷을 입은 뻬찌까는 추위로 마치 시체처럼 새파래졌고 말을 할 때는 이빨이 딱딱 부딪쳤다.

미짜의 상상력은 무궁무진했고 그의 제안에 따라 둘은 폐허가 된 궁전 탐험에 나섰다. 나무가 뒤덮인 지붕에 기어오르는가 하면 거대한 건물의 무너진 벽들 사이를 돌아다녔다. 그곳은 매우 안락했다. 천지 사방에 돌무더기가 쌓여 있었는데 그 위로 기어 올라가기는 쉽지 않았다. 그 틈 사이로 어린 마가목나무와 자작나무들이 자라고 있었고, 무덤 같은 정적이 흐르며 모퉁이에서 누군가 벌떡 일어나거나 온통 금이 가 있는 창문 구멍에서는 무시무시한 면상이 나타날 것만 같았다. 차츰 뻬찌까는 별장이 집처럼 느껴졌고 세상에 오시프 아브라모비치와 그의 이발소가 존재한다는 사실을 까맣게 잊어버렸다.

"와, 우리 아들 살찐 것 좀 봐! 완전히 상인 같네!" 본인도 뚱뚱한데다가 부엌의 열기 때문에 청동 사모바르처럼 벌건 얼굴을 한 나제쥬다는 기뻐했다. 나제쥬다는 자신이 잘 먹여서 아들이 변했다고 생각했다. 하지만 뻬찌까는 아주 적은 양만을 먹었고 그것은 식욕이 없어서가 아니라 밥 먹는 데 드는 시간이 아까웠기 때문이었다. 음식을 씹지도 않고 단숨에 삼켜 버릴 수 있다면 좋겠지만 나제쥬다는 온갖 사소한 수다를 떨면서 아주 천천히 음식을 먹었고 뼈를 들고 뜯거나 앞치마로 입을 닦곤 하는지라 그에 보조를 맞추려면 뻬찌까도 천천히 음식을 씹으며 간간이 식탁 아래 있는 다리를 흔들 수밖에 없었다. 반면에 뻬찌까는 할 일이 태산 같았다. 하루에 다섯 번 미역을 감고, 호두나무로 낚싯대를 만들고, 지렁이를 잡아 오고 하는 일에는 시간이 필요했다. 이제 뻬찌까는 맨발로 뛰어다녔고 두꺼운 깔창을 댄 장화를 신고 있는 것보다 맨발이 천 배는 기분이 좋았다. 거친 흙이 발바닥을 때로는 뜨겁게 달구고 때로는 차갑게 식혀 주는 것이었다. 입고 있으면 엄격한 이발소 장인처럼 보이는 낡은 중학교 상의를 벗어 버리자 십 년은 어려 보였다. 그 상의는 주인들이 배 타는 것을 보러 제방에 갈 때만 입었다. 잘 차려입은 그들이 즐겁게 웃으며 흔들리는 배에 올라타면 배는 천천히 거울 같은 수면을 가르며 움직였고 물 위에 비친 나무들은 바람에 흔들리듯이 요동쳤다.

한 주가 끝날 무렵 도시에 다녀온 주인이 '부엌데기 나제쥬다'를 수신인으로 하는 편지를 가져와 나제쥬다에게 읽어주자 그녀는 울음을 터뜨렸고 앞치마에 묻어 있던 숯검정으로 얼굴에 범벅을 했다. 이 과정에서 간간이 들려온 단어들로 짐작컨대 편지에는 뻬찌까에 대한 이야기가 오갔음을 알 수 있었다. 그것은 벌써 저녁 무렵이었다. 뻬찌까는 뒷마당에서 혼자서 사방치기 놀이를 하고 있었는데 이때는 볼에 공기를 머금어 빵빵하게 만들었다. 그렇게 하는 것이 뛸 때 훨씬 편했다. 중학생 미쨔가 이 어리석지만 흥미진진한 놀이를 가르쳐 줬는데 이제 뻬찌까는 진정한 스포츠맨처럼 혼자서 기량을 닦고 있었다. 주인이 나와 어깨에 손을 얹더니 말했다.

"자, 이제 가야 한다!"

뻬찌까는 혼란에 사로잡혀 말 없이 미소를 지었다.

'이상한 녀석이로군!' 하고 주인은 생각했다.

"가야 한다니까."

뻬찌까는 미소를 지었다. 나제쥬다가 다가와서 눈물을 지으며 주인의 말을 확인해 주었다.

"아들아, 이제 가야 해!"

"어딜?" 뻬찌까는 놀랐다.

그에게 도시는 잊혀진 지 오래였고 그가 언제나 떠나고 싶어한 그 다른 장소는 이미 발견됐다.

"주인 오시프 아브라모비치한테."

무슨 일인지 너무나 분명했지만 뻬찌까는 여전히 이해를 거부했다. 하지만 되묻는 그의 입 안은 바싹 말라 들어갔고 혀는 겨우 돌아갔다.

"내일 낚시를 하러 가야 되는데? 여기 낚싯대가 있잖아……."

"어쩔 수 없지!…… 상황이 그런 걸. 쁘로꼬삐가 병이 나서 병원에 실려 갔대. 사람이 모자란다구. 울지 말거라. 기다리면 또 보내 줄 거야. 오시프 아브라모비치는 좋은 사람이거든."

하지만 뻬찌까는 울 생각도 하지 않았고 여전히 이해를 거부했다. 한쪽에는 낚싯대라는 사실이 있었고 다른 쪽에는 오시프 아브라모비치라는 유령이 있었다. 하지만 차츰 뻬찌까의 생각이 명료해지면서 이상한 위치 변동이 일어났다. 오시프 아브라모비치가 사실이 되었고, 아직 마를 새도 없었던 낚싯대는 유령으로 바뀌어 버렸다. 그 후 뻬찌까의 행동은 어머니를 경악케 하고 주인과 주인마님을 실망시켰고 만약에 자기분석이 가능했다면 스스로도 경악했을 것이다. 그는 도시의 아이들이 울듯이 단순히 눈물보를 터뜨린 것이 아니라 공원에서 보았던 그 술취한 여자들처럼 가장 목청이 큰 농부보다도 더 큰 목소리로 소리를 지르며 땅바닥을 데굴데굴 구르기 시작했다. 앙상한 그의 손이 불끈 주먹을 쥐더니 날카로운 돌멩이들과 모래에 부딪혀 아픔을 느끼면서도 그 고통을 보태려는 듯이 옆에 있던 어머니의 손, 흙바닥 그리고 닥치는 대로 아무거나 쳐 댔다.

삐찌까는 곧 잠잠해졌고, 주인은 거울 앞에 서서 머리에 하얀 장미를 꽂고 있던 아내에게 말했다.

"보라구, 그쳤지. 아이들의 고통은 오래가지 않아."

"어쨌든 나는 이 가엾은 애가 불쌍한 걸요."

"아이들이 끔찍한 환경에서 생활한다는 것은 사실이지만 더 열악한 상황에서 사는 사람도 있지. 준비됐어?"

그리고 그들은 벌써 군악대가 연주를 시작한 그날 저녁 무도회가 펼쳐질 지쁘만의 정원으로 출발했다.

다음 날 아침 일곱 시 열차를 타고 삐찌까는 모스크바로 향했다. 지난번처럼 밤이슬 때문에 희뿌얘진 푸른 들판이 그의 눈앞에 나타났지만 이번에는 저번처럼 저쪽으로 가는 것이 아니라 반대 방향으로 지나가고 있었다. 낡은 중학생 상의가 그의 앙상한 몸을 휘감았고 목트임 위로 하얀 종이깃이 팔랑거렸다. 삐찌까는 꼼짝 않고 거의 창밖을 보지 않으며 조용하고 얌전히 앉아 있었고 그의 작은 두 손은 무릎 위에 다소곳이 놓여 있었다. 눈동자는 잠이 덜 깬 듯 무덤덤했고 노인처럼 잔주름이 눈가와 코 아래 다시 생겼다. 이윽고 차창 밖에 가로등과 플랫폼의 서까래가 보이기 시작했고 기차가 정차했다.

그들은 서두르는 승객들 사이에서 이리저리 밀치며 소음으로 가득 찬 거리로 나왔고 탐욕스런 대도시는 무덤덤하게 자신의 작은 제물을 삼켜 버렸다.

"낚싯대를 숨겨 놔, 엄마!" 어머니가 이발소의 문턱까지 그를 데려갔을 때 뻬찌까가 말했다.

"숨겨 놓을게, 아들아, 숨겨 놓을게! 어쩌면 또 다녀올 수 있을 거야."

그리고 다시 불결하고 숨 막히는 이발소에서 퉁명스럽게 "사동, 물 가져와" 하는 소리가 들렸고 손님은 경대 쪽으로 작고 더러운 손이 뻗는 것을 보았고 그리고 "이놈, 나중에 보자!" 하는 위협적인 속삭임이 들렸다. 이것은 잠이 덜 깬 아이가 물을 쏟았거나 심부름을 잘못했다는 것을 의미했다. 그리고 밤마다 니꼴까와 뻬찌까가 나란히 잠을 자는 곳에서 흥분한 작은 목소리가 별장에 대해서 이야기를 해 주었고, 있을 수도 없고, 한 번도 결코 본 적도 들은 적도 없는 것에 대한 이야기를 속닥거렸다. 뒤를 이은 침묵 속에서 아이들의 가슴에서 나는 불규칙한 숨소리가 들렸고 아이답지 않게 거칠고 열정적인 다른 목소리가 이렇게 말했다.

"악마들! 모두 대머리나 돼 버려라!"

"누가 악마야?"

"그냥……. 다."

우레 같은 덜컹대는 소리를 내며 바로 옆을 지나가던 마차 대열이 아이들의 목소리와 벌써 오래전부터 멀리 떨어진 공원에서 들려오던 애달픈 비명소리를 덮어 버렸다. 술에 취한 남자가 마찬가지로 술에 취한 여자를 때리고 있었다.

별장의 뻬찌까

도시에서 태어나 어린 나이에 싸구려 이발소에서 견습생으로 일을 시작한 뻬찌까(뾰뜨르의 애칭이다)는 이제 열 살이다. 뻬찌까에게 삶이란 매일 반복되는 심부름, 고함 소리, 욕지거리, 이발사들의 빈정거림, 뒷골목 군상들의 술주정과 싸움, 뜨거운 햇빛과 먼지에 휩싸인 우울하고 단조로운 도시의 거리뿐이다. 뻬찌까에게는 꿈이 있다. 이발소를 떠나 어딘지는 모르지만 다른 곳으로 떠나는 것이 그 꿈이다. 어느 날 시골 주인집에서 요리사로 일하는 어머니가 찾아와 그를 시골로 데려간다. 생전 처음 기차를 타고 녹음이 푸르른 자연을 대면한 뻬찌까는 넋을 잃고 만다. 거기서 그는 이발소와는 완전히 다른 새로운 삶이 있음을 깨닫게 된다. 하지만 시골에 온 지 일주일이 지나자 이발소에서 일손이 부족하니 급히 뻬찌까를 돌려보내라는 전갈이 온다. 뻬찌까가 돌아간 이발소는 일주일 전과 변한 것이 없고 앞 공원에서는 여느 날처럼 술주정뱅이들이 싸우고 있다.

이 작품은 작가인 레오니드 안드레예프의 동시대인이자 성이 같은 모스크바의 유명한 이발사 이반 안드레예프의 어린 시절에 대한 이야기에서 모티브를 얻어서 쓰여졌다. 이발사 안드레예프는 파리에서 열린 프랑스 이발사 경연대회에서 수상한 경력이 있는 모스크바 최고의 이발사 중 한 명이었다. 그는 시골에서 농사꾼의 자식으로 태어나 모스크바의 이발소로 보내진 후 '어린 시절이 없는' 암울한 유년 시절을 보냈다.

실화를 바탕으로 한 이 단편에서 별장에 가기 전 뻬찌까는 때가 꼬질꼬질한 목덜미에 머리통에는 부스럼이 잔뜩 돋은, 한 마디로 싸구려 이발소의 손님들조차 혀를 내두를 몰골을 하고 있다. 몰골만큼 열살배기 소년의 영혼도 암울하기 짝이 없다. 하지만 별장에서 불과 일주일을 보낸 그는 어머니도 탄성을 내지를 만큼 활기차고 건강해진다. 뻬찌까의 꿈이 이루어진 것이다. 하지만 꿈은 곧 물거품처럼 사라지고 이발소 주인에게 다시 불려와 기차에서 내리는 뻬찌까를 거대한 탐욕스런 도시가 제물처럼 집어삼킨다.

가혹한 현실 앞에서 뻬찌까의 행복은 오래 지속될 수 없었고 꿈 같은 다른 세계가 있다는 걸 알아버린 뻬찌까는 그 세계가 결코 자신의 것이 될 수 없는 현실에 적의를 갖게 된다. 현실은 아무런 변화가 없지만 뻬찌까가 세상을 바라보는 눈은 이미 달라져 버린 것이다.

꾸사까

Кусака

1

그는 아무에게도 속하지 않았다. 이름도 없었고 길고 길었던 지난겨울을 어디에서 보냈는지, 무얼 먹고 살았는지 아무도 알지 못했다. 온기가 있는 농가에서는 굶주림에 시달리기는 그와 마찬가지였지만 집이 있다는 이유로 도도하고 강한 동네 개들이 그를 쫓았다. 배고픔과 본능적인 외로움 때문에 거리에 모습을 드러내면 이내 동네 아이들이 돌멩이와 막대기를 던졌고 어른들은 깔깔대며 그를 놀려대고 무섭고 귀에 거슬리는 소리로 휘파람을 불어댔다. 그럼 그는 두려움으로 혼비백산하여 사방으로 들뛰면서 울타리와 사람에게 부딪히다가 마을 끄트머리로 쏜살같이 달려가서는 큰 과수원 깊숙이 그만이 아는 장소에 몸을 숨겼다. 그곳에서 그는 상처를 핥으며 외로움 속에서 공포와 분노를 쌓아 나갔다.

딱 한 번 그를 불쌍히 여기고 다정한 말을 해 준 사람이 있었다. 그것은 술집에서 돌아오던 주정뱅이 농부였다. 그 주정뱅이는 만인을 사랑했고 만인을 동정했으며 선한 사람들과 선한 사람들에 대한 자신의 희망에 대해서 뭐라고 혼잣말로 웅얼대며 걷고 있었다. 그러다가 술에 취해 초점이 없는 그의 시선이 우연히 가닿은 이 더럽고 못생긴 개 또한 동정했다.

"워리!" 아무 개에게나 붙일 수 있는 이름으로 그는 개를 불렀다. "워리! 이리 와. 무서워하지 마!"

개는 사람에게 다가가고 싶었다. 꼬리를 흔들었지만 다가가지는 않았다. 농부는 손으로 자신의 무릎을 탁 치면서 신뢰할 수 있게 말했다.

"이리 오라니까, 바보 같으니! 안 때릴게. 맹세하마!"

하지만 갈등에 빠진 개가 점점 더 신나게 꼬리를 흔들며 살금살금 앞으로 다가오는 동안 이 주정뱅이의 기분이 돌변했다. 선한 사람들이 자신에게 행한 나쁜 기억들이 깡그리 떠오르자 기분이 울적해지고 모호한 증오심이 치밀어 올랐다. 그러자 육중한 장홧발로 앞으로 다가와 배를 보이며 누운 개의 옆구리를 냅다 갈기는 것이었다.

"젠장할 것! 주제를 알아야지!"

개는 아픔보다 놀라움과 배신감으로 찢어지는 듯한 소리를 내질렀고, 농부는 비틀거리며 집으로 돌아가 마누라를 진창 두들겨 패고는 지난주에 자기 손으로 선물한 새 스카프를 갈기갈기 찢어 버렸다.

그 이후로 개는 다정하게 다가오는 사람들을 믿지 않았고 꼬리를 감추고 도망가거나 이따금씩 사납게 사람들에게 달려들어 돌멩이와 막대기로 쫓아낼 때까지 물려고 들었다. 어느 겨울 개는 문지기가 없이 비어 있는 별장의 테라스 아래 자리를 잡고는 밤마다 도로로 뛰어나가 목이 쉬도록 짖어대며 아무 대가도 받지 않고 별장을 지켰다. 자리에 돌아와 누운 후에도 개는 사납게 으르렁댔고 그 소리에는 분노 말고도 자신에 대한 만족감과 자랑스러움 같은 것이 배어 있었다.

길고 긴 겨울밤 텅 빈 별장의 컴컴한 창문들이 꽁꽁 얼어붙은 생명 없는 정원을 음침하게 내려다보고 있었다. 가끔씩 창문 너머로 푸르스름한 불빛이 반짝일 때도 있었다. 그것은 유성(流星)이 유리창에 비치거나 초승달이 수줍은 달빛을 비춘 것이었다.

2

봄이 찾아왔고 고요했던 별장은 와자지껄한 사람들의 목소리와 차바퀴 소리, 짐을 나르는 사람들의 너저분한 발소리로 벌집을 쑤셔 놓은 것 같았다. 도시에서 별장 주인들이 온 것이었다. 깨끗한 공기, 온기와 햇볕에 심취한 어른과 아이들의 떠들썩한 무리가 나타나 소리를 지르고, 노래를 부르는가 하면 꾀꼬리 같은 여자들의 웃음소리도 들려왔다.

개가 처음 안면을 튼 사람은 밤색 교복 원피스를 입고 정원으로 달려 나온 귀엽게 생긴 소녀였다. 눈앞에 보이는 모든 것을 팔로 붙잡아 품 안에 꼭 안으려는 듯이 소녀는 청명한 하늘과 불그스레한 벚나무 가지들을 바라보면서 한껏 분주를 떨다가 작열하는 태양을 향해서 털썩 풀밭에 누웠다. 그러다가 이번에도 벌떡 자리에서 일어나 양팔로 자기 몸을 껴안고 상큼한 입술로 봄의 대기에 입맞춤을 하더니 감정을 실어서 진지하게 이렇게 말하는 것이었다.

"정말 좋구나!"

그러더니 제자리에서 빠르게 빙빙 돌기 시작했다. 그 순간 소리 없이 다가온 개가 부풀어 오른 치맛단을 이빨로 사납게 물어서 찢고는 다가올 때와 마찬가지로 소리 없이 구즈베리와 산딸기가 빽빽이 자란 수풀 속으로 몸을 감췄다.

"이런, 사나운 개가 있어!" 소녀는 소리를 지르며 도망쳤고, 그 후 한참 동안 흥분한 그녀의 목소리가 들려왔다. "엄마, 얘들아! 정원에 가지 마. 개가 있어요! 엄청나게 커! 무지 사납다고요!"

밤이 되자 사람들이 모두 잠자리에 든 별장으로 소리 없이 개가 돌아와 테라스 아래 자기 자리에 몸을 뉘였다. 인간의 냄새가 풍겼고 열린 창문을 통해서 잠든 사람들의 나직한 숨소리가 들려왔다. 잠을 자는 사람들은 무방비 상태였고 무섭지 않았다. 개는 정성껏 사람들을 호위했다. 한쪽 눈을 뜬 채 잠을 청했고 작은 부스럭 소리에도 고개를 번쩍 쳐들고 형형하게 빛나는 두 눈에 불을 밝히고 소리 나는 쪽을 응시했다. 청명한 봄날 밤에는 불안한 소리들이 많았다. 풀 속에서 나온 눈에는 안 보이는 작은 벌레 같은 것이 개의 축축한 코앞까지 다가오는가 하면 잠든 새가 앉은 겨우살이 나뭇가지가 파지직 소리를 내며 부서졌고 멀지 않은 곳에 있는 대로를 수레가 덜컹거리며 지나가거나 짐을 잔뜩 실은 마차들이 삐그덕 소리를 내며 지나갔다. 그리고 멀리 근교의 바람 한 점 없는 대기 중에는 향기롭고 신선한 타르 냄새가 번져 오면서 해가 밝아오는 곳으로 코를 유혹했다.

도시에서 온 별장 주인들은 착한 사람들이었고, 도시를 떠나 좋은 공기를 마시며 주변에 온통 파릇파릇하고 푸르고 악의 없는 것들만 보다 보니 도착했을 때보다 더 선해졌다. 태양의 온기 덕에 그들은 더 많이 웃고 살아 있는 모든 것에 애정을 느끼게 되었다. 처음에 그들은 사나운 개를 내쫓거나, 나가지 않는다면 총으로 쏴 죽여야 되나 고민했지만 나중에는 밤마다 들려오는 개 짖는 소리에 익숙해져서 아침이면 개의 안부를 궁금해 하는 것이었다.

"우리 꾸사까(러시아어로 '사람을 무는 사나운 개'란 뜻이다.)는 어디 있는 걸까?"

이 새로운 이름, 꾸사까는 그 후로 개의 이름이 되어 버렸다. 이제는 낮에도 수풀 속에서 검은 형체가 나타났다가 빵이라도 던져 줄라치면 돌멩이라도 맞은 듯이 흔적 없이 사라지는 것을 포착할 수 있었다. 얼마 지나지 않아 가족 모두가 꾸사까에 익숙해져서 '우리' 개라고 부르는가 하면, 아직 야생성을 벗어나지 못하고 이유 없이 겁을 내는 것을 두고 농담을 하곤 했다. 꾸사까는 매일 자신과 사람들 사이에 놓인 거리를 한 걸음씩 줄여 나갔다. 그들의 얼굴을 관찰하고 그들의 습관을 익혔다. 점심 식사가 시작되기 30분 전이면 풀밭에 나타나 얌전히 눈을 깜박였다. 처음 만났던 중학생 룔랴는 나쁜 기억은 잊은 채 마침내 직접 개를 데리고 와서 별장의 즐거운 휴양객들에게 선을 보일 수 있게 됐다.

"꾸사까, 이리 와!" 그녀가 개를 불렀다. "착하지, 이쁘지, 어서 와! 설탕 줄까? 설탕 줄게, 좋아? 어서 이리 와!"

하지만 꾸사까는 움직이지 않았다. 두려웠다. 무릎을 손바닥으로 치면서, 아름다운 목소리와 얼굴로 부드럽게 개를 부르는 룔랴 또한 개에게 조심스럽게 접근하면서 두렵기는 마찬가지였다. 물면 어떡하지.

"꾸사까, 나는 네가 좋아. 정말 좋아. 넌 정말 코가 귀엽지 뭐니……. 눈도 정말 착해 보여. 꾸사까, 내 말을 못 믿겠어?"

룔랴의 눈썹이 위로 추켜올라갔다. 그녀의 코야말로 정말 귀엽고 눈도 정말 착해 보였다. 태양이 뺨이 빨개질 때까지 그녀의 어리고 순수한 매력으로 넘치는 작은 얼굴에 온통 입맞춤을 해댄 것도 무리가 아니었다.

결국 꾸사까는 자신의 삶에서 두 번째로 사람 앞에서 배를 드러내고 누워서 눈을 감았다. 발길질을 당할지, 다정한 손길을 느낄지 아마도 몰랐을 것이다. 하지만 이내 그를 쓰다듬는 손길이 느껴졌다. 작고 따듯한 손이 주저하듯 그의 뻣뻣한 머리털에 닿았다. 소녀는 안심했다는 듯이 이제 과감하게 개의 거친 털을 쓰다듬고 간질이고 잡아당기며 온몸을 껴안았다.

"엄마, 얘들아! 와서 좀 봐요. 꾸사까를 만지고 있어!" 룔랴가 소리쳤다.

소란스럽고 낭랑한 목소리에, 이리저리 구르는 수은 방울처럼 맑은 아이들이 정신없는 달려오는 것을 보았을 때 꾸사까는 속수무책의 공포로 그 자리에서 몸이 굳어 버렸다. 꾸사까는 지금 누군가가 그를 한 대 발길로 찬다고 하더라도 더 이상 자신을 화나게 한 사람의 몸에 날카로운 이빨을 꽂을 자신이 없다는 것을 알고 있었다. 그에게서 강철 같은 분노를 앗아가 버렸기 때문이었다. 모두 앞다투어 그를 애무하기 시작했을 때도 부드러운 인간의 손길이 그를 건드릴 때마다 그는 여전히 한참을 떨었고 익숙지 않은 애무가 마치 발길질처럼 아프게 느껴졌다.

3

꾸사까가 가진 개의 영혼이 활짝 꽃을 피웠다. 그에게는 사람들이 불러 줄 때 정원의 깊숙한 수풀 속에서 쏜살같이 튀어나갈 수 있는 이름이 생겼다. 그는 이제 주인이 생겼고 그 주인을 위해서 봉사할 수 있게 됐다. 개의 행복을 위해서 더 이상 무엇이 필요할까?

방랑하면서 굶주렸던 과거에 굳어진 습관대로 꾸사까는 많이 먹지 않았다. 하지만 그 적은 양의 변화에도 불구하고 그는 몰라보게 달라졌다. 예전에는 누렇고 까칠하게 축 늘어져 있고 배에는 항상 덕지덕지 흙이 말라붙어 있던 긴 털이 깨끗해지고 까매지면서 지도책처럼 윤기가 나기 시작했다. 할 일이 없을 때는 대문으로 뛰어나가 문턱 위에 서서 거리의 위아래를 정찰하는 꾸사까를 이제 어느 누구도 놀리거나 돌을 던질 엄두를 내지 못했다.

하지만 그렇게 도도하고 독립적일 수 있는 것은 홀로 있을 때뿐이었다. 불 같은 애무도 아직 그의 심장에서 공포를 완전히 태워 버리지 못했고, 사람들을 볼 때마다, 그들이 다가올 때마다 그는 안절부절못하며 발길질을 기다리는 것이었다. 그리고 한참을 더 사람들의 부드러운 손길이 그에게는 당혹스럽고 그로서는 이해할 수 없고 어떻게 반응해야 할지 모를 기적처럼 느껴졌다. 그는 애교를 부릴 줄 몰랐다. 다른 개들은 뒷발로 서서 사람들의 다리에 몸을 비벼 대고 심지어는 미소를 지음으로써 감정을 표현하지만 그는 그러지 못했다.

꾸사까가 할 줄 아는 유일한 것은 배를 드러내고 누워서 눈을 감고 깨갱 소리를 내는 것뿐이었다. 하지만 그것으로는 그의 기쁨과 고마움 그리고 애정을 다 표현할 수 없었다. 그러면 꾸사까는 갑자기 뭔가 계시라도 받은 듯이, 어쩌면 언젠가 다른 개들에게서 보았지만 오래전에 잊고 있었던 동작을 실행하기 시작했다. 그렇게 그가 서툴게 공중제비를 돌고 서툴게 점프를 하고 자기 꼬리를 쫓아 빙빙 돌 때면 언제나 유연하고 민첩했던 그의 몸은 굼뜨고 우습고 처량해 보였다.

"엄마, 얘들아! 와서 좀 봐. 꾸사까가 장난을 쳐!" 룔랴는 이렇게 외치고는 웃느라 숨을 헐떡이면서 그에게 부탁하는 것이었다. "더 해 봐, 꾸사까. 더 해 줘! 옳지! 그렇지……."

그럼 모두 모여서 웃기 시작했고 꾸사까는 빙글빙글 돌고 공중제비를 하고 넘어졌지만 아무도 그의 눈에 서린 미묘한 슬픔은 보지 못했다. 이전에 사람들이 꾸사까의 절망적인 공포를 보기 위해서 그에게 고함을 지르고 몰아세웠던 것처럼 이제 사람들은 굼뜨고 뒤퉁스러워서 너무나도 웃긴 개의 애정표현을 보기 위해 일부러 그를 애무했다. 그렇게 한 시간도 지나지 않아 조금 큰 아이들이나 꼬맹이들 중에 누군가가 또 소리를 지르는 것이었다.

"꾸사치까, 사랑스런 꾸사치까, 장난을 쳐 봐!"

그럼 꾸사까는 아이들이 즐거운 웃음소리가 끊이지 않는 가운데 빙글빙글 돌고 공중제비를 넘고 바닥에 떨어지고는 했다. 사람들은 꾸사까가 있을 때나 없을 때나 칭찬을 했고 손님으로 찾아온 낯선 사람이 있으면 꾸사까가 장난을 보여 주는 대신 정원으로 도망가거나 테라스 아래 숨어 버리는 것 하나만을 안타까워했다.

정해진 시간에 찬모가 먹다 남은 음식과 뼈를 가져다 주기 때문에 꾸사까는 차츰 음식에 대해서 근심하지 않는 생활에 익숙해졌고 테라스 아래 자기 자리에 확실하고 편안하게 누웠고 이제 스스로 부드러운 손길을 찾고 요구하기에 이르렀다. 몸무게도 불어났다. 별장을 떠나는 일도 드물어졌고 작은 아이들이 숲에 같이 가자고 부르면 온순하게 꼬리를 흔들고는 슬쩍 자리를 떴다. 하지만 밤마다 집을 지키며 짖어대는 소리는 여전히 컸고 경계를 게을리하는 법이 없었다.

4

가을은 황금빛으로 타올랐고 하늘은 잦은 비로 눈물을 흘렸다. 그리고 별장들은 빠르게 비어서 동네가 한적해지기 시작했다. 마치 장맛비와 바람이 촛불을 끄듯이 별장을 하나 둘씩 차례로 꺼 버린 것 같았다.

"꾸사까는 어떡하지?" 생각에 잠긴 롤랴가 물었다.

그녀는 양팔로 무릎을 감싸고 앉아서 떨어지기 시작하는 빗방울이 반짝이며 팅기는 창문을 슬프게 바라보고 있었다.

"롤랴, 그 자세가 뭐니? 아가씨가 그렇게 앉는 법이 어딨어?" 어머니는 이렇게 말하고는 덧붙였다.

"꾸사까는 여기 둬야지. 어쩌겠니!"

"불—쌍—해—." 롤랴가 징징댔다.

"어쩔 수 없잖아. 마당도 없고, 집 안에 둘 수는 없는 노릇인 걸 너도 알잖아."

"불—쌍—해—." 울음을 터뜨리기 일보 직전인 롤랴가 반복했다.

롤랴의 짙은 눈썹이 제비 날개처럼 위로 추켜올라가고 귀여운 콧잔등에 슬프게 주름이 잡혔을 때 어머니가 말했다.

"도가예프 댁에서 오래전부터 강아지를 주겠다고 했어. 혈통도 좋고 훈련도 받았다던데. 내 말 듣고 있니? 게다가 이 녀석은 똥개잖아!"

"불—쌍—해—." 롤랴는 이렇게 말했지만 울지는 않았다.

다시 낯선 사람들이 도착했고, 수레들이 덜커덩거리기 시작했고, 마룻바닥이 무거운 발걸음 아래서 고통의 신음을 냈지만 사람들은 더 말이 없었고 웃음소리는 전혀 들리지 않았다. 낯선 사람들 때문에 놀라고 불행이 다가옴을 희미하게 느긴 꾸사까는 정원 끄트머리로 도망가 거기서 잎사귀들이 몇 개 남지 않은 관목숲 사이로 보이는 테라스의 한 구석과 그곳을 빠르게 움직이는 빨간 셔츠를 입은 형체들을 뚫어져라 쳐다보고 있었다.

"여기 있었구나. 나의 불쌍한 꾸사까." 집에서 나온 룔랴가 말했다. 그녀는 이미 여행용 복장을 하고 있었다. 꾸사까가 물어서 찢어진 그 갈색 원피스와 검은색 카디건을. "나랑 같이 가자!"

그들은 큰길로 나왔다. 비가 오다가 말다가 했고 어두침침해진 땅과 하늘 사이의 공간은 온통 뭉게뭉게 피어오르며 빠르게 움직이는 구름으로 가득 차 있었다. 아래서 올려다보면 물기를 잔뜩 머금은 구름이 너무 무거워서 그 사이로 햇빛이 통과할 수 없으며 그 두터운 벽 너머 태양이 참으로 심심할 거라는 사실을 느낄 수 있었다.

큰길 왼쪽으로는 수확이 끝난 밭이 시커멓게 펼쳐져 있었고 작은 언덕들로 이어진 수평선 위에 그다지 크지 않은 듬성듬성한 나무들과 관목들이 외롭게 무리를 지어 서 있었다.

앞쪽으로 멀지 않은 곳에 초소가 있었고 그 옆에 빨간색 양철 지붕의 술집이 있었다. 술집 옆에는 사람들이 모여서 마을의 바보 일류샤를 놀려먹고 있었다.

"한 푼 주세요" 하고 바보가 콧소리로 천천히 말하자 악의에 찬 조롱의 목소리들이 그에게 달려들어 대답했다.

"대신 장작을 팰 거냐?"

그러자 일류샤는 저속하고 더러운 욕설을 퍼부었고 사람들은 타성적으로 웃어 젖혔다.

구름 사이를 뚫고 나온 한 줄기 햇살은 노랗고 활기가 없는 것이 혹시 태양이 불치병에라도 걸린 것이 아닌가 하는 생각이 들었다. 안개 낀 가을의 대지가 더 광활하고 슬프게 보였다.

"지겹다, 꾸사까!" 룔랴는 조용히 내뱉고는 뒤도 돌아보지 않고 별장 쪽으로 가 버렸다.

그리고 기차역에 도착해서야 꾸사까와 작별인사를 하지 않았다는 사실을 깨달았다.

5

꾸사까는 떠나 버린 사람들의 흔적을 좇아 한참을 헤매다가 기차역에 도착했다. 흠뻑 젖고 먼지투성이가 된 채 별장으로 돌아왔을 때 꾸사까는 지금까지 한 번도 하지 않았던 또 하나의 묘기를 부렸다. 처음으로 테라스에 뛰어올라 뒷발로 일어서서 유리가 끼워진 문을 통해 안을 관찰했다. 발톱으로 문을 긁기까지 했다. 실내는 텅 비어 있었고 꾸사까에게 달려오는 사람은 아무도 없었다.

비가 잦아들기 시작했다. 사방이 갑자기 닥친 기나긴 가을 밤의 어둠에 휩싸였다. 어둠이 빠르고 조용하게 텅 빈 별장에 스며들었고 관목숲에서 소리 없이 기어나와 하늘에서 떨어지는 무뚝뚝한 비와 함께 흘러내렸다. 차양을 벗겨 낸 테라스는 넓고 생경스럽게 텅 비어 보였다. 빛은 아직 좀더 오래 어둠과 싸우며 더러운 발들이 지나간 흔적을 우울하게 비춰 주었지만 곧 빛도 자리를 내주고 사라졌다.

밤이 찾아왔다.

그리고 밤이 찾아왔다는 사실을 더 이상 의심할 수 없게 됐을 때 개는 크고 처량하게 울부짖었다. 절망감에서 우러나온 우렁차고 날카롭게 울부짖는 소리는 단조로우며 순종적인 빗소리 속으로 비집고 들어가 어둠을 가르고 벌거벗은 검은 들판 위에서 울려 퍼지다가 사라졌다.

개는 울부짖었다. 그 소리는 단조롭고, 끈질기며 희망을 상실한 채 평온했다. 그리고 이 울음소리는 그것을 들은 사람에게 빛 한 줄기 새어 나오지 않는 암흑 같은 밤이 빛을 향해 질주하면서 신음하는 것처럼 느껴졌고 어서 따뜻한 곳으로, 환한 불로, 자신을 사랑하는 여인의 가슴으로 뛰어들고 싶어지게 만들었다.

개는 울부짖었다.

꾸사까

안드레예프는 불우한 학창시절을 보냈다. 그래서인지 초기 작품들에서는 가난하고 소외된 사람들에 대한 관심이 두드러진다. 또한 안드레예프는 "세속의 삶에서 고통을 받는 것은 인간뿐만이 아니다. 동물들도 똑같은 고통을 감내하고 있다"고 여겼다. 안드레예프가 스물아홉 살에 발표한 「꾸사까」(1901)의 주인공은 떠돌이 개다.

'꾸사까'는 러시아어로 '사람을 무는 사나운 개'라는 뜻이자 주인공이 생전 처음으로 갖게 된 이름이다. 집도 주인도 없이 거리를 떠돌며 이유도 없이 얻어맞는 것이 생활이 된 주인공에게 사람들은 공포와 증오의 대상이다. 그래서 그는 언제나 사람들에게 이빨을 드러내고 으르렁거린다.

어느 여름날 아름다운 소녀가 나타나 그를 다정하게 '꾸사까'라고 부르며 관심을 보이기 시작한다. 누그러지지 않은 공포와 증오심 때문에 반항하던 그는 생전 처음 느껴 보는 이 애무와 관심에 차츰 익숙해지고 결국에 가서는 방어태세를 풀고 만다. 그는 이제 누군가 예고 없이 발길질을 하더라도 예전처럼 저항할 수 있는 힘이 남아 있지 않음을 느낀다. 그리고 놀라운 일이 일어났다. 규칙적인 식사와 사랑 덕분인지 지저분하고 덥수룩했던 그의 털에는 윤기가 흐르고 두 눈은 반짝반짝 빛나기 시작했다.

하지만 행복은 오래 지속되지 않았다. 어느 날 갑자기 소녀와 그녀의 가족은 도시로 떠나 버리고 별장은 텅 비게 된다. 갑자기 찾아왔던 행복은 갑자기 사라져 버리고 이제 다시 혼자가 된 꾸사까는 허공을 향해 울부짖는다. 야성을 버리고 한때나마 안락함에 길들여졌던 꾸사까의 외로움은 더욱 깊을 수밖에 없다.

앞에서 인용한 작가의 말은 거꾸로도 해석할 수 있다. 삶에서 고통을 받은 것은 동물뿐만이 아니다. 인간들도 똑같은 고통을 감내하고 있다. 눈을 크게 떠보면 우리 주변에는 버려진 애완동물들과 마찬가지로, 버려진 사람들도 있다. "모든 생명은 똑같은 영혼을 갖고 있습니다. 모든 생명은 똑같은 고통을 느낍니다." ― 레오니드 안드레예프.

예브게니 자먀찐_Евгений Замятин

사흘

예브게니 자먀찐(Евгений Замятин, 1884~1937)

러시아 땀보프현 레베잔에서 성직자인 아버지와 음악가 사이에서 출생, 뻬쩨르부르그 대학 조선학과 졸업했다. 학창시절 볼셰비키 혁명운동에 가담했다가 체포되어 수감되고 고향으로 유배되기도 했다. 1908년 볼셰비키당을 탈당하고 문단에 데뷔했고, 거칠고 침체된 지방을 묘사한 중편 「지방생활」(1912)을 발표하면서 이름을 알렸다. 10월 혁명에 동조하고 환호하지만 그것은 곧 불안과 혐오감으로 바뀌고 만다. 헉슬리의 『멋진 신세계』(1932), 조지 오웰의 『1984』(1948)로 이어지는 반유토피아 소설의 효시가 된 SF소설 『우리들』을 1920년 완성하지만 국내에서 이데올로기 비판을 받게 된다. 이후 사실상 집필활동이 불가능해진 자먀찐은 1931년 스딸린에게 망명 허가를 요청하지만 건강이 악화된 1932년에 이르러서야 고리끼의 중재로 망명이 허가된다. 생활고와 지병, 조국에 대한 그리움에 시달리다가 쉰셋의 나이로 파리에서 세상을 떠났다.

사흘
Три дня

태양, 모래, 검은 얼굴의 아랍인들, 모래, 낙타, 야자나무, 모래, 선인장. 장소를 이동하면 아랍인들이 터키인들로 바뀌지만 태양, 낙타, 모래는 여전하다. 어딜 가든 똑같이 대기는 청명하며 눈이 멀 것 같은 해가 쨍쨍 내리쬔다. 한 항구에서 다른 항구로 이동할 때면 비단같이 부드럽게 부서지는 파도 소리가 사람들의 눈과 귀를 에워싼다. 여행이 막바지로 가면서 온갖 인상들의 무게에 짓눌려 비단 같은 파도 소리 외에는 거의 아무것도 보이지도 들리지도 않게 된다. 그리하여 모든 대화가 "자, 이제 오데사에 도착하면……"이라는 말로 시작되는 것이다.

그리고 마침내 도착이다. 해가 지고 있으니, 늦은 도착이었다. 세관검사는 내일이나 있을 것이고 그때까지 육지에 발을 디딜 수가 없다.

"멀리서라도 감상들 하세요. 그림의 떡이지만" 하고 선지 자 모세처럼 하얗고 긴 턱수염을 천천히 쓰다듬으며 선임 기 계기사가 낄낄댄다.

거리의 소음이 수면 위를 달려서 우리 있는 곳까지 들려온 다. 도시의 상공에 황금빛 먼지구름이 피어오른다. 우리 돛 대의 꼭대기 부분과 선창의 유리가 시뻘겋게 타오르더니 순 식간에 사그라들면서 어둠이 찾아온다.

하얀 군함 두 척이 황혼 녘의 파란 캔버스를 배경으로 날카 롭게 도드라져 보인다.

"그런데 군인들이 여기서 뭐 하고 있는 겁니까?"

"장교 나으리들께서 오데사 아가씨들이 보고 싶어서 이리 온 게죠……" 하고 기계기사가 또 말을 받는다. 그는 언제나 무엇이든 모르는 게 없다. 망원경을 들더니 "군함 한 척과 소 형 수뢰정 한 척, 세바스또뽈 함대 소속이군요" 한다.

우리는 선실로 자리 내려간다. 밤은 평소와 다름없이 천진 한 정적에 쌓여 있다. 깊은 어둠 속에 이미 불꽃이 던져져서 폭발하기 일보직전이라는 사실을 의심조차 하지 않은 채…….

* * *

아침 해가 솟자마자 선상은 온통 난리법석이다. 세관원들이 온 것이다. 꼭 지옥의 악마들처럼 쇠갈고리를 가지고 쑤시고 다닌다. 평소와 다름없이 먼지와 땀으로 뒤범벅된 하루가 시작된다. 식사를 하는 사람들의 표정이 모두 술렁인다. 어서 모든 것이 끝나고 시내로 들어갔으면 하는 것이다. 벌써 뭍에 다녀온 사람은 백발 수염의 기계기사뿐이다. 세상 어디를 가든 비빌 둔덕이 있는 그인지라 아침 일찍 세관원들이 들이닥치기 전에 수를 써서 항구에 다녀온 것이다. 이제 앉아서 온갖 뉴스와 사건, 그리고 믿기 힘든 이야기들을 늘어놓고 있다.

"헤헤……. 여러분들은 여기서 빈둥대느라 무슨 일이 일어나는지 꿈도 못 꿀 겁니다! 난리가 났다니까요, 난리! 무슨 일이냐구요? 저기 군함에서 장교들을 모두 배 밖으로 던져 버렸다는 겁니다. 중위 하나가 수병을 총으로 쏴서 폭동이 시작됐다는군요……. 거짓말이라구요? 믿기 싫으면 관두시든지요!"

테이블에 앉은 사람들은 웃고 있었다. 노인네 허풍쯤이야, 원하신다면 들어드리죠 하면서…….

식사가 끝나자 기관사 그리고리 바실리예비치가 내 팔을

끌고 자기 선실로 데려가더니 문을 닫았다. 그의 오른손에는 손가락 두 개가 없었는데 그래서 항상 손을 감추곤 했다. 그런데 지금 그는 그 사실조차 잊었는지 손을 휘저어가면서 말을 했고 눈앞에 손가락 잘린 부위가 왔다 갔다 했다.

"들어보세요. 지금 노브이 방파제 위에 시체가 누워 있습니다. 틀림없는 사실입니다. 사람들이 그쪽으로 가고 있는데 인산인해예요. 무슨 난리가 생길는지 모르겠습니다……. 들어보세요. 같이 가 보지 않겠어요?"

그리고리 바실리예비치는 믿을 수 있는 사람이다. 그렇다면 정말 무슨 일이 일어난 걸까……. 즐거운 흥분감으로 심장이 두근거리기 시작한다.

우리는 해안가를 따라서 육지를 빠른 속도로 걷는다. 하늘에는 태양이 작열하고, 바람은 잦아들었다. 바다 쪽은 바라보려다 햇빛에 눈이 부셔서 고개를 돌렸다.

선로 같은 것을 지나서 막다른 골목에 이르러 세관창고들이 있는 회색빛 거리에서 방향을 꺾자마자 갑자기 우리는 예기치 않게 시내에서 항구 쪽으로 밀려 내려가고 있는 사람들의 무리에 끼게 되었다. 뭔가 십자군 원정을 연상시킨다. 군중은 각양각색의 모습을 하고 있다. 파나마모자를 쓴 사람, 맨발의 아이들, 군인들, 장갑, 비단 양산, 낡은 구두, 높이 세운 옷깃들…….

계속 걷는다. 등 뒤에서 굼뜨고 느린 목소리가 들린다.

"저기 흑해 사람들이 벌써 말했었잖아. 이쪽으로 오겠다고. 자 봐, 이제 도착한 거라구."

뒤를 돌아보니 얼굴에 곰보자국이 있는 병사 하나가 동료와 말하고 있는 것이었다.

"저기 장교들도 모조리 죽은 게 아니라니까. 그냥 가둬 둔 거지. 내가 잘 알아. 내가……."

그쯤에서 말은 끊기고 군중 속으로 사라져버렸다. 우리 옆에는 다른 사람들이, 대학생 하나와 아가씨가 서 있다. 아가씨는 대학생에게 몸을 꼭 붙이고 있는 것이 떨고 있는 듯했다.

"뽀쫌낀(오데사 계단 신으로 유명한 S. M. 에이젠슈떼인 감독의 영화 〈전함 포템킨〉(1925)에 나오는 전함)은 최신형 전함이야." 대학생이 말했다. "알겠어? 뽀쫌낀이 정말로……. 그렇다면 그건……."

우리의 '십자군 원정대'는 노브이 방파제로 방향을 꺾었다. 거기부터는 미지의 사건 중심지로부터 멀지 않아서인지 사람들의 소리가 잦아들면서 무거운 분위기가 되었다.

나무 상자가 거대한 산처럼 쌓인 곳 옆에 몇 명의 사내들이 꼼짝 않고 보초를 서고 있었다.

"여기서 뭘 하고 계시는 겁니까?" 그리고리 바실리예비치가 물었다.

"아 네, 보드카를 지키고 있는 겁니다. 이 상자들은 관영전매용인데, 행여 냄새라도 맡으면 어쩌겠습니까! 우리는 위원회에서 나왔습니다."

검은 재킷 안에 헐렁한 셔츠를 입은 젊은이가 가로등 위로 기어올랐다. 그의 눈은 소녀처럼 파랬다. 그가 군중 위로 팔을 들었다.

"동지들! 오늘……."

사람들은 그의 말을 듣고 있었다. 내리쬐는 햇빛 때문에, 인파 때문에 현기증이 나는데다가 '검은 재킷을 입어서 틀림없이 굉장히 더울 텐데……' 하는 상황에 맞지 않은 엉뚱한 생각이 집요하게 나를 괴롭히는지라 젊은이가 무슨 말을 하고 있는 건지 알 수 없었다.

갑자기 인파가 둘로 갈라지면서 길이 트였다. 사람들이 그 길을 따라서 미지의 장소로 갔다가 다시 되돌아왔다. 이 모든 것에는 이상한 제 나름대로의 질서가 숨어 있었다.

사람들이 만들어 놓은 이 길을 따라서 그리고리 바실리예비치와 나도 걷기 시작했다. 사람들의 대열이 방파제의 머리 부분을 향해서 느리게 이동했다. 갑자기 우리 앞쪽에서 모자들이 하늘로 던져지더니 순식간에 정적이 감돌며 섬뜩한 느낌이 찾아왔다.

"아, 저기 그 사람이에요. 맞아요. 오 하나님……. 저렇게 잘생긴 청년이……. 꼭 살아 있는 것 같아요!" 옆에서 머릿수건을 쓴 여자가 흐느끼기 시작했다.

방파제 맨 끝 바닥에 깔린 깃발들 위에 수병 하나가 누워 있었다. 죽은 자의 얼굴은 누런 빛을 띠고 있었으며 평온해 보였다. 낮에 보는 밀납초의 불빛은 언제나 으스스하다. 주위를 둘러싼 사람들은 모두 소근소근 이야기를 한다. 시체의 머리맡을 얼굴이 하얀 동료 수병 둘이 지키고 있다. 망자의 어머니가 앉아 있어야 할 바로 옆자리에는 붕붕 부은 얼굴에 걸레로 이마를 칭칭 감은 부랑자가 앉아 있다. 부랑자는 고개를 끄덕거리며 얼굴을 찡그리고 있는 것이 아마도 울고 있는 것 같다.

저자는 누구이고 왜 저러고 있는 것일까?

사람들이 시신 옆에 놓인 접시에 돈을 던지고는 옆으로 비켜선다. 나는 멀찌감치 서서 고인의 가슴에 핀으로 꽂아 놓은 종잇조각에 쓰인 내용을 읽는다. 햇빛 아래서 종이가 새하얗다. '내 죽음에 대해서……' 라고 쓰여 있는 마지막 구절만이 보인다.

엄숙한 적막이 갑작스러운 고함소리 때문에 깨진다.

"모자 벗어! 거기 너!"

중절모자를 쓴 신사에게 수병 하나가 소리친다. 그리고 가까이 서서 듣던 사람들 모두가 합창으로 "거기, 모자 벗어! 귀가 먹은 거야, 뭐야?" 하고 소리친다. 중절모자를 쓴 신사는 쓴웃음을 지으면서 모자를 벗는다. 다시 조용해진다. 머릿수건을 쓴 여자만이 흐느껴 울고 있다.

"하나님, 이렇게 잘생긴 청년을, 이렇게 젊은 사람을……. 오 하나님!"

위에서 태양이 작열한다. 양초들은 누렇고, 뾰족한 고인의 코도 누렇다. 웅얼거리는 기도 소리들이 들리자 섬뜩해진다……. 오늘 오데사 전체가 뭔가 새롭고 평소와는 달라진 느낌이다.

사람들의 행렬에 끼어서 군인들, 비단 양산들, 사내아이들 옆을 지나 우리는 시내로 들어간다. 제리바솝스까야로(路), 리셀리옙스까야로를 지난다……. 예상과는 달리 이곳은 평소와 다름이 없다. 잘 차려입은 여자들, 신문팔이들, 꽃 파는 여자들. 거리는 조용하고 날씨는 무덥다.

"목이 말라 죽겠군. 지금에야 깨달았네" 하고 그리고리 바실리예비치가 말했다.

테이블에 앉아 황급히 목을 축였다.

"이제 그만 일어설까요?"

"그러죠."

어디로 갈지 말할 필요도 없었다. 지금 아까 그 자리, 아래쪽 항구 외에 갈 데가 달리 어디 있겠는가?

저 멀리 사람들의 검은 머리들이 파도처럼 움직이고 있었고 이상한 굉음이 들려왔다.

"오-오-우-우-아-아……."

사람들은 위로 모자를 던지고 손을 흔들었다. 그제야 우리는 무슨 일인지 알 수 있었다. 수천 명이 동시에 소리를 지르고 있는 것이었다.

"오-오-온-다-, 와. 오고 있-어-어-어……."

우리가 제 발로 앞으로 나간 것인지 아니면 인파에 떠밀려 간 것인지는 모르겠지만 얼마 후 우리는 바닷물이 코앞에 보이는 해안도로 가장자리에 도착했다. 눈부시게 하얀 군함으로부터 우리가 있는 육지 쪽으로 갈매기처럼 가볍고 뾰족한 소형 쾌속정 한 척이 다가오는 것이 이제 아주 또렷하게 보였다. 수병들의 하얀 세일러복과 얼굴을 알아볼 수 있었다. 그들이 육지에 도착했다.

"마-아-안-세-에-에!" 뒤에서 우레와 같은 고함 소리가 들렸다.

사람들이 앞으로 한꺼번에 몰리면서 정신병자들처럼 다른 사람의 어깨를 밟고 높은 곳으로 찾아 올라가 "마-안-세-에!" 하고 소리쳤다.

나는 주변을 돌아보았다. 높은 가로등의 쇠기둥들에 사람들이 매달려 있었다. 어떻게 순식간에 저길 올라간 것일까? 사람들은 하얀 깃발을 흔들었고 공중에 수많은 챙모자와 부인모자들이 헹가래를 치고 있었다. 소형 쾌속정에 탄 수병들이 입을 열었다. 그들도 소리를 지르고 있었지만, 목소리가 전혀 들리지 않았다.

그렇다. 전함 뽀쫌낀의 수병들이 바로 저 아래, 우리 코앞에 와 있는 것이다. 그리고 왠지 그중 한 수병의 얼굴이, 아래로 축 늘어진 밝은 아마색의 콧수염을 한 교활하게 생긴 우끄라이나 녀석의 면상이 그 후 내 머릿속에 영원히 남았다.

소형 쾌속정의 우끄라이나 녀석이 브리지 위로 올라서더니 조용히 하라며 손을 흔들었다.

그가 한 것처럼 뭍에서도 수십 명이 방파제 기둥 위로 올라가 손을 흔들고는 "조-오-요-옹-히, 조-용-히!" 하고 소리쳤다. 웅성거리며 바짝 긴장돼 있던 인파가 놀랍게도 순식간에 잠 잠해졌다. 사람들은 입을 다물고 발꿈치를 반짝 들고 서서 그의 말에 귀를 기울였다. 모두들 가슴을 졸이며 뭔가 중대하고 끔찍스런 이야기가 나올 것을 기대하고 있었다.

소형 쾌속정을 타고 온 수병이 뒤통수를 긁적이더니 말했다.

"그러니까, 그 뭐냐……. 식량이 좀 필요합니다. 식량을 좀 가져다주셨으면, 아, 이거 참……."

군중의 예상을 벗어난 그의 요구는 너무나도 일상적이고 순박한 것이었다. 한숨 돌린 인파 속에서 웃음소리가 터져 나왔다.

"수병들에게 식량을 가져다주자! 먹을 게 필요하다잖아……."

"이거 수병들도 우리랑 똑같은 사람이로군. 다 같은 사람이야. 먹을 게 필요하다잖아. 당연히 그렇겠지."

소형 쾌속정이 살짝 흔들렸다. 수병들은 말뚝에 갈고리를 걸고 균형을 잡고 있었다. 마치 다들 자기 주머니 속에 식량을 가지고나 다니는 것처럼 순식간에 인파 사이에서 감자 부대, 빵, 소시지, 그리고 내용물을 알 수 없는 보따리들이 나와서 부두 쪽으로 옮겨져 아래로 던져졌고 수병들은 능숙하게 그것들을 낚아챘다.

"됐습니다, 됐습니다. 고맙습니다!"

아래로 늘어진 콧수염을 한 우끄라이나 녀석이 다시 브리지로 올라와 손을 나팔처럼 만들어서 소리쳤다.

"형제들, 병사 한 명을 이제 우리에게 보내 주십시오! 병사하고 할 얘기가 있어요. 보병을 한 명 보내 주세요."

인파가 웅성대며 이리저리 서로 밀치더니 한 사람이 앞으로 나왔다. 아까 본 곰보자국이 있는 병사였다. 곰보가 앞으로 나와 부두 난간에 배를 기대고는 사람들의 시선도 아랑곳하지 않고 뽀쫌낀의 수병들과 협상을 시작했다.

"지금 우리를 대표할 사람을 데리러 병영에 사람을 보냈습니다. 지금 저랑 협상을 해도 별 지장은 없을 겁니다만……."

"그래, 형제들, 그쪽은 어떻습니까?" 아래, 소형 쾌속정에서 하는 소리다.

"뭐라 해야 할까요. 여러 가집니다. 우리 부대 같은 경우는 문제가 없는데……. 다른 부대들이, 제기랄 것들……."

병사는 모모 연대, 병영 이름을 대면서 아래까지 들리도록 고래고래 소리를 질렀다. 그리고 아래에서도 대답하면서 소리를 질렀다. 군중은 조용히 협상을 지켜보았다. 모든 것이 단순하기 그지없다.

소형 쾌속정의 엔진이 털털 소리를 내며 돌아가기 시작했고 수병들이 모자를 흔들었다.

"안녕히 계십시오, 형제들. 감사합니다!"

또 다시 만세 소리에 이어 거친 환호의 외침, 가로등에 매달린 사람들, 하늘로 던져진 모자들.

그리고리 바실리예비치와 나는 그 자리에 없는 것이나 마찬가지였다. 우리는 이리저리 좌우로 떠밀리면서 난간으로 밀쳐졌다가 다시 군중들 가운데로 밀려 들어갔다. 군중은 이리저리로 요동치면서 파도처럼 전진하며 이동했다. 환호하는 사람들 사이에 팽팽한 긴장감이 먹구름처럼 짙어지기 시작하는 것이 눈에 보이는 듯했고, 그것이 어떻게든 무엇으로든 터져 버릴 것만 같았다. 다시 여기저기에서 연사들이 보이기 시작했다. 하지만 사람들은 이미 그것에는 별 관심이 없었다. 인파는 점점 늘어나 발 디딜 틈이 없었다.

그리고 갑자기 왼쪽 어디선가 또 만세 소리가 터져 나왔다. 소리는 폭풍우 속 최초의 파도처럼 울렁이며 높아지다가 두 번째, 세 번째 함성이 그 뒤를 이었다. 이제 폭풍우 같은 환호성 외에는 아무 소리도 들리지 않았고 그 소리에 기선이 단속적으로 울려대는, 기분 나쁘도록 쾌활한 경고 기적 소리가 겹쳐졌다.

노브이 방파제에 아주 가까워졌을 때 거대한 검은 기선 하나가 눈에 들어왔다. 기선이 뽀쫌낀의 소형 수뢰정에 의해 견인되고 있다. 기선에는 사람들이 빼곡했다. 브리지 위에 붉은 깃발이 펄럭이고 노동자 수십 명이 보였다. 모두 모자를 흔들며 기적 소리로 육지에 인사를 하고 있었다. 한편 해안에선 사람들이 미친 듯이 열광하며 달리면서 만세를 외쳤다.

정황을 아는 사람들 말로는 뽀쫌낀에 석탄이 필요했다는 것이었다. "그러니까 말입니다. 바로 저 뽀쫌낀의 소형 수뢰정이 다가와서 급탄선을 견인해 갔어요. 급탄선이 수뢰정한테 대항할 수가 있겠습니까? 이제 뽀쫌낀에 석탄이 공급됐으니 우리 편은 이제 걱정할 것 없습니다!"

급탄선이 떠났다. 여섯 시였다. 태양이 마지막 힘을 다해 내리쬐었다. 사람들은 숨을 헐떡이며 마지막 기운으로 버티고 있었다. 무슨 일이 반드시 터질 기세였다. 반드시!

그리고리 바실리예비치와 나는 저녁을 먹으러 기선으로 돌아왔다. 육지에서는 무슨 일이 터질지 모르는 상황에서 고요하고 안락한 승무원실에 앉아 있다는 것은 참으로 이상한 기분이었다……. 그렇다. 그곳에서 무슨 일이 일어나는지 어찌 알겠는가. 그곳에선 지금 예기치 못한, 놀라운 일이 일어나고 있을 수도 있다…….

아무 말 없이 해가 빨갛게 이글거리며 지고 있었다. 우리는 다시 노브이 방파제로 나갔다. 고함 소리가 들려왔다……. 아까와 같은 소나기가 내리는 듯한, 숲 속의 나무들이 내는 듯한 소리가 아니다. 이번에는 날카롭고, 귀를 찌르는 듯 까마귀가 까악까악대는 듯한 소리가 단발적으로 들려왔다.

잔교(棧橋) 아래 더러운 양동이를 든 남자가 서서 뭔가를 팔고 있었다. 처음에는 뭔지 알 수 없었다.

"……마수걸이로라도 사 가세요! 십 꼬뻬이까짜리 은화 세 개에 한 양동이 다 드려요. 에라, 은화 두 개에 드려요! 샴페인 사세요……."

"저런……병을 깬 모양이군!" 그리고리 바실리예비치가 절망적으로 말했다. 이번에도 손가락에 대해서 잊었는지 눈앞에 그의 잘려 나간 손가락 부위가 왔다 갔다 했다.

아까 아침에 이곳에서 본 것은 도대체 어디로 사라져 버린 걸까? 무슨 일이 있긴 있었던 걸까? 이젠 믿기지가 않았다.

도처에 새우등을 한 사람들이 부대와 보따리를 짊어지고 이러저리 뛰어다니고 있었다. 생쥐처럼 재빠른 머릿수건을 쓴 여자들과 퉁퉁 부어서 감자 같은 얼굴을 한 부랑자들이 좌우를 살피면서 구석으로 몸을 숨기며 도마뱀처럼 어두운 골목길로 뛰어 들어간다…….

세관 창고 부근은 난리법석이 벌어지고 있었다. 이따금 뭔가 쿵 소리를 내고 무너지면서 먼지가 뭉게구름처럼 솟아올랐다. 어디선가 도끼와 손지레가 여럿 나타났다. 여기저기서 기둥을 도끼로 찍어대고 지붕이 날아가는데도 옆에 선 구경꾼들은 비켜서지도 않고 함성을 지르며 창고로 달려 들어가 안에서 헤적이면서 물건을 꺼내 오고 서로 뺏고 난리법석이었다. 날아간 지붕에 맞아 한 사람이 죽었다고 한다. 아무도 그에게는 신경을 쓰지 않았다…….

나무상자가 산처럼 쌓였다. 오늘 아침 이곳에는 '위원회에서 나온' 사람들이 있었다. 군중이 그들을 몰아낸 것이다.

쌓인 상자들 꼭대기에 맨살에 조끼 하나만 달랑 입은 맨발의 남자가 서 있다. 양손에 병을 하나씩 들고서 한 병씩 들이켜고는 내던졌다. 그가 비틀거리자 상자들이 우당탕탕 소리를 내며 아래로 무너졌다.

잠시 후 부서지고 쪼개진 상자 더미 속에서 위에 서 있던 남자가 일어났다. 유리 조각에 찢긴 양팔에서 피가 솟는데도 그는 몸을 수그리더니 새 병을 꺼내 들어 목을 따서는 머리를 뒤로 젖히고 마신다. 양팔에서 피가 솟았다…….

포도주가 담긴 통들이 보였다. 바닥이 깨져 있다. 사람들이 달려와 모자로, 손바닥으로, 깡통으로, 양동이로 포도주를 퍼 담았다. 담아서 가져가는 사람, 자리에서 마시는 사람, 땅에 쏟아버리는 사람 다양했다. 방파제의 인도 위로 포도주가 시내가 되어 흘렀다. 상쾌한 소나기가 한바탕 지나간 것 같았다. 그 시내 위로 판자로 다리가 놓여졌다…….

다 마셔 버릴 수도, 가져갈 수도 없는 노릇인지라, '그놈들' 한테 남겨 주느니 다 못쓰게 만들어 버리자는 심산인가 보다. 남은 포도주는 바다에 부어졌다!

방파제를 따라서 바다 위를 거울, 나무로 된 격자상자에 든 자전거, 상자, 나무통, 종이상자들이 둥둥 떠다녔다. 바다로 알코올과 휘발유 통을 들이붓는다. "헤이, 한번이라도 거창하게 놀아 보세." 어디선가 노랫소리가 들려왔다. 오래된 강도, 해적들의 노래 같았다.

우리는 좁은 도로를 따라 시내로 올라갔다. 도로는 한적해 보였지만, 좌우로 발코니, 창문, 살짝 열린 쪽문 곳곳에 바깥 상황을 주시하는 눈들이 반짝이고 있었다. 돌로 만든 보도블록 위를 까자크 기병척후대가 따각따각 말발굽 소리를 내며 지나가다가 갑자기 어디론가 내달렸다. 창과 쪽문들이 황급히 닫혔다.

위쪽에서 우리는 다시 한 번 부두 쪽을 돌아보았다. 그곳은 여전히 사람들이 왔다 갔다 하며 쿵 소리를 내고 뭔가 무너지고 환호하고 있었다. 지는 태양의 마지막 붉은 빛줄기가 빛났다…….

활기차고 잘 꾸며진 시내의 인도를 따라 걷고 있는데 갑자기 도로 한복판에 군인들이 진을 치고 있는 것이 보였다. 병사들은 가총(架銃)을 해 놓고 옆에 앉아 반합에 뭔가를 요리하고 있었다. 전시상태다.

하지만 산책로의 카페에 앉아 있는 사람들은 이와는 상관없이 즐겁게 즐기는 분위기였다. 우아한 부인들, 예의 바른 신사들이 손잡이 달린 안경, 오페라글라스 아니면 망원경을 들고 앉아 있었다. 모든 사람들이 아래 뽀쫌낀 쪽을 주시하면서 어서 무슨 일이라도 일어나주기를 기다리는 듯했다. 마치 극장에서 막이 오르기를 기다리는 것처럼.

그리고리 바실리예비치가 이빨 사이로 욕지거리를 군시렁댔다.

"오페라글라스라! 당장 무슨 일이 일어날지도 모르는데……."

그가 말을 채 끝내기도 전에 고막이 터질 듯한 굉음과 타격음이 들려왔다. 유리창이 산산조각이 나면서 땅 위로 쏟아졌다. 일순 온몸이 경직됐다가 '뽀쫌낀이 선제공격을 시작했다'는 생각이 번개처럼 머리를 스쳤다. 그리고 사방이 사람들의 고함 소리로 덮였다.

사람들은 아연실색하여 어디론가 달려갔다. 식기가 놓여 있는 테이블과 의자, 벤치를 박차고 나가면서 넘어졌다. 남자들은 땅 위에 쓰러진 우아한 부인들의 몸을 훌쩍 뛰어 넘어갔다. 순식간에 산책로에 있던 까자크 척후기병대 몇 개 부대가 쓸려나갔다. 문 뒤로 숨은 자들이 있는가 하면 건물 벽에 얼굴을 붙이고 서 있는 사람들도 있었다.

나는 간신히 그리고리 바실리예비치를 찾을 수 있었다. 그는 힘겹게 숨을 쉬면서 얼굴을 손수건으로 닦으며 침을 뱉었다.

"사람들이 밀어서 그만 넘어졌습니다. 나를 밟고 넘어가지 뭡니까. 사람들하고는!....."

"뽀쫌낀이 왜?' 내가 물었다. "왜 갑자기……."

"뽀쫌낀이 절대 아닙니다! 이건 사람들이 까자크 부대에
폭탄을 던진 겁니다. 삐로그 가게 두 개가 날라갔고, 장교들
이 다쳤습니다. 바로 저기 저쪽을…… 보시라구요!'

응급마차가 사이렌을 울리며 빨간 불을 켜고 달려왔다. 응
급마차가 약국 옆에 멈췄다. 뭔가를 들것에 실고 나왔다.

녹색과 빨간색 병들이 서 있는 환한 진열장 앞에 피를 보고
흥분한, 탐욕스러운 호기심으로 가득 찬 구경꾼들이 떼를 지
어 발뒤꿈치를 들고 구경하고 있었다.

"저것 좀 봐, 목이 완전히……."

"머리카락이 완전히 들러붙었네……. 이런 젠장……!'

어디선가 소총 일제사격 소리가 탕탕탕 들려왔다. 군중이
산책로로 쏠렸다. 그곳에는 기병대의 둔중한 검은 말들이 벽
처럼 서 있었고, 까자크 기병척후대는 한 사람도 통과를 시키
지 않을 기세였다.

"흩어지세요! 흩어져!' 당황한 경찰서장의 목소리는 이제
고함이 아니라 쉬어서 나왔다.

하지만 아무도 자리를 뜨지 않았다. 모두가 뭔가를 집요하
게 기다렸다. 어떤 사람들은 말 없이 꼼짝도 않고 대문 아래
서 있었다. 사거리에는 사람들이 시커먼 무리를 지어 뭔가를
기다렸다.

그리고 기다리던 것이 왔다. 저 아래 사람들이 궐기했는지 시뻘건 연기가 피어올랐다.

"불을 질렀다, 불을 질렀어!"

"활활 타는데, 검역소인가······?"

"검역소라······. 검역소 좋아하고 있네! 노브이 방파제가 타고 있는 거라구."

어둠 속에서 모습이 보이지 않는 사람들이 환희에 찬 목소리로 이야기를 하고 있었다. 마치 이 순간만을 기다린 듯했다.

"들어보세요. 뽈스끼 언덕길로 갑시다. 어쩌면 거기선 우리를 아래로 통과시켜 줄지 모르겠어요." 그리고리 바실리예비치가 말했다.

뽈스끼 언덕길은 아주 조용했지만 거리가 멀었다. 계단 맨 아래에 병사들이 앉아 있었고, 그 위에는 반원형으로 사람들이 자리를 잡고 앉아 있었다. 사람들의 눈동자에 불빛이 반사되어 이글댔다. 모두 말 없이 지켜보고 있었다.

소총 사격 소리가 이제 더 자주 들려왔다. 노브이 방파제, 아르부즈나야 부두, 따모젠나야로(路) 모든 곳에서 창고들이 불타고 있었다. 석탄 창고들은 강력한 불길이 지면에 가깝게 타오르고 있었고 요트클럽의 목조탑은 온통 불길에 휩싸여 하늘 높이 솟은 양초처럼 서 있었다.

항구에는 도시를 떠나려는 기차와 기선들이 필사적으로 기적 소리를 울리고 있었다. 쿵쾅소리와 함께 닻이 위로 올려졌다. 그것은 아까 찬반에 요리를 하던 병사들로, 그들은 가슴을 쓸어내리며 황급히 항구를 떠나고 있었다. 해안에 계류 중이던 선박들에 불이 붙기 시작했다. 탑재 보트들에 먼저 불이 옮겨 붙었고, 그리고 나서는 갑판과 돛대도 타기 시작했다. 바라보고 있노라면 화염 속에 시뻘겋게 달궈진 쇠들이 휘어지고 굽어지고 하는 것이 눈에 들어왔다.

등 뒤로 시뻘건 불빛을 받으며 소총을 든 병사 하나가 계단을 올라와 숨을 헐떡이며 누군가의 앞에 멈춰 섰다.

"어떻게 됐나?" 목소리가 들린다. 장교였을 것이다.

"끔찍합니다, 장교님! 저기 폭도들이 설탕 창고에 불을 질렀습니다. 설탕이 녹아서 흘러내리기 시작했는데 술이 곤드레가 된 자가 지붕 위에 서 있다가 그만 녹은 설탕으로 곧장 떨어졌습니다, 장교님! 상욕을 해대더군요. 그를 구하려고 또 다른 주정뱅이들이 달려들었는데 그 사람들도 설탕 속에 빠져서, 오오 끔찍했습니다! 그러더니 총을 쏘고, 계속 총을 쏴대고 있습니다……."

넋이 빠져서 말 없이 불길을 쳐다보고 있던 사람들이 갑자기 정신을 차린 듯 웅성대더니 일어나서 흩어지기 시작했다. 그들은 서성거리며 총격전이 벌어지는 곳으로 가지 않기 위해 귀를 기울였다.

"우리도 슬슬 기선으로 돌아가야 되지 않을까요?" 내가 그리고리 바실리예비치에게 말했다. "더 늦으면 지나가지 못할 것 같은데요."

"지금도 지나가지 못하기는 마찬가지지요." 그가 무심하게 대답했다. "어쨌든 해봅시다."

군인들이 우리를 통과시켜 주었다. 아래로 내려오자 우리는 갑자기 칠흑 같은 어둠 속을 헤매게 되었다. 가로등은 꺼져 있었고 벽 위에 비친 활활 타오르는 불길만이 길을 비춰 주었다.

어둡고 낯선 길들과 골목들이 나타났다. 집들은 사람들이 떠났는지 텅 비어 있다. 멀리서 와자지껄한 사람들 소리와 쿵쾅대는 소리가 들렸다. 인도 양쪽으로 움직이지 않는 시커먼 부대들이 널려 있었다. 술에 취한 자들일까 아니면 죽은 사람들일까?

우리는 선로에 다가갔다. 화물열차들이 전속력으로 달리고 있었다. 건질 수 있는 것을 챙겨서 떠나는 것이었다. 건널목 앞에 응급마차가 멈춰 있었다. 기차에 다리가 잘린 사내를 마차에 싣고 있었다. 그 사내는 술에 취해 꼬부라진 혀로 즐겁게 뭔가를 중얼거리고 있었다.

노브이 방파제 옆은 완전히 환했다. 모든 것이 불타고 있었다. 나무판자를 깐 후에 타르 칠을 한 해안도로 전체가 불길에 휩싸여 있었다. 수백 통의 휘발유와 알코올이 쏟아부어진 해안가의 바닷물도 푸른 불길이 타오르고 있었다.

불과 포도주에 취한 인사불성의 사람들이 지글대며 타오르는 화염 소리보다 더 큰 소리로 고래고래 고함을 지르고 있었다. 붉은 화염이 반사되어 사람들을 비추었다. 어쩌면 사람들은 불 주변에 모여서 원시적인 춤을 추고 있는 것일지도 몰랐다. 어쩌면 오늘 그들은 자신들이 무엇이든 할 수 있다고 느끼고 있는 것일지도 몰랐다.

이곳에서 사람의 목숨은 파리 목숨만한 가치도 없었다. 그곳을 통과해야 한다는 사실이 끔찍했다. 우리는 위쪽 잔교 위로 올라섰다.

여기서는 마치 손바닥을 들여다보듯이 화염에 싸인 항구 전체가, 그리고 투명하게 흔들리며 물에 비친 불길로 뒤덮인 잔잔하고 무심한 거울 같은 바다가 한눈에 다 들어왔다.

우리가 잔교의 끝에 거의 도달했을 때, 갑자기 우리 기선으로 우리를 안전하게 데려다 줄 아래로 향한 계단이 있는 부분에 불길이 타올랐다. 그리고리 바실리예비치의 얼굴이 그때처럼 창백해진 것을 한 번도 본 적이 없었다.

되돌아간다는 것은 상상할 수조차 없었다. 여기 어딘가에 아래로 내려갈 때 쓰는 승강대가 있어야 했다! 그런데 보이지 않는다!

우리는 우왕좌왕하며 아마도 스무 번 정도는 승강대 옆을 그냥 지나친 것 같았다. 불길이 점점 가까워졌다. 나는 덮개에 발이 걸려 넘어졌다. 손에 승강대가 잡혔다.

우리는 아래로 내려갔다. 사람들은 우리 바로 뒤에서 불을 지르고 큰 소리로 괴성을 질러댔다. 하지만 우리는 이미 우리 기선이 정박해 있는 부두에 도착했다. 이제 곧 우리는 기선에 올라탈 수 있을 것이다. 곧 기선을 볼 수 있을 것이다. 바로 이 세관창고만 돌면…….

창고 뒤에는 기선이 없었다. 기선은 뭍에서 멀어져 오백 미터 정도 거리에 닻을 내린 상태였다.

우리는 목이 쉬도록 소리를 질렀다. 땅에 쏟아진 석유에 손 수건을 적셔서 불을 붙였다. 기적적으로 우리를 보았는지, 승강대를 내렸다. 우리는 이제 기선 안에 있었다.

주변의 모든 것이 활활 타오르고 있었다. 아무 말도 할 수가 없었다. 넋이 나가 그저 사람들이 하는 말을 듣고 있었다…….

일제사격 소리는 이제 더 이상 없었다. 대신 탕탕거리는 총소리가 끊임없이 그치지 않고 들렸다. 아마도 모든 사람의 가슴은 메아리 같은 전율로 떨리고 있었을 것이다. 그것은 소총 소리 때문이 아니라 대포 소리 때문이었다. 그 기계적인 소리는 건조하고 냉정하며 두려움을 불러일으키는 것이었다. 자정부터 대포 소리가 끊이질 않았다.

전함은 멀리 어딘가에 정박한 채 탐조등의 푸르스름하고 흰 빛으로 해안과 수면, 선박들을 비추고 있었다.

모두 침묵 속에 귀를 기울였다. 기슭에서 총소리에 긴 신음 소리들이 섞여 들리기 시작했다. 이제 아주 가까이서 들렸다. 선원 하나가 돛대 위로 올라가 위에서 말했다.

"여기서 모든 게 보여요. 아주 훤하게 보입니다. 저, 저런, 군인들이 사람들 위로 올라가서 검으로 사람들을……. 오 형제들이여!"

여기저기서 드문드문 억지로 쥐어짜낸 듯한 만세 소리가 들려왔다. 마치 마른 나뭇가지가 부서지는 것 같은 연발 권총 소리들, 이어서 위쪽, 해안가에서 라이플총의 일제사격 소리가 들려왔다…….

총알이 애처로운 소리를 내며 돛대 부근을 지나갔다. 그리고는 우리가 앉아 있는 갑판 위 보트에 총알이 한 개, 두 개 날아와 박혔다. 여기서 아래로 몸을 숨겨야 했다.

기선의 발전기가 작동되지 않았다. 승무원실 안은 침침한 빛을 내는 기름램프가 흔들리고 있었다. 모두 아무 말 없이 앉아서 바깥 소리에 한없이 귀를 기울였다. 새벽 네 시경이 돼서야 총소리가 잦아들기 시작했고 우리는 각자 선실로 흩어졌다.

* * *

아침, 구름이 잔뜩 긴 하늘이 마치 진주알을 잔뜩 흩뿌려 놓은 것 같았다. 항구 전체가 흐릿한 연기에 가려 뿌옇게 보였다. 모든 것이 술에 취한 듯 울렁거리며 현실감이 없었다.

보트 한 대가 기슭을 떠나 우리 쪽을 향했다. 누굴까? 물론 그것은 백발 턱수염을 한 우리의 나이 든 기계기사였다.

승강대로 올라와서는 선지자 모세처럼 긴 턱수염을 쓰다듬는다.

"겨우 여러분께 돌아왔습니다. 아무도 통과를 안 시켜 주지 뭡니까. 나야 아는 사람이 있어서 겨우……."

뚱뚱한 우리 선장 루까 뻬뜨로비치의 얼굴이 울그락불그락해지더니 펄펄 뛰기 시작했다.

"내가 항구에 나갈 일이 있으면 어쩌란 말이야? 망할 놈의 것들……."

기계기사가 얄밉게 웃었다.

"어쩌겠습니까! 저야 통과시켜 줬지만 선장님은 안 해 줄걸요. 전시상황이라니까요, 전시상황. 쌍안경으로 한번 들여다보세요. 해안 쪽을 들여다보세요."

차례로 쌍안경을 들여다보았지만, 해안선 어디를 둘러봐도 군인 천지였다.

기계기사는 '제가 뭐라 그랬어요'라고 말하듯이 흐뭇한 표정을 짓고 있었다.

"자, 이제 이쪽을 보세요. 기차랑 승강장들이 보이세요? 저기 저기요!"

물론 보였다. 저게 뭘까? 멍석으로 덮은 뭔가를 운반 중이었다.

"흠, 뭔가라구요……. 그게 뭔지 아세요?"

그가 우리 귀에 대고 속삭였다. 그의 말을 듣고 나니 손에 든 쌍안경이 갑자기 덜덜덜 떨리면서 저 멀리 멍석 밑으로 팔과 다리가 보인 것만 같았다……

그런데 기관사는 뒤에서 누군가에게 말했다.

"그게 이제 벌써 세 척이 됐지요."

"그게 뭔데요?"

"뽀쫌낀하고 행동을 같이하는 배들 말입니다. 밤에 군함 베하가 도착했어요. 거기도 상황은 똑같다고 하더라구요. 장교들을 포박해서 뽀쫌낀으로 넘긴 후에 뽀쫌낀 옆에 닻을 내린 거죠."

살펴보니 그의 말은 사실이었다. 군함 세 척이 항적을 따라서 있었고, 이 말은 아직 모든 것이 끝나지 않았다는 뜻이었다. 어쩌면 앞으로…….

항구 소속 순시선이 증기를 내뿜으며 우리 배로 접근했다. 갑판으로 키가 작은 날카로운 눈매의 선장이 기어 올라왔다.

"제발, 루까 뻬뜨로비치, 어서 떠나세요. 모든 선박에 항구에서 떠나라는 지시가 있었습니다. 가능한 빨리요!"

"그렇지 않으면?"

"그렇지 않으면……."

눈매가 날카로운 선장이 짐짓 속삭이는 체하면서 모든 사람에게 들리도록 말했다.

"분함대가 이리로 오고 있어요. 뽀쫌낀을 생포하든지 침몰시키라는 명령이 떨어졌습니다. 기밀사항인데 말씀드리는 겁니다!"

루까 뻬뜨로비치는 고향말로, 그러니까 우끄라이나말로 욕지꺼리를 해대고는 소리쳤다.

"전 승무원, 갑판으로! 젠장맞을 놈의……."

선원 중 절반이 어디로 갔는지 집합에 응하지 않았다. 루까 뻬뜨로비치는 펌프처럼 숨을 헐떡거렸다.

"그러니까…… 그렇지, 항구를 떠나라는 지시가 떨어졌다. 다들 알아듣겠나?"

선원들은 서로를 쳐다보면서 망설이고 있었다. 잠시 후 한 쪽 귀에만 귀걸이를 한 씩씩한 선원 하나가 앞으로 나섰다.

"절대 그럴 수 없습니다, 루까 뻬뜨로비치. 위원회가 봉기를 명령했단 말입니다."

"위원회라니 무슨 위원회? 자네들 누구한테 고용된 건가? 위원회가 자네들을 고용했는가? 망할 놈들 같으니! 마음 같아선 자네들 모두를……."

선장은 소리를 지르고 발을 동동 굴렀다. 하지만 선원들은 '위원회의 지시가 없는 한' 자리에서 한 발짝도 움직이지 않겠다고 고집을 피웠다.

루까 뻬뜨로비치는 침을 탁 뱉고는 부선장과 귓속말을 했다. 선임 기계기사가 부선장과 동행하여 부두로 나가 초병선(哨兵線)을 통과시켜 주었다.

한 시간에서 한 시간 반 정도가 지난 후 부선장이 돌아왔다. 다시 선원들을 집합시켜 열을 세워 놓았다. 루까 뻬뜨로비치는 혼란에 빠진 듯 다음과 같이 선포했다.

"자, 그러니까 바로 그 여러분의……. 그 뭐냐…… 위원회, 그렇지, 위원회가 떠나도 좋다고 허가를 내렸다. 그렇지."

그리고는 선원들에게 무슨 종이를 건네주었다. 그제서야 선원들이 일을 시작했다. 루까 뻬뜨로비치는 분주하게 갑판 위를 돌아다니며 투덜댔다. "도대체 증기가 언제 준비되는 거야? 지금이 여덟 시 정도니까 열 시는 돼야 준비가 된다는 건데 그때쯤이면 뽀쫌낀을 진압하러 오는 배들이 마침 도착할 시간 아닌가. 전투가 시작되면 여기 있다가는 고래싸움에 새우등 터지는 꼴이 될 터인데!"

모든 기선들이 하나 둘씩 차례로 항구를 떠나고 있었다. 다시 순시선이 우리 쪽으로 다가왔다.

"루까 뻬뜨로비치, 무슨 일입니까? 서두르세요! 증기는 있습니까?"

"아, 증기라……. 제기랄 것 같으니라고……. 그쪽에서 우리를 견인해 주시오. 방파제까지만이라도……."

"좋습니다. 밧줄을 던져 주십시오."

준비됐다. 기선이 움직이기 시작했다. 루까 뻬뜨로비치는 만족스러운 모습이었다. 우리는 불에 타 버린 해안도로 옆을, 검게 그을린 건물들 옆을 지나쳤다.

움직이다 보니 점점 뽀쫌낀에 가까워졌다. 군함의 무기들과 하얀 탑들이 보이기 시작했다. 사령선교 위에 수병 두 명이 서 있다. 선미에는 하얀 수병복을 입은 한 무리의 수병들이 모여 있었다. 집회가 열린 것일 것이다. 저쪽에서 수병 하나가 위로 올라가 떠들고 있는데 수병모의 리본이 바람에 휘날렸다. 우리는 쌍안경에서 눈을 떼지 않았다. 루까 뻬뜨로비치에게 한쪽 귀에 귀걸이를 한 씩씩한 선원이 다가왔다.

"선장님!"

"저리 가게. 나중에……" 루까 뻬뜨로비치도 쌍안경을 보는 중이었다.

"루까 뻬뜨로비치, 경례 깃발을 올리라고 지시를 내릴까요?"

루까 뻬뜨로비치는 쌍안경을 든 팔을 내리고는 불같이 성을 내고 뒷통수를 긁었다.

"제기랄 놈의 것들……"

진퇴양난이었다. 선장은 안드레옙스끼 깃발(1712년부터 1918년까지 러시아제국 해군기. 흰색 바탕에 대각선으로 청십자가 그려져 있다. 1995년부터 러시아연방 해군기로 다시 사용되기 시작했다.)에 선미 깃발로 경례를 해야 할 의무가 있었다. 그리고 전함 뽀쫌낀에는 여전히 청십자가 그려진 안드레옙스끼 깃발이 휘날리고 있었다……. 하지만 이자들은 반란을 일으킨 자들이 아닌가! 또 달리 생각해 보면 저자들에게 경례를 하지 않았다가는 옆구리에 육 인치 짜리 포를 맞을 수도 있는 노릇이었다. 루까 뻬뜨로비치는 불같이 성을 내며 선원을 몰아붙였다.

"자네 머리는 어데 두고 다니나? 저자들, 어중이떠중이들한테 경례를 하자구? 제자리로 가게!"

한쪽 귀에 귀걸이를 한 선원이 자리를 떴다. 우리는 점점 더 뽀쫌낀에 접근하고 있었다. 대포의 시커먼 포구가 점점 더 크게 보였다.

루까 뻬뜨로비치는 펌프처럼 숨을 헐떡이면서 그들에게서 눈을 떼지 않았다. 그가 벌떡 일어나 선미로 향하자 우리도 그 뒤를 따라갔다.

선미 깃발 옆에 한쪽 귀에 귀걸이를 한 선원이 얌전히 서 있었다. 의무상 선장에게 질문은 했지만, 이제 곧 무슨 일이 일어날지 아무도 몰랐다……. 루까 뻬뜨로비치가 선원의 옆에 섰다.

뽀쫌낀과 나란해졌다. 일 초가 흘렀을까……. 루까 뻬뜨로비치가 난폭하게 선원에게 소리쳤다.

"저놈들, 저 폭도 녀석들한테 경례 신호를 해! 신호를 하라구. 해야 한다면 그렇게 해 줘!"

그리고 경례 신호를 보냈다. 하지만 뽀쫌낀은 들은 척도, 응답도 하지 않았다. 그럴 여유가 없었던 것이다. 그 후 루까 뻬뜨로비치가 얼마나 욕을 해댔는지…….

우리를 방파제까지 예인해 간 순시선의 선장이 작별인사를 하기 위해 다시 우리 배로 기어 올라와서는 말했다.

"아시겠어요. 포를 쏘겠다고 위협을 하고 있으니 어찌하겠습니까. 장군이 오늘 저들에게 숨진 수병의 장례식을 할 수 있도록 허가하고 장례식 때 아무도 체포하지 않겠다고 약속을 했답니다. 시내 전체에서 장례식이 거행될 예정인데 저자들 말이 만약에 체포가 시작되면 도시에 포격을 가하겠다는 겁니다. 상상이나 하시겠어요? 만약에 우리 장군이라는 자가 참지 못하고 체포 명령을 내리기라도 하면 무슨 일이 일어날지 말입니다!"

우리가 점심 식사를 마칠 때쯤 승무원 라브렌찌가 미친 듯이 승무원실로 날아 들어왔다. 평소에 사시였던 그의 눈알이 어디론가 사라지고 허연 흰자만 보였다.

"뽀쫌낀이 움직이기 시작했습니다! 보십시오. 틀림없어요, 움직입니다!"

우리는 식사를 내팽개치고 순식간에 갑판으로 모였다. 천천히 압력을 가하며 전함이 움직이고 있었다. 그 항적을 따라 소형 수뢰정과 배하가 뒤를 따르고 있었다.

"무슨 일인지 아시겠어요?" 부선장이 말했다. "이제 곧 여섯 시가 되면 숨진 수병의 장례식이 있을 예정이잖습니까……."

아르메니아인답게 구릿빛이었던 부선장의 얼굴이 창백해진 나머지 올리브 빛깔로 보이기까지 했다.

뽀쫌낀이 뱃전을 오데사를 향한 채 정지하자 모든 사람들의 눈도 자동적으로 멈췄다. 만약에 뽀쫌낀이 산책로 왼편을 조준한다면 대포알이 바로 우리 머리 위를 날아가게 될 것이었다…….

전함의 뱃전에서 섬광이 번쩍이더니 연기가 뭉게뭉게 피어올랐다. 그리고는 굉음이 잇따랐다.

얼굴이 올리브 색깔이 돼 버린 부선장이 너무 작아 눈에 잘 보이지 않는 십자가로 성호를 그었다. 루까 뻬뜨로비치는 숨을 헐떡였다.

다시 한 차례, 그리고 또 한 차례 불꽃이 튀었다. 그 뒤를 이어 두 차례에 걸쳐 큰 굉음이 들렸다. 그리고는 긴 정적이 흘렀다.

우리 패거리가 모여 있는 갑판 저쪽에서는 농담을 지껄이며 웃는 소리가 들렸다.

"방금 뽀쫌낀이 추모포를 쏜 거라네."

"선량한 자들이라면 추모식 때 음식을 대접하는 법인데……."

"누구한테 음식을 대접하라고? 저놈들한테 말인가?"

수면은 고요하고 밝았다. 군함의 화선(火線)을 따라서 기선 두 척이 전속력으로 움직이고 있었다. 저들이 피할 수 있을까, 없을까?

닻이 내려진 거울 같은 수면 위로 음악 소리가 유리알같이 선명하게 흘러 퍼졌다. 뽀쫌낀에서 흘러나오는 소리였다. 이어서 프렌치호른 소리가 웅장하게 홀로 울려 퍼졌다.

"공격 신호인가……."

"공격이라니……. 자, 이제, 형제들이여, 시작이다!"

얼굴이 시뻘게진 루까 뻬뜨로비치가 기계기사를 불러 침을 튀긴다.

"아직도 증기가 준비 안 된 건가? 망할……."

선장은 물론 증기가 아직 준비될 수 없음을 잘 알고 있었다. 하지만 뭐든 해야 되지 않겠는가? 이렇게 무작정 대기하는 것은 끔찍한 일이었다…….

군함에 아주 또렷하게 보이는 붉은 전투 깃발이 올라왔다. 불꽃이 튀기고 익숙한 대포 소리가 울리더니 뭔가 새로운 굉음이 대기를 갈라놓았다.

부선장이 몸을 숙였다. 뒤에서 누군가의 목소리가 중얼거렸다.

"이건 벌써 심각해지는걸. 전투용 대포를 쏘잖아."

일 초 후, 쾅—쾅—소리가 났고 쌍안경을 통해서 시내 한복판 어딘가가 파괴되어 멀리 선명하게 연기가 올라오는 것이 보였다.

그리고 다시 호른 소리가 들렸다. 뽀쫌낀의 돛대에서 붉은 깃발이 서서히 아래로 내려갔다. 군함은 하얀 선체를 반짝이며 한참을 조용히 서 있었다.

깃발이 내려오자 사람들이 다시 웅성대며 활기를 띠기 시작했다.

"깃발을 내렸으니 끝난 거겠지……."

"끝은 무슨…… 말이라고 하쇼! 이제 시작이라오. 무슨 일이 더 일어날지……."

뭐가 어찌 됐든 다른 사람들은 무서운지 몰라도 우리 선원들은 전혀 두려운 기색이 아니었다. 그들은 커다란 나무접시에 어디선가 구한 버찌가 담긴 종이봉지들을 놓고 배 밖으로 신나게 씨를 뱉으면서 포탄이 어디에 맞았는지, 뽀쫌낀 함대와 반대편의 무기가 얼마나 되는지 내기를 하고 있었다.

두 시간 동안 조용히 휴식을 취했다. 수면을 따라 첫 번째 그림자들이 움직였다. 선박들은 반 시간 간격으로 저녁 시간을 알리는 타종을 하고 있었다. 선박의 종이 두 번 울리고 두 번째 종소리가 잦아들 무렵 뽀쫌낀의 소형 수뢰정이 닻을 올린 후 조용히 유리 같은 수면 위를 미끄러져 갔다. 처음에는 느리다가 이내 속도를 높였다.

소형 수뢰정은 세 척의 화물선에 차례로 접근해서는 뭔가에 대해 짧은 협상을 하고 지시사항을 전달한 후 계속 이동했다.

"지금 함대로 우리 기선들을 끌고 갈 모양인데요. 틀림없

이 우리도 이제 곧 끌고 갈 테지요……. 틀림없다구요, 형제들!'

한쪽 귀에 귀걸이를 한 씩씩한 선원이 하는 말이다. 그의 주변에 몰려든 선원들은 버찌 먹기를 중단하고 뭔가를 소근 대며 곁눈질로 선장과 부선장 쪽을 힐끔힐끔 쳐다보고 있었다.

부선장은 다시 얼굴이 새파래졌고 루까 뻬뜨로비치는 뒤통수를 벅벅 긁으며 콧김을 훅훅 내쉬었다.

한쪽 귀에 귀걸이를 한 선원이 말을 이었다.

"게다가 별로 힘든 일도 아니죠. 세바스또뽈에서 뽀쫌낀을 진압하러 군함들이 도착하면 뽀쫌낀은 우리 같은 상선들을 뒤에 포진해 놓고 으름짱을 놓을 텐데요. 그렇게 되면 어떻게 포를 쏘겠습니까? 절대로 못 쏘지요. 왜냐하면 포탄이 상선에 반드시 떨어질 테니까요! 뽀쫌낀은 정말 영리하지 뭡니까……."

루까 뻬뜨로비치는 투덜거렸다.

"부랑자 녀석들, 떼강도 놈들……."

한편 소형 수뢰정은 옆 기선을 떠나 벌써 우리 쪽을 향하고 있었다. 루까 뻬뜨로비치는 순식간에 어디론가 사라졌다. 승무원 전원이 뱃전에 모여 있었다.

"어이, 거기 기선! 선장은 어디 있소? 배 위에 있소?' 소형 수뢰정의 사령선교에서 수병이 외쳤다. 목소리는 침착하고 낭랑했다.

루까 뻬뜨로비치를 찾아나선 선원들이 간신히 어디선가 그를 찾아 데려왔다. 그는 소매에 금장식이 달린 의식용 선장 제복으로 갈아입고 배를 집어넣고 홀쭉하게 보이려고 애를 쓰며 상냥한 목소리로 말했다.

"안녕하십니까, 형제들. 무슨 용무이신지?"

소형 수뢰정 사령선교 위의 수병이 수병모를 벗고 책을 읽듯이 낭랑하게 말한다.

"군함 '뽀쫌낀 따르비체스끼 대공'으로부터 온 전달사항은 다음과 같습니다. 선박들은 닻을 내려라. 그리고 어떠한 위험도 없을 것이라는 점을 의심하지 말라."

"그러니까 함대로 끌고 가는 것은? 그런 일은 없을 거라는……."

그러면서 갑자기 루까 뻬뜨로비치의 얼굴에 화색이 돌더니 모자를 벗어 흔들며 사내다운 목소리로 소리쳤다.

"감사합니다, 형제들! 만-세-에!" 그리고는 갑자기 뚝 그치더니 입을 꼭 다물었다.

소형 수뢰정에서 우리를 향해서 수병모를 흔들고는 즉시 다음 기선으로 이동했다.

'닻을 내리고 의심하지 말 것'이라……. 그래서 우리는 '아무 의심 없이' 편안한 마음으로, 침묵 속에 한참 동안을 갑판 위에 앉아 있었다.

칠흑같이 어두웠다. 달이 뜨지 않은 밤이 시커먼 털북숭이 짐승처럼 부드러웠다.

밤새 칠흑 같은 어둠 속을 뽀쫌낀의 차갑고 선명한 탐조등
이 더듬고 있었고 불도 켜지 않은 소형 수뢰정이 정찰을 다
니고 있었다. 전함에서 뭔가를 기다리며 준비 중임에 틀림없
었다.

* * *

꿈을 꿨다. 화염과 함성 소리, 총성이 들리고 누군가의 손
이 나를 잡고 놓지 않았다. 라브렌찌가 내 어깨를 잡고 가차
없이 흔들고 있었다.

"일어나세요. 일어나! 함대가 거의 옆까지 왔어요. 곧 무슨
일이 터질 겁니다. 틀림없어요!"

아침 태양이 아직 작열하고 있었다. 수평선 저편에 배들이
길다란 선처럼 까맣게 보였다. 쌍안경으로 보면 세 척의 군함
과 소형 수뢰정들이 또렷하게 보였다. 이쪽으로, 뽀쫌낀을
향해서 펼침대형으로 다가오는 중이었다.

루까 뻬뜨로비치는 갑판을 뛰어다니면서 침을 뱉고는 기계
기사에게 소리를 질렀다.

"화실에 기름을 부어, 기름! 불을 붙여. 더 빨리 해야 돼! 더
빨리, 이런 젠장……."

뽀쫌낀도 움직이기 시작했다. 닻들이 기기깅 소리를 냈고 기동 속도가 왠지 느리게 느껴졌다. 그러더니 곧장 분함대를 향했고 그 뒤를 소형 수뢰정이 따랐다.

기계기사가 갑판으로 올라와 보고했다.

"루까 뻬뜨로비치, 증기가 이미 준비됐습니다."

"하나님께 영광이 있기를! 그럼, 전속력으로 오차꼬프로 향함세."

우리가 탄 배의 엔진이 힘겨운 소리를 질렀다. 돛대는 삐거덕거렸고 갑판 위에서는 뭔가가 쩔그렁거렸다. 전속력으로 달렸다. 앞에는 세바스또뽈 분함대가, 뒤에는 뽀쫌낀이 있는 그 사이를 우리가 지나가고 있었다. 그들이 발포를 시작하기 전에 이곳을 벗어날 수 있을지. 아니면 불가능한 일일까?

분함대는 깃발로 뽀쫌낀에 무슨 신호를 보냈다. 뽀쫌낀은 빨간색 전투 깃발을 올리고는 전속력으로 돌진했다. 소형 수뢰정이 그 뒤를 따랐다. 이제 곧……

"속도를 올려, 속도를…… 제기랄!" 루까 뻬뜨로비치가 기관실에 대고 소리친다.

하지만 화부들은 이미 기진맥진한 상태였고 기관은 무서운 소리를 냈으며 엔진은 힘겨운 소리를 내뱉고 있었다.

그런데 갑자기 뽀쫌낀을 향해 돌진하던 세 척의 군함과 수뢰정들로 구성된 분함대가 천천히 방향을 바꾸면서 한 발의 포도 쏘지 않고 후퇴하는 것이 보였다.

"그렇지! 좋았어! 대단한걸⋯⋯. 만세―에!" 귀걸이를 한 씩씩한 선원이 소리를 질렀다.

"만세―에!" 다른 선원들도 따라서 소리를 질렀다.

"만⋯⋯" 하고 입을 떼려던 루까 뻬뜨로비치가 제풀에 깜짝 놀라 입을 꼭 다물었다. 짐짓 화난 표정을 짓고는 아래쪽 승무원들을 향해 소리친다. "무슨 일이라도 난 게야? 왜 소리들을 지르고 그래!"

뽀쫌낀의 하얀 선체가 점점 작아지다가 시야에서 사라졌다. 뽀쫌낀은 다시 오데사로 돌아갔고 우리는 오데사를 벗어나고 있었다.

* * *

오차꼬프가 보였다. 높은 기슭 위에 노르스름한 작은 집들이 모여 있었다. 멀찌감치 주둔한 포대가 보였다. 오차꼬프는 포위된 상태인지라 뭍에 내릴 수가 없었다. 긴장감이 서린 광기를 띤 태양이 위에서 우리를 내리쬐고 있었다. 온종일 오차꼬프의 대포들이 쿵쿵 소리를 내며 포를 쏘아댔다. 만약의 사태를 대비하여 훈련을 하는 것이었다. 행여 뽀쫌낀이 이리로 행차하면 어떻게 될까? 알 수 없는 일이었다.

밤에는 오데사보다 더 조용하고 더 따뜻했다. 저기 멀리 수평선에 뽀쫌낀의 탐조등이 내뿜는 차가운 빛이 춤을 추고 있었다. 이곳에서도 그것이 보였다.

저곳, 오데사에서는 지금 무슨 일이 일어나고 있을까? 우리는 추측하면서 괴로워했고 뽀쫌낀과 나란히 보낸 지난 사흘을 돌이켜보았다.

"그런데 만약에 전투가 있었다면 여기서도 들렸을 텐데요" 하고 부선장이 말했다.

이곳에 오고 나서 그는 수다스럽고 쾌활해졌다! 오차꼬프 포대가 그에게는 든든하게 느껴지는 모양이었다.

다음 날 저녁 무렵에 오데사를 탈출한 기선 몇 척이 더 도착했다. 우리는 보트를 준비해 새로운 소식을 듣기 위해 기선으로 출발했다.

그들의 말은 이랬다.

"분함대가 되돌아왔어요. 정면에서 공격을 했는데 뽀쫌낀은 능수능란하게 그 사이로 들어가서는 양쪽 뱃전에서 분함대를 향해 포공격을 할 수 있는 위치를 잡지 뭡니까. 그렇게 분함대는 퇴각을 했습니다. 군함 한 척이 더 뽀쫌낀 쪽으로 돌아섰답니다. 게오르기 뽀베도노세쯔 함입니다."

이틀째 밤 더 수평선 멀리 뽀쫌낀이 쏘는 탐조등의 하얀 빛이 보였다. 그리고 세 번째 밤 수평선은 차갑게 텅 비어 버렸다.

아침에 오데사에서 온 배가 새 소식을 가져왔다. 뽀쫌낀이 오데사를 떠났다는 것이다.

"어디로 떠났다는 건가요?"

"알 수 없습니다."

알 수 없다라니. 어쩌면 오차꼬프로 향했을 수도 있었다. 맞다. 오차꼬프로 오지 않을 이유도 없었다. 누군가 "오데사에서 들은 얘기가 또 있는데 뽀쫌낀이 오차꼬프를 반드시 섬멸하겠다고 했다는걸" 하고 말했다.

해안 포대는 더 열심히 움직이기 시작했다. 저녁에 초계함들이 기습작전을 위해 바다로 나왔다. 하지만 이날 밤도 전날 밤처럼 나른하고 적막이 감돌았다. 아무도 찾아오지 않았다.

아침, 기슭에서 초원의 풀 냄새를 품은 향기로운 바람이 불어왔다. 하얀 나비 같은 돛들이 즐겁게 무리를 지어 있었다. 어부들이 바다로 나온 것이었다.

보트가 넘실대는 파도를 타고 움직였다. 셔츠를 입은 사내 두 명이 노를 저으며 우리 쪽으로 다가왔다.

"전보요! 오데사에서 전보가 왔어요……."

우리는 한 데 모여서 귀를 기울이며 기다렸다.

"뽀쫌낀이 루마니아로 떠났다. 오데사는 평온하다."

"루마니아라니-이-이!" 한쪽 귀에 귀걸이를 한 씩씩한 수병이 실망한 듯 말꼬리를 길게 늘였다. 그리고는 파이프 담배에 불을 붙이고 침을 퉤 뱉었다.

사흘

뻬쩨르부르그 대학 조선학과 학생이었던 예브게니 자먀찐은 하계 연수를 이용하여 기선을 타고 콘스탄티노플, 베이루트, 알렉산드리아, 예루살렘 등을 방문할 기회를 가졌다. 1905년 여름 그는 이집트 알렉산드리아에서 고국으로 돌아오는 길에 흑해의 항구도시 오데사에서 벌어진 전함 뽀쫌낀의 봉기를 직접 목격했고 이후 목격담을 소재로 단편 「사흘」(1913)을 썼다. 1905년 1차 혁명('피의 일요일') 20주년을 기념하기 위해서 급히 제작한 세르게이 에이젠슈떼인 감독의 유명한 무성영화 〈전함 포뗌낀〉(1925)은 수병들의 승리로 끝을 맺지만, 실제 뽀쫌낀 호는 봉기 후 오데사에서 루마니아로 떠났다가 식량과 연료를 구할 수 없어 투항한다.

러시아 혁명의 원년 1905년은 1월 뻬쩨르부르그에서 발생한 '피의 일요일' 사건과 러일전쟁의 패배로, '자애로운 아버지'로서의 짜리 황제에 대한 민중의 믿음이 분노로 바뀌는 해였다. 전함 뽀쫌낀의 수병들이 봉기하게 된 직접적인 원인은 먹을 수 없는 썩은 고기를 지급한 것에(영화 속 수병은 이렇게 말한다. "일본군에 포로로 잡혀도 이보다는 잘 먹는다구요.") 수병들이 항의하자 함장이 이를 묵살하고 항의한 수병들을 색출하려던 것이 발단이 되었다. 이 과정에서 함장과 장교 몇 명, 수병 한 명이 죽고, 군함의 지휘권을 장악한 수병들은 붉은 깃발을 달고 시민과 군중의 환호 속에 총파업이 진행되고 있던 오데사에 입항한다.

1912년 발표한 「지방생활」에 대해서 "새로운 고골이 나타났다"는 찬사를 했던 비평가들은 「사흘」에 대해서는 기아와 폭정에 고통받는 농민과 노동자, 사병들의 심정을 충분히 대변하고 있지 않다고 혹평했다. "혁명은 정열적인 젊은 연인, 나는 혁명과 사랑에 빠졌다"고 고백했던 자먀찐이었지만 그에게 혁명은 개인적이고 심리적인 것이고, 그의 작품 속에서 봉기는 항상 실패로 끝난다. 자먀찐은 이렇게 말했다. "웰즈(『타임머신』의 작가)에게 사회주의는 구세계의 몸을 갉아먹는 암을 치료하기 위한 길임에 틀림없다. 하지만 의학은 이 병을 치료하는 두 가지 방법을 알고 있다. 한 가지는 암을 단칼에 도려내지만 환자를 죽일 수도 있는 메스, 외과수술이고 다른 한 가지는 더 느린 방사능 치료이다. 웰즈는 피를 흘리지 않은 후자를 선호했다."

이반 부닌_Иван Бунин

안또노프 사과

정결한 월요일

이반 부닌(Иван Бунин, 1870~1953)

모스크바 남부 보로네슈의 몰락한 귀족가문에서 출생, 어린 시절부터 다방면에서 예술적 재능을 보였으며 4개 국어에 능통했다. 스물한 살에 첫 시집(1891)을 발표했고 스물다섯 살에 체호프 등 문인들과 교류를 시작했다. 스물일곱 살에 첫 단편집 『세상 끝으로』를 발표하여, 아름다운 시적 표현과 뛰어난 서정성이 드러나는 작품들로 러시아적 정서를 가장 탁월하게 표현하는 산문의 귀재라는 평가를 받았다. 개인의 감수성을 질식시키는 볼셰비키 혁명에 반대하여 1920년 망명, 여든세 살의 나이로 눈을 감을 때까지 파리에서 살았다. 망명 중 집필한 자전적 장편소설 『아르세니예프의 생』(1933)으로 러시아 작가로서는 처음으로 노벨문학상을 받았다. 1955년에 소련에서 부닌의 일부 작품들이 판금 해제되어 인기리에 출판되었지만 혁명기간의 인상을 토대로 한 장편 『저주받은 나날들』(1925)은 오랫동안 출판되지 못했다.

안또노프 사과
Антоновские яблоки

1

　화창했던 이른 가을날들이 뇌리를 스친다. 그해 팔 월은 따뜻한 잔비가 자주 내렸다. 마치 일부러 파종에 맞추기라도 한 듯이, 성 로렌스 축일이 다가오는 월 중순에 적시에 단비가 내려 주었다. '성 로렌스 축일에 물결이 잠잠하고 잔비가 내리면 그해 가을과 겨울은 살기가 좋다' 라는 옛말도 있지 않은가. 여자들의 여름(러시아의 초가을, 즉 9월로 따뜻하고 건조한 날씨가 지속되는 기간. 인디언서머)에는 들판에 거미줄이 무성했고, 이 또한 좋은 징조였다. '여자들의 여름에 거미가 번성하면 가을이 풍요롭다' 라는 옛말처럼. 상쾌하고 고요한 이른 새벽이 눈앞에 떠오른다. 앙상하게 말라서 잎사귀가 거의 남지 않은 나무

들과 황금빛 낙엽으로 뒤덮인 커다란 과수원, 단풍나무 가로
수길과 땅 위에 쌓인 나뭇잎에서 나는 희미한 향기, 그리고
안또노프 사과의 냄새, 그 꿀내음과 가을의 향기가 아른거린
다. 공기는 너무나도 청명한 나머지 마치 존재하지 않는 것처
럼 느껴지고, 과수원 전체가 사람들의 고함 소리와 삐그덕거
리는 수레 소리로 와자지껄하다. 과일도매상을 하는 소시민
(혁명 전 러시아의 도시 소부르주아를 말한다.)들이 농부들을 고용해서
사과를 수확하는 소리다. 수확한 사과는 그날 밤으로 도시에
보내야 하는 것이다. 이 일은 언제나 밤에 이뤄졌는데, 사실
그런 밤에는 수레 위에 누워서 별들이 촘촘히 박힌 하늘을 쳐
다보며 대기를 떠도는 상쾌한 연기 내음를 음미하고 신작로
를 따라 어둠 속을 움직이는 운반차들이 내는 조심스러운 삐
그덕 소리에 귀를 기울이기에 더할 나위 없이 좋다. 사과를
한 군데 쏟아붓던 농부는 연신 사과를 집어 들어 단물이 뚝뚝
떨어지는 것을 버적버적 소리를 내며 씹어대는데, 소시민은
이걸 보고 성을 내기는커녕 "어서, 배부르게 먹어 두게. 할 일
도 별로 없으니까! 원래 일할 때 먹는 게 더 많은 법이야"라고
말한다.

새벽녘의 냉랭한 정적을 깨는 것은 과수원 덤불 속 산홋빛
마가목 위 개똥지빠귀들의 배부른 지저귐과 사람들의 목소
리, 저울과 나무통으로 사과가 떨어지면서 내는 둔탁한 소리
뿐이다. 앙상한 과수원 너머 저 멀리 짚단을 잔뜩 얹은 커다

란 임시 천막까지 난 길이 보이고 천막 바로 옆에는 지난여름 내내 상인들이 구비해 놓은 물건들이 잔뜩 쌓여 있다. 사방 천지에서 사과향이 진동하고, 이곳은 그 향기가 절정에 달한다. 천막 안에는 침상이 꾸며져 있고, 단총신 소총 한 자루와 푸른 녹이 쓴 사모바르가 서 있고 구석에는 접시가 놓여 있다. 천막 옆에는 거적과 상자, 온갖 낡아 빠진 잡동사니가 널브러져 있고 땅을 파서 만든 화덕도 준비되어 있다. 정오에는 이 화덕에 훈제 돼지비계를 넣은 맛 좋은 죽을 끓이고, 저녁에는 사모바르를 올려놓는데 그럴 때면 과수원 나무 사이사이로 푸르스름한 연기가 길게 줄을 지어 깔린다. 축일이 오면 천막 부근에는 큰 장이 서고 나무들 사이로 붉은색 옷들이 연신 움직인다. 염색약 냄새가 물씬 풍기는 사라판(소매 없는 몸체 부분과 기장이 긴 스커트가 가슴까지 이어져 있는 점퍼스커트형의 옷.)을 입은 발랄한 동네 처녀들이 무리를 지어 다니고 지주의 하녀들은 아름답지만 거칠고 야만인 같은 옷을 입고 납신다. 잠이 덜 깬 너부데데한 얼굴을 하고 나타난 촌장의 임신한 젊은 아내는 홀모고리산(産) 젖소처럼 위풍당당하다. 그녀 머리 위는 정수리 양쪽에 땋은 머리를 올려 거기에 머릿수건을 몇 개나 칭칭 휘감아서 뿔이 솟은 것처럼 머리가 거대해 보인다. 편자를 박은 반장화를 신은 다리는 육중하게 땅 위에 단단하게 서 있고 벨벳으로 만든 민소매 상의는 긴 커튼을 연상시킨다. 벽돌색 줄무늬가 있는 검보라색의 치마는 치맛단에 넓은 금색

띠를 둘러 놓았다.

"어쩜 저리 검소할까!" 소시민은 머리를 끄덕인다. "요 근래에 저런 여자는 찾아보기 힘들지……."

그런가 하면 흰색 마직 루바슈까에 반바지를 입고 하얀 까까머리를 한 사내아이들이 연신 모여든다. 두 명씩, 세 명씩 무리를 지어 작은 맨발로 종종대면서 사과나무에 매 놓은 털이 뭉실뭉실한 암양을 슬금슬금 쳐다본다. 일 꼬뻬이까 아니면 기껏해야 달걀 한 알을 들고 온 아이들에게 줄 수 있는 건 사과 한 알뿐이지만 이런 손님들이라도 끊이지 않으면 장사는 짭짤했다. 긴 가운에 오렌지색 부츠를 신은 결핵환자인 소시민은 이 모든 것을 흐뭇한 표정으로 바라본다. 이윽고 저녁이 되면 과수원에는 사람들이 가득 모이고 천막 주변은 웃음소리와 떠드는 소리, 간간이 춤추는 발소리가 들려온다.

밤이 되면 기온이 뚝 떨어지면서 이슬이 맺힌다. 탈곡장에서 금방 벤 짚과 왕겨의 시큼한 냄새에 흠뻑 취해서 과수원 언덕 옆을 지나 저녁밥이 기다리는 집으로 씩씩하게 향한다. 마을에서 들려오는 사람들의 목소리나 문 여닫는 삐그덕 소리 같은 것들이 냉랭한 밤공기를 타고 전해져 마치 옆에서 들리는 것만 같다. 날이 어두워진다. 거기에 향기가 더해진다. 과수원에는 모닥불이 지펴져 있고 벚나무 가지가 타며 뿜는 향기로운 연기가 진동한다. 어둠 속, 과수원 깊숙한 곳에서 한 폭의 동화 같은 풍경이 연출된다. 지옥의 한구석을 연상시키며 천막 옆에서 어둠에 휩싸인 새빨간 불꽃이 타오르고 흑단 나무에서 잘라 낸 것 같은 누군가의 검은 형체들이 모닥불 주변을 서성거리면 거대한 그림자가 사과나무들에 어른거린다. 나무 한 그루 전체에 몇 아르신은 되는 검은 손 하나가 척 놓이는가 하면 한 쌍의 다리가 두 개의 검은 기둥처럼 분명한 윤곽을 그려 내곤 한다. 그러다가 갑자기 이 모든 것이 사과나무에서 미끄러져 내려와 천막에서 울타리 쪽문 있는 데까지 가로수 길 전체에 걸쳐서 그림자가 늘어진다……

깊은 밤 마을의 불빛이 꺼지고 하늘 높이 다이아몬드 모양의 플레이아데스 성좌가 빛나기 시작하면 다시 한번 과수원으로 뛰쳐나간다. 마른 낙엽 위를 장님처럼 버석거리면서 천막까지 달려간다. 공터 쪽은 좀 더 환하고 머리 위로 은하수가 밝다.

"도련님이세요?" 어둠 속에서 누군가가 속삭인다.

"저예요. 아직 안 주무세요, 니꼴라이?"

"저희가 어떻게 잠을 자겠습니까요. 시간이 많이 늦었지요? 저기 승객 열차가 오는 것 같군요."

한참 귀를 기울이고 있으면 땅의 흔들림이 느껴지고 그 흔들림은 곧 굉음으로 바뀌어 점점 커지다가 마침내 과수원 바로 건너편에 열차바퀴의 우렁찬 굉음이 들려온다. 칙칙폭폭 괴성을 지르며 기차가 달려온다……. 가까워질수록 굉음은 커지고 우렁차진다. 그러다가 갑자기 적막이 찾아온다. 기차가 마치 땅속으로 쑥 꺼져 버린 것 같다.

"니꼴라이, 총은 어디에 두세요?"

"저기 상자 옆에 놔 뒀습지요."

쇠지렛대처럼 무거운 단신 소총을 위로 치켜든 다음 단숨에 총을 발사한다. 귀가 먹먹해지는 파열음을 내면서 검붉은 화염이 번쩍이며 하늘로 치솟고 일순 눈이 부시면서 별빛이 사라진다. 명랑한 메아리가 고리가 되어 지평선을 따라 퍼지면서 멀리멀리 맑고 깨끗한 공기 중으로 사라진다.

"대단하신걸요!" 소시민이 말한다. "이제 어서 가세요, 도련님. 안 그랬다가는 경을 칠 겁니다! 또 둘랴 배가 산더미처럼 가지에서 떨어졌겠는걸요……."

검은 하늘이 떨어지는 별들의 불줄기로 물든다. 별들로 가득 찬 검푸른 심연을 한참 동안 바라보고 있자면 발밑의 땅이 서서히 자전하고 있는 것을 느낄 수 있다. 그럼 갑자기 몸을 부르르 떨고 두 손을 소매 속에 집어넣고는 가로수 길을 따라서 황급히 집으로 내달린다……. 이슬 내리는 차가운 밤, 이 세상에 살아 있다는 것이 얼마나 큰 축복인가!

2

아직 수탉이 꼬끼오 울어대고 농가에서 검은 연기가 오르는 이른 새벽녘에 연보랏빛 안개가 가득한 냉랭한 과수원 쪽으로 난 창을 활짝 열면 안개 사이로 드문드문 아침 해가 강렬하게 비춘다. 그럼 그만 참지 못하고 말에 안장을 얹어 놓으라고 명을 내리고는 연못으로 세수를 하러 달려간다. 물가의 버드나무 가지는 자잘한 잎들은 거의 다 떨어져 나갔고 큰 가지들이 터키옥 빛깔의 하늘 아래서 쓸쓸하게 흔들린다. 버드나무 가지 아래 물은 투명한 것이 얼음처럼 차갑고 어쩌면 더 무거워진 것만 같다. 냉수에 밤의 게으름이 순식간에 날아가 버린다. 세수를 하고 행랑채에서 일꾼들과 함께 뜨거운 감자와 굵은 생소금을 뿌린 흑빵을 먹고 난 후 만족스럽게 안장의 미끄러운 가죽을 느끼면서 비셸끼를 통과해 사냥을 하러 간다. 가을은 교회 축일이 몰려 있는 때이다. 이 시기에 사람들은 옷차림도 정갈하고, 표정도 만족스럽다. 마을의 분위기도 평소와는 완연히 다르다. 곡식이 풍년이어서 곡식창고가 황금빛 도시처럼 우뚝 솟고 아침마다 거위들이 강을 찾아 낭랑하고 높은 소리로 꽥꽥된다면 마을은 살 만한 것이다. 게다가 우리 비셸끼는 옛날 옛적, 우리 할아버지 때부터 명성이 자자한 '부촌'이었다. 비셸끼의 노인들은 장수를 누렸고 부유한 마을의 첫 번째 상징은 바로 그것이었다. 노인들은 하나같이 키가 크고 건강하며 개구리매처럼 뽀얗다. 길을 지나다 보면 "아가피야가 이제 여든세 살이 됐지, 아마!"라거나 아니면 이런 소리를 듣기 마련이다.

"빠끄라트, 자네는 살날이 얼마나 남았는가? 벌써 나이가 백 살은 됐지, 아마?"

"뭐라고 말씀드릴깝쇼, 나으리?"

"나이가 몇인지 묻는 거라네!"

"기억이 안 납니다요, 나으리."

"쁠라똔 아뽈로노비치는 기억하겠지?"

"기억하고 말굽쇼, 나으리. 또렷하게 기억하고 말구요."

주인 앞에 꼿꼿하게 선 노인은 죄라도 지은 듯이 어색한 미소를 짓는다. '어쩌겠습니까, 이리 오래 산 것이 죄지요' 라고 말하듯이. 아마도 성 베드로제 전의 재계(齋戒) 때 양파를 조금만 덜 먹었어도 그는 한참을 더 살 수 있었을 것이다.

그의 늙은 아내도 기억에 생생하다. 항상 현관문 옆 나무벤치 위에 등을 잔뜩 구부리고 앉아서 고개를 흔들면서 가쁘게 숨을 내쉬면서 양손으로 벤치를 잡고는 무슨 생각에 골몰하곤 했다. "모아 둔 재산 생각이겠지." 아낙들이 이렇게 말하는 것은 노파의 궤짝 안에는 실제로 그녀만의 '재산'이 가득했기 때문이었다. 이런 수다가 안 들리는 건지 노파는 슬프게 살짝 추켜올라간 눈썹 아래 침침한 눈으로 어딘가 먼 곳을 응시하면서 머리를 덜덜 흔드는 모양이 뭔가 생각해 내려고 안간힘을 쓰는 게 역력했다. 노파는 덩치가 크고 울적해 보였다. 백 년은 돼 보이는 치마에, 덧신은 죽은 남편의 것이고, 목은 노랗고 비쩍 마른데다가 아마포로 사선 목트임을 덧댄

상의는 언제나 눈처럼 하얘서 '당장이라도 관으로' 들어갈 준비가 돼 있는 것처럼 보이는 것이었다. 현관문 옆에는 커다란 돌덩이 하나가 있었는데 노파가 자기 묘에 쓰려고 직접 사 놓은 것이었다. 수의도 이미 준비돼 있었다. 천사들과 십자가 그리고 가장자리마다 기도문이 인쇄된 멋진 수의였다.

할아버지가 살아계실 때 벽돌로 지은 비셸끼의 안마당들도 이런 노인들이 살기에는 안성맞춤이었다. 아직 비셸끼에서는 나누며 사는 방식이 유행이 아니라서 싸벨리, 이그나트, 드론 같은 부농들은 집 두세 채를 하나의 지붕으로 엮어서 살고 있었다. 그런 집들에서는 양봉도 하고 수레를 끄는 점박이 종마를 소유한 것을 우쭐대며 대저택을 알뜰히 관리했다. 곡식창고에는 무성하고 빽빽한 대마밭이 거뭇하게 보였고, 곡물건조장과 탈곡장이 서 있었다. 아마포, 물레, 새털가죽 반외투, 마구 세트, 구리테를 두른 측량기구들을 보관하는 헛간과 창고에는 나란히 철문이 세워져 있었다. 대문과 썰매에는 불에 달군 인두로 십자가 낙인을 찍어 놓았다. 가끔은 농부의 삶이 얼마나 매혹적으로 보였는지! 아침 햇살 아래 말에 올라타 마을을 지나다 보면 풀을 베고 탈곡을 하거나 곡물창고의 짚더미 속에서 잠을 자고, 축일에는 마을에서 들려오는 둔중하고 기분 좋은 종소리를 들으며 뜨는 해와 동시에 자리를 박차고 일어나 나무통의 물로 세수를 하고 대마천으로 만든 거친 셔츠와 바지를 입고 편자가 박힌 천하무적의 장화를 신는다면 얼마나 좋을까 하는 생각이 드는 것이었다. 여기에 명절옷을 차려입은 건강하고 어여쁜 아내, 예배당 산책, 턱수염을 덥수룩하게 기른 장인 집에서의 점심 식사, 나무그릇에 담긴 뜨거운 양고기와 체에 거른 고운 밀가루로 만든 빵, 벌집째로 먹는 꿀, 거기에 시골 맥주를 곁들인다면 천국이 따로 없을 텐데!

내가 아직 기억하고 있는 중류층 귀족의 생활방식은 그 부지런한 살림살이와 고풍스런 시골식 풍요함에서 부농의 생활방식과 여러 모로 비슷했다. 비셸끼에서 십이 베르스따 정도 떨어진 곳에 살던 안나 게라시모브나 숙모의 대저택이 그런 축에 속했다. 숙모의 영지까지 말을 달리다 보면 날이 완전히 새곤 했다. 개를 여럿 몰고 가자면 평보로 가야만 했지만 서두를 기분도 나지 않는 법이었다. 햇살이 비추는 선선한 날에 탁 트인 들판은 어찌나 상쾌한지! 지세는 평평하고 시야가 멀리까지 탁 트여 있다. 하늘은 가볍고 광활하며 깊고 깊다. 태양은 나지막이 빛나고 비온 뒤 수레바퀴 자국이 패인 큰길에는 기름기가 배어 나와 기차 레일처럼 반짝거린다. 돌연 눈앞에 풍요로운 가을 파종밭의 푸른 들판이 넓게 펼쳐진다. 어디선가 작은 매가 청명한 공기 속으로 날아오르고 가냘픈 날개를 펄럭이면서 한곳에서 멈춰 있다. 탁 트인 저 멀리 전신주가 또렷하게 보이고 마치 은으로 제작한 현악기 줄처럼 전깃줄이 맑은 하늘의 굴곡을 따라서 미끄러지고 있다. 전깃줄 위 황조롱이들이 꼭 악보 위의 검은 음표들 같다.

나는 농노제도를 제대로 알거나 체험한 적이 없다. 하지만 안나 게라시모브나 숙모 댁에서 그것을 느낄 수 있었던 것으로 기억한다. 저택 안으로 마차를 타고 들어가면 농노제도가 아직 두 눈 시퍼렇게 살아 있음을 바로 느낄 수 있었다. 숙모의 저택은 그리 큰 규모는 아니었지만 백 살은 먹은 자작나무들과 버드나무 싸리덩굴로 둘러싸인 견고한 고풍 건물이었다. 영지 안에는 단정하게 가꾼 납작납작한 곁채가 여럿 있었는데 하나같이 초가지붕을 얹고 짙은 색깔의 참나무 재목으로 지은 것들이었다. 크기, 아니 정확히 말하자면 길이가 가장 긴 것은 거뭇거뭇한 색깔을 띠고 있는 행랑채였다. 영지에 거주하는 농노계층 중에서 최후의 모히칸족이라고 할 수 있는 꼬부랑 노인들과 노파들, 돈키호테를 연상시키는 은퇴한 요리사가 행랑채 안에서 밖을 내다본다. 영지로 마차가 들어올라치면 허리를 꼿꼿이 펴고 고개를 낮게 낮게 조아리는 노인들을 볼 수 있었다. 마차를 넣어 두는 헛간에서 말을 데리러 나오는 백발의 마부는 헛간에서 나올 때부터 이미 모자를 벗고 마당을 다 가로지를 때까지 모자를 쓰지 않는다. 그는 숙모의 모든 마부들 중 우두머리였는데 이제는 겨울에는 썰매로, 여름에는 교회 사제들이 타고 다니는 것과 같은, 쇠로 테두리를 보강한 튼튼한 짐마차로 숙모를 예배당까지 모셔다 드리곤 했다. 숙모의 과수원은 그 황폐함과 꾀꼬리, 산비둘기, 사과로 명성이 자자했고 저택은 지붕으로 소문이 자자했다. 마당의 상석, 과수원 바로 옆에 자리 잡은 저택 건물을 보리수 가지가 휘감고 있었다. 시간의 흐름으로 시커멓게 변하고 단단하게 굳어 버린 보기 드물게 높고 두툼한 초가지붕을 올린 저택은 굉장히 튼튼해 보였다. 저택의 정면부는 살아 있는 사람처럼 느껴질 때가 많았는데 거대한 모자를 푹 눌러 쓴 노인이 움푹 패인 눈으로 나를 노려보는 것만 같았던 것이다. 노인의 눈처럼 보인 것은 내린 비와 햇빛이 진줏빛으로 반사되는 유리창이었다. 두 눈동자의 좌우로 기둥이 있는 두 개의 오래된 커다란 현관 계단이 있다. 박공 장식 위에는 언제나 배부른 비둘기들이 앉아 있었다. 수천 마리의 참새 떼가 소나기라도 퍼붓듯이 이 지붕에서 저 지붕으로 우르르 몰려다녔다……. 터키옥 빛깔 가을 하늘 아래 자리 잡은 이 귀족의 보금자리를 찾은 객의 마음은 참으로 울적해지는 것이었다!

집 안으로 들어서면 가장 먼저 손님을 반기는 것은 사과 향기였고, 이어서 오래된 마호가니 가구와 유월부터 창가에서 말라가는 보리수꽃의 냄새를 맡을 수 있다………. 하인방, 홀, 응접실 어디를 가든 싸늘하고 어두침침한 것은 집이 과수원으로 둘러싸여 있는데다 유리창 상단이 파랑과 연보랏빛 색유리로 치장되어 있기 때문이다. 집안 어디를 가든 정적이 감돌았고, 팔걸이의자, 세공 무늬가 박힌 탁자들, 얇은 꽈배기 모양의 황금액자 속 거울들은 한 번도 자리에서 옮긴 적이 없는 것처럼 보였지만 그 모든 것이 하나같이 청결해 보였다. 이윽고 기침 소리가 들리면서 숙모가 모습을 드러내신다. 숙모는 체구는 자그마하지만, 자신을 둘러싼 모든 것들처럼 단단하고 야무지다. 어깨에 커다란 페르시아산 숄을 두르고 위풍당당하면서도 다정한 얼굴로 등장해서는 예의 한 번 시작하면 쉽게 끝이 보이지 않는 자신의 젊은 시절 이야기와 유산 이야기를 시작하는데 그와 동시에 음식이 차려지기 시작한다. 맨 먼저 둘리종 배, 안또노프 사과, '백옥 같은 마님,' 보로빈까, 뺄로도비띠 같은 다양한 품종의 사과들이 선을 보이고 나서야 놀라운 만찬이 대령된다. 만찬에는 콩을 곁들여 데친 분홍빛 햄, 속을 채운 구운 통닭, 칠면조, 초절임과 붉은 끄바스(곡물을 발효시켜 만든 러시아 전통음료), 진하고 달콤한 끄바스가 나온다……. 정원으로 난 유리창들이 위로 젖혀져 있고 열린 창 틈을 통해서 상쾌한 가을의 냉기가 들어온다…….

3

지난 몇 년 간 지주들의 꺼져 가는 영혼을 지탱해 준 것이 있다면 그것은 사냥이었다. 과거에는 안나 게라시모브나 숙모의 저택처럼 우중충한 대저택들을 흔히 볼 수 있었다. 거의 허물어져 가면서도 여전히 거대한 영지와 이십 제샤찌나는 족히 되는 과수원을 거느린 채 사치스러운 생활을 영위하는 대저택들도 있었다. 그런 대저택들 중 몇몇이 아직까지도 남아 있지만, 생명은 더 이상 찾아볼 수 없다………. 뜨로이까, 승마용 끼르기스산 말들, 사냥개, 보르조이견, 하인들이 모두 어디론가 사라지고, 이 모든 것의 주인이자 사냥을 즐기던 지주도 더 이상 세상에 없는 것이다. 이미 고인이 된 나의 처형 아르세니 세묘니치처럼.

구월 말이 되면 과수원과 탈곡장은 썰렁해지고 매년 그렇듯이 날씨가 변덕을 부리기 시작한다. 며칠이고 바람이 나무들을 미친 듯이 흔들어대고 아침부터 밤까지 비가 주룩주룩 내린다. 이따금 서쪽으로 지던 태양이 저녁 무렵 낮게 낀 먹구름 틈을 비집고 나와 이별인사로 출렁대는 금빛 햇살을 선사한다. 공기는 맑고 깨끗해져서 바람에 살랑살랑 흔들리는 나뭇잎과 가지들의 빽빽한 틈 사이로 햇살이 눈부시게 반짝인다. 무거운 납빛 비구름을 잔뜩 머금은 파란 하늘이 북쪽에서 차갑고 맑게 빛났고 먹구름 뒤로부터 구름이 만들어 놓은 하얀 설산이 느리게 움직인다. 창가에 서서 '십중팔구, 날이 개이겠는걸' 하고 생각해 보지만 바람은 잦아들지 않는다. 과수원을 쑥대밭으로 만들어 놓은 바람이 오두막 굴뚝에서 올라오는 연기를 끊임없이 흩어 놓고 먹구름의 불길한 타래들을 풀어 놓는다. 구름은 낮고 빠르게 이동하면서 연기처럼 금세 태양을 가린다. 태양의 빛이 사그라들고 푸른 하늘을 향한 창이 닫히면서 과수원은 황량하고 적적해진다. 다시 빗방울이 떨어지기 시작한다……. 처음에는 조용히, 조심스럽게, 그러다가 점점 더 굵어진 빗방울은 결국에는 돌풍과 어둠을 몰고 온 소나기로 바뀐다. 길고 근심스런 밤이 찾아온다…….

그런 난리가 지나고 나면 과수원은 완전히 속살을 드러내고 젖은 낙엽이 수북이 쌓여 자포자기한 듯한 모습이 적막강산이 따로 없다. 하지만 가을의 마지막 축제가 시작되는 시월 초 다시 날이 개이고 투명하고 쌀쌀한 날씨가 찾아오면 과수원은 얼마나 황홀하게 변하는지! 그때까지 나뭇가지에서 떨어지지 않은 잎사귀들은 이제 첫눈이 올 때까지 매달려 있을 것이다. 검게 변한 과수원은 차가운 터키석 빛깔의 하늘 아래서 외로이 버티면서 햇살에 따끈해진 몸으로 얌전히 겨울을 기다릴 것이다. 들판은 흙은 갈아엎어 시커먼 빛깔을 띠고 무성하게 자란 가을 파종 작물들로 푸르르게 변한다……. 바야흐로 사냥철이다!

아르세니 세묘니치의 영지 거대한 저택 안, 파이프담배와 궐련 연기가 자욱하고 창으로 들어온 햇빛으로 환한 홀에 내가 서 있는 것이 보인다. 사람이 많이 모여 있다. 그곳에 있는 모든 사람은 햇볕에 그을리고 바람에 거칠어진 얼굴을 하고 긴 장화에 반코트를 걸치고 있다. 방금 전에 든든하게 점심식사를 한데다가 곧 시작될 사냥에 대한 열띤 대화로 흥분해서 얼굴은 상기되어 있지만 식사 후에 남은 보드카 병을 비우는 것은 잊지 않는다. 마당에서 뿔피리 소리가 들리고 개들이 요란스레 컹컹 짖기 시작한다. 아르세니 세묘니치의 애견인 검은 보르조이견이 테이블로 뛰어올라 접시에 남아 있던 소스를 곁들인 토끼고기를 먹기 시작한다. 그러다 갑자기 끔찍한 괴성을 지르며 접시와 술잔들을 뒤집어엎으며 테이블에서 내려온다. 채찍과 권총을 들고 서재에서 나오던 아르세니 세묘니치가 홀을 향해서 갑자기 총을 발사한 것이다. 홀에는 연기가 자욱하게 피어오르고 아르세니 세묘니치는 웃으며 서 있다.

"빗나가다니 아까운걸!" 하고 장난기 어린 표정을 짓는다.

그는 큰 키에 마른 편이었지만 건강한 어깨에 잘빠진 몸매를 갖고 있었고 얼굴은 집시처럼 매력적이었다. 야생마처럼 빛나는 눈동자에 진홍빛 실크 셔츠와 벨벳 승마바지, 롱부츠를 신은 그는 짐승처럼 날렵했다. 총소리로 애견과 손님들을 놀래킬 때는 언제고 목소리 톤을 낮게 깔더니 장난스러우면서도 엄숙하게 "날쌘 돈강의 종마에 안장을 채울 때가 왔소! 어깨에 우렁찬 뿔피리를 얹으시오!" 라고 선포한다. 그리고 큰 소리로 "자, 황금 같은 시간을 낭비할 수는 없지 않소!" 라고 외치는 것이다.

떠들썩한 아르세니 세묘니치의 무리와 함께 활엽수림에 풀어놓은 개들이 교향악을 연주하듯이 짖어대는 소리에 설레

이는 가슴을 안고 '붉은 언덕'이나 '천둥 치는 섬' 같이 이름
만 들어도 사냥꾼의 가슴을 두근거리게 하는 그곳을 향하면
서 저녁 무렵 맑고 축축한 하루의 냉기를 젊은 가슴 한가득
욕심껏 들이마시던 그때가 지금도 생생하다. 성이 잔뜩 난 건
강한 흰점박이 키르기스마의 고삐를 꽉 쥐고 달릴 때면 내 몸
이 마치 말과 하나가 된 것 같았다. 말은 거센 콧김을 푸르르
내뿜으면서 속보로 달리자며 나를 재촉하고, 발굽으로 숲을
덮은 시커먼 낙엽들이 만들어 놓은 푹신하고 가벼운 양탄자
를 헤친다. 이 모든 소리가 인적 없고 축축하고 상쾌한 숲 속
에 나지막이 울려 퍼진다. 어디선가 멀리서 개 한 마리가 짖
자 뒤를 이어 다른 한 마리가 맹렬하고 애처롭게 따라 짖고
그러다가는 이내 숲 전체가 개 짖는 소리와 고함 소리로 가득
차 버린다. 그 소란의 와중에 탕—하는 총소리가 울려 퍼지고
순식간에 모든 것이 잠잠해지면서 어디론가 멀리 사라진다.

"넘-어-간-다-!" 하고 누군가가 숲이 떠나가라 애타는 목소
리로 고함을 지른다.

'아, 피하자!' 하는 몽롱한 생각이 머릿속을 스친다. 이내
이랴이랴, 말을 다그치고는 마치 족쇄에서라도 풀려난 짐승
처럼 길에 무엇이 있는지 보지도 않고 숲을 돌진한다. 나뭇가
지가 눈을 스치고 말발굽 아래에서 튕겨 오르는 흙이 얼굴을
친다. 숲을 벗어나면 푸른 벌판에 길게 늘어서 있는 온갖 종
류의 개 무리가 보인다. 그럼 키르기스마에 박차를 가해 개

무리를 가로질러 벌판과 개간지, 수확이 끝난 밭을 통과해 또 다른 숲에 도달할 때까지, 미친 듯이 짖어대고 신음하는 개들의 울부짖음이 더 이상 들리지 않을 때까지 내달린다. 온몸이 땀으로 푹 젖고 긴장감으로 덜덜 떠는 나는 입에 거품을 물고 거친 숨을 내몰아쉬는 말을 멈춰 세우고는 숲 골짜기의 찬 습기를 탐욕스럽게 들이마시고 삼킨다. 저 멀리 사냥꾼들의 고함 소리와 개 짖는 소리가 개미 소리처럼 들리지만 내 주변은 적막한 고요가 흐른다. 숲의 절반에 나무들이 가지런히 열을 지어 심어져 있는 것이 마치 보호림의 궁전에 들어와 있는 것만 같다. 골짜기로부터 축축한 버섯과 썩은 나뭇잎, 젖은 나무껍질의 진한 냄새가 풍겨 온다. 골짜기의 습기가 점점 더 진하게 접근하면 숲은 기온이 뚝 떨어지고 어둠이 깔리기 시작한다……. 야영지로 가야 한다. 하지만 사냥이 끝나고 개들을 한데 모으기란 쉬운 일이 아니다. 한참 동안 애타는 뿔피리 소리가 숲에 울려 퍼지고 고함 소리, 욕지거리, 개들의 컹컹대는 소리가 들린다……. 마침내 완전히 어두워져서야 사냥꾼 무리는 별로 잘 알지도 못하는 홀아비 지주의 집으로 향하고 불한당같이 들이닥친 손님들을 맞으려고 대저택의 앞마당은 가로등, 촛불, 등불로 대낮같이 밝혀지고 떠들썩한 소음으로 가득 차는 것이다…….

그렇게 손님을 환대하는 이웃의 집에 머물며 며칠씩 사냥을 계속하는 경우도 있었다. 이른 아침 녘 얼음장 같은 바람을 헤치고 축축한 첫눈을 맞으며 숲과 들판으로 출발했다가 황혼 녘에야 집으로 돌아오는 사냥꾼들의 얼굴은 온통 흙투성이에 상기돼 있고 말의 땀내와 사냥한 짐승들의 냄새가 배인 채로 술잔치를 시작한다. 사람들로 가득 찬 환하게 불 밝힌 집 안은 들판의 냉기 속에서 종일을 보낸 후일지라도 훈훈했다. 사냥꾼들은 승마바지의 단추를 풀어 젖힌 채 이방 저방 돌아다니면서 무질서하게 먹고 마시면서, 홀 한가운데에서 눈알을 번뜩이며 이빨을 드러내고 털이 북실북실한 꼬리를 옆으로 척 늘어뜨린 채 이미 창백하게 식어 버린 피로 바닥을 적시고 있는 거대한 죽은 늑대에 대한 감상을 서로 나눈다. 보드카와 음식으로 한껏 배를 불리고 나면 달콤한 피곤함과 함께 스르륵 눈꺼풀이 감기기 시작해 마치 물속에서 사람들의 대화를 엿듣는 기분이 된다. 바람을 맞은 얼굴에 열이 오르고 눈을 감으면 지구 전체가 발아래에 떠다니는 느낌이 든다. 성화단과 성화를 밝히는 등불이 천장에 매달려 있는 저택의 오래된 구석방 폭신한 깃털침대에 누우면 눈앞에는 불처럼 울긋불긋한 개의 유령이 어른거리고 온종일 말을 달린 몸뚱이가 욱씬거리면서 이 방이 농노제도가 서슬 퍼렇던 과거 악명 높은 노인네의 기도실이었거나, 어쩌면 그가 이 방, 바로 이 침대 위에서 이승을 떠났을지도 모른다는 사실조차 개의치 않고 온갖 환영과 느낌에 사로잡힌 채 달콤하고 건강한 잠 속으로 빠져드는 것이었다.

늦잠을 자는 바람에 사냥을 놓치게 되면 그날의 휴식은 각별히 즐거웠다. 잠에서 깬 후에도 한참을 침대에서 일어나지 않는다. 집 전체에 정적이 감돈다. 정원사가 방방마다 돌아다니며 살그머니 난로에 불을 붙이는 소리라든가, 장작 패는 소리, 총소리가 들려온다. 겨울이 찾아와 적막강산이 돼 버린 대저택에서 평온한 하루를 보낼 수 있는 것이다. 느릿느릿 옷을 입고 뜰을 거닐다가 젖은 나뭇잎 속에서 우연하게 남겨진 차갑고 물기 어린 사과 한 알을 발견한다. 왠지 그 사과는 여느 사과들보다 훨씬 더 군침을 돌게 하고 특별한 것처럼 느껴진다. 그 후에는 독서를 시작한다. 두꺼운 가죽 표지에 금박 별이 박힌 염소가죽으로 제본된 할아버지의 책들을 집어 든다. 성무일과서를 닮은 그 책들의 누렇게 바랜 두껍고 거친 종이에서는 정말 좋은 냄새가 났다! 이상스럽게 기분 좋은 시큼한 곰팡이 냄새와 오래된 향수 냄새가…… 책장의 빈 곳 여기저기 거위깃털펜으로 적어 놓은 메모들, 그 동글동글하고 부드러운 필체도 마음에 든다. 책을 펼쳐서 읽기 시작한다. "고대와 현대의 철학자들을 위한 생각, 이성과 심장 감각의 색깔"…… 자연스럽게 책에 대한 관심이 생긴다. 책의 제목은 『귀족철학자』인데 백 년쯤 전에 한 '수많은 훈장 소유자'의 재정지원을 받아서 자혜원(18-19세기 러시아제국의 현 소속 행정기관으로 도시 빈민을 위한 자선, 의료단체들이 소속되어 있었다.) 산하 인쇄소에서 찍어낸 풍자집으로, 인간의 이성이 어디까지 고양될 수 있는지 사색할 시간과 능력이 되던 한 귀족 철학자가 자기 마을의 넓은 대지에서 세계의 설계도를 제작하려고궁리를 한다는 이야기다. 이어서 『볼테르 씨의 풍자철학문집』을 찾아내고는 한참을 역자의 천진난만한 직역투에 심취한다. "제군들! 에라스무스는 16세기에 우신들을 예찬하는 글을 썼습니다; (직역을 했는지 이 부분에 세미콜론이 들어가 있다.) 제군들은 제가 여러분 앞에서 이성을 옹호하라고 명령하십니다……." 이어서 예까쩨리나 대제 시대에서 낭만주의로, 문예작품집으로, 감상주의 시대의 긴 소설들로 넘어간다……. 뻐꾸기가 시계 속에서 튀어나와 텅 빈 집에 혼자 있는 내 머리 위에서 나를 놀리듯 구슬프게 뻐꾹뻐꾹 울어댄다. 그럼 가슴속에는 달콤한 동시에 이상야릇한 슬픔이 슬며시 고개를 들기 시작한다…….

아, 『알렉시스의 비밀』, 『빅토르 혹은 숲 속의 아이』도 있었다. "시계가 자정을 알린다! 성스러운 정적이 낮 동안의 소음과 마을 사람들의 즐거운 노랫소리를 대신한다. 잠이 우리 반구의 표면 위로 자신의 음침한 날개를 펼치고 날개에서 아편과 꿈들을 펄럭이며 떨어뜨린다……. 꿈들……. 왜 꿈은 불운한 자의 고통을 반복해서 보여주는 것이냐!" 눈앞에 내가 좋아하는 오래된 단어들이 가물거리기 시작한다 —— 바위와 참나무숲, 창백한 달과 고독, 귀신과 유령, 큐피드들, 장미와 백합, 어린 장난꾸러기들의 장난기와 발랄함, 백합 같은 손, 류드밀라와 알리나……. 그런가 하면 쥬꼽스끼, 바쮸슈꼬프, 귀족학교 학생 뿌슈낀의 이름이 실린 잡지들도 있다. 마음이 울적해져서는 클라비코드 반주에 맞춰 할머니가 추던 폴로네이즈, 할머니가 달짝지근한 목소리로 읽어 준 『예브게니 오네긴』의 시구절들과 함께 할머니가 떠오른다. 그럼 옛날 그 시절의 꿈 속 같은 생활이 눈앞을 주마등처럼 스친다……. 양가집 규수와 마나님들이 귀족의 대저택에서 살던 시절이 있었다! 여인들이 벽에 걸린 초상화 속에서 나를 바라본다. 고풍스런 머리 모양을 한 아름다운 작은 얼굴, 귀족적인 얼굴들이 슬프고 온화한 눈동자 위로 긴 속눈썹을 다소곳하게 내리깔고 나를 바라보는 것이다…….

4

안또노프 사과의 향기가 지주들의 대저택들에서 차츰 사라져 간다. 그리 오래전 일도 아닌데, 그때로부터 거의 한 세기가 지나 버린 느낌이 든다. 비셀끼의 노인들은 차례차례 저세상으로 떠났고 안나 게라시모브나도 영면에 들었으며 아르세니 세묘니치는 권총으로 자살했다……. 궁핍할 정도로 몰락한 소지주들의 세상이 도래했다. 하지만 궁핍한 소지주의 삶도 나는 즐겁기만 하다!

어느 깊어 가는 가을 시골 마을에 서 있는 내가 또 보인다. 며칠째 쌀쌀하고 흐린 날이 계속되고 있다. 아침에 나는 안장에 앉아 개 한 마리를 데리고 소총과 뿔피리를 챙겨서 들판으로 나간다. 바람이 소총의 총구 속에서 윙윙대며 소리를 낸다. 정면으로 세차게 부는 바람에는 간혹 마른 눈발이 섞여 있다. 종일 텅 빈 평원을 방황한다……. 허기지고 온몸이 꽁꽁 얼어 황혼 녘이 돼서야 저택으로 돌아오는 길에 비셀끼의 반짝이는 불빛들과 저택에서 전해지는 연기와 삶의 냄새를 맞닥뜨리게 되면 가슴속이 훈훈하고 즐거워진다. 이 계절이 되면 우리 집에서는 불을 켜지 않고 침침한 어둠 속에서 대화하는 이른바 '황혼놀이'를 즐겼던 기억이 난다. 집으로 들어서면서 동절기용 덧창이 벌써 끼워져 있는 것을 발견하고 평온한 겨울 분위기에 빠져 들게 된다. 일꾼이 난로에 불을 지피고 있는 하인방에 벌써 겨울의 상쾌한 냄새를 진하게 풍기는 짚더미 위에 어릴 때처럼 쪼그리고 앉아서, 한번은 난로 속 불을 쳐다보다가 또 한번은 황혼이 푸르스름한 기를 띠며 우울하게 생명을 다해 가고 있는 창 너머를 응시하다가를 반복한다. 그러다가 행랑채로 나간다. 그곳은 환하고 사람들로 북적거린다. 계집아이들이 채칼을 번뜩이며 양배추를 썰고 있다. 칼질 소리는 음악 같고 여자들이 다정하게 부르는 농부의 노래들은 구슬프면서도 유쾌하다……. 가끔 이웃의 소지주가 찾아와 며칠 자기 집에서 보내자며 내 손을 잡아끈다……. 소지주로 사는 것도 나쁘지는 않겠지!

소지주는 아침에 일찍 일어난다. 한바탕 기지개를 켜면서 침대에서 일어나 검은 싸구려 타바코나 그냥 마호르까(러시아산 담뱃잎의 일종)로 두툼하게 담배를 한 대 만다. 이른 11월 아침의 창백한 햇빛이 아무것도 없이 밋밋한 벽으로 둘러싸인 서재와 침대 위에 걸린 누런색의 거칠거칠한 여우 털가죽, 그리고 승마바지에 허리띠를 푼 꼬소보로뜨까(사선으로 목트임이 있는 러시아 전통 남자 상의)를 입은 다부진 소지주의 몸매를 비추면 거울에는 타타르인의 잠에서 덜 깬 얼굴이 나타난다. 어둡고 따스한 집 안에 시체와 같은 정적이 감돈다. 문 밖 복도에서 주인집에서 계집아이 때부터 살아온 나이 든 부엌데기 할멈의 코 고는 소리가 들린다. 그러든지 말든지 주인 나으리는 잠긴 목소리로 온 집안이 떠나가라 "루께리아! 사모바르를 준비해줘!" 하고 소리를 지른다.

그러고 나서 장화를 신고 어깨에 가운을 걸치고는 셔츠의 단추도 채우지 않은 채 현관으로 나온다. 현관 앞 복도에서는 개 냄새가 난다. 사냥개들이 일어나 느리게 기지개를 켜고 큰 소리로 하품을 한 후 즐겁게 주인을 에워싼다.

"기다려―!" 하고 느긋하며 온화한 저음으로 개들을 진정시킨 후 소지주는 과수원을 통해 탈곡장으로 간다. 그는 가슴을 활짝 펴고 새벽의 강렬한 공기와 밤새 얼어붙은 헐벗은 과수원의 향기를 들이킨다. 이미 반이나 벌목된 자작나무 가로

수 길에서 추위로 움츠러들고 검어진 나뭇잎들이 사사삭 소리를 낸다. 탈곡장의 용마루 위에서 졸고 있는 털이 곤두선 갈까마귀들이 낮고 어두운 하늘 아래서 눈에 확 띈다⋯⋯. 사냥을 하기에 더할 나위 없이 좋은 날이다! 가로수 길 가운데서 멈춰 선 나으리는 가을 들판과 송아지들이 배회하고 있는 가을 파종밭을 한참 동안 바라본다. 암 사냥개 두 마리가 그의 다리 옆에서 컹컹거리고 있는데 잘리바이 녀석은 펄쩍펄쩍 뛰면서 벌써 수확이 끝나 발을 따끔따끔 찌르는 밭에서 들판으로 나가자고 마치 주인을 부르고 있는 것만 같다. 하지만 이제 사냥개가 무슨 소용이 있겠는가? 녀석은 지금 들판과 개간지, 다져진 길 위에 있지만 바람에 나뭇잎이 수선거리는 숲을 무서워했다⋯⋯. 보르조이견이 없는 게 아쉽기만 하다!

탈곡장에서는 타작이 시작된다. 천천히 속도를 올리면서 탈곡기의 원통이 낮은 소음을 내기 시작한다. 느리게 봇줄을 당기면서, 발로는 거름통을 누르면서 비틀거리면서 원동장치에 묶인 말들이 걷는다. 돌아가는 원동장치의 한가운데 의자 위에 올라앉은 말몰이꾼이 단조롭게 말에게 소리를 지르며 게으른데다 눈이 가려져 있어 걸으면서 거의 꾸벅꾸벅 졸고 있는 밤색의 거세된 숫말 하나만을 연신 채찍으로 때린다.

"자, 자, 아가씨들!" 헐렁한 아마포 셔츠를 입은 빈틈없는 운반담당이 엄격하게 소리친다.

처녀들은 황급히 탈곡장을 비질하고 수레와 빗자루를 가지고 이리저리 뛰어다닌다.

"시작합시다!" 운반담당이 이렇게 말하면 시험 삼아 처음으로 던져 놓은 곡식 다발이 푸드득푸드득 소리를 내며 원통으로 날아 들어가 활짝 펼친 부채처럼 아래에서 위로 날아오른다. 원통은 점점 더 신나게 소리를 내고 작업이 본격적으로 진행되면 금세 갖가지 잡음들이 하나의 즐거운 탈곡 소리로 합쳐지게 된다. 나으리는 탈곡장 문 옆에 서서 탈곡장의 어둠 속에서 울긋불긋한 머릿수건들과 손, 갈퀴, 짚단이 번뜩이며 이 모든 것이 원통의 굉음과 말몰이꾼의 단조로운 외침과 휘파람 소리에 맞춰 순조롭게 움직이며 법석을 떠는 것을 지켜본다. 왕겨가 구름처럼 문 쪽으로 날린다. 나으리가 왕겨를 흠딱 뒤집어쓴 채 서 있다. 그는 연신 들판을 바라본다……. 얼마 지나지 않아 들판은 첫눈으로 덮여 하얀 눈세상이 될 것이다…….

아, 첫눈! 보르조이견이 없으니 십일월에는 사냥을 나설 도리가 없다. 하지만 겨울이 오면 사냥개들이 동원된다. 그리고 다시 예전처럼 소지주들이 서로의 집을 찾아다니며 주머니를 탈탈 털어 가면서 술을 마시거나 며칠씩 내린 눈으로 덮인 들판으로 나가서 돌아오지 않는다. 저녁이면 어느 궁벽한 마을의 겨울밤 어둠 속 별채의 창문에서 불빛이 새어 나온다. 작은 별채 안은 연기가 모락모락 피어오르고 유지로 만든 촛

불이 침침하게 타오르며 기타 음정을 맞추는 소리가 들려온
다…….

　황혼 녘에 몰아친 돌풍이
　우리 집 대문을 활짝 열어 놓았네.

　누군가 가슴에서 나오는 고음으로 선창을 하면 나머지 사
람들도 히히덕거리며 서툴게 따라 부른다. 슬프고 절망적인
용기를 쥐어짜내며.

　우리 집 대문을 활짝 열어 놓았네.
　흰 눈으로 갈 길을 쓸어 놓았네…….

안또노프 사과

「안또노프 사과」는 자연과 심리를 묘사하는 빼어난 언어감각과 감수성으로 동시대인들로부터 러시아적 정서를 가장 잘 표현하는 산문의 귀재라는 평가를 받은 부닌이 서른 살(1900년)에 발표한 작품이다. 부닌은 이 단편으로 일약 대작가의 반열에 올랐는데 일부 비평가들은 "문장이 빼어나고 지적이고 유려하며 쉽게 읽히지만 주제가 무엇인지 전혀 알 수 없다"고 혹평하기도 했다. 그것은 마치 체호프가 처음 등장했을 때 "주제는 없고 우연만이 난무한다"고 했던 것을 연상케 한다. 반면에 고리끼는 "「안또노프 사과」에 감사한다"는 말로 부닌을 격찬했다.

19세기와 20세기라는 두 세기가 교차하는 시점―급속한 산업화와 다가오는 혁명의 분위기―에서 몰락한 지방 귀족가문에서 자란 부닌이 느낀 돌아오지 않는 생활방식에 대한 회상, 향수와 우수가 안또노프 사과의 향기에 압축되어 있다. 외면상 단순한 것에서 내적인 복잡성을 보여주고 작고 미미한 것에서 의미심장한 사색을 이끌어 내는 것은 뿌슈낀, 고골, 뚜르게네프, 체호프, 똘스또이 등 19세기 러시아 문학이 쌓아온 전통이다. "안또노프 사과의 향기가 지주들의 대저택에서 사라지고 있다"는 말로 부닌은 다가온 20세기에 대한 자신의 시선을 정리한다.

안또노프 사과는 노란 빛깔에 독특한 향이 있으며 시큼한 맛이 나는 오래된 겨울사과 품종이다(러시아어로는 '안또노프까'라고 발음한다). 이 작품에서 안또노프 사과는 풍요와 즐거움의 상징이자 살아 있다는 사실만으로 행복하다는 확신을 불러일으키는 근원적 존재라고 할 수 있다. 「안또노프 사과」에는 부닌의 창작세계의 중심주제, 즉 실존적 시간의 움직임, 러시아의 과거, 현재, 미래가 느껴지는 인간 영혼의 역사, 기억의 공간이 압축되어 표현되어 있는 것이다.

부닌에게 러시아 작가 최초로 노벨문학상을 안겨준 자전적 소설 『아르세니예프의 생』(1933)에서 화자는 작가 페트의 작품에 자연 묘사가 너무 많다는 말을 듣자 "나는 묘사라는 말에 분개하여 우리와 별개인 자연이란 존재하지 않으며 미세한 공기의 움직임이 우리 자신의 생명의 움직임이라는 사실을 증명하려고 했다"라고 말한다. 누군가에게는 이데아가 세계관의 중심에 있을지 모르지만, 부닌에게는 살아 숨쉬는 것들이 내는 작은 부스럭 소리, 사과의 향기, 오래된 책에서 나는 퀴퀴한 냄새, 즉 '일상적인 존재의 온갖 인상들,' 그것에서 얻는 신선함, 우수, 환희가 작품의 주요 테마라고 할 수 있다.

20세기 초 러시아 문학에서 인간의 삶과 자연의 불가분성이라는 주제를 이처럼 집요하게 묘사한 작가는 부닌뿐이다.

정결한 월요일
Чистый понедельник

　　　　모스크바의 우중충한 겨울 하루가 저
물면서 거리의 가스등에 차가운 불빛이 점화되고 상점 쇼윈
도에 따뜻한 조명이 들어오자 하루의 일과에서 해방된 모스
크바는 새롭게 밤의 활기로 되살아났다. 썰매를 끄는 마부의
목소리에도 흥이 더 실리고, 퇴근길의 사람들을 꾹꾹 쑤셔 넣
고 폭주하는 궤도전차들도 더 둔중한 소리를 뿜어냈다. 짙어
가는 어둠 속에서 전차의 전깃줄이 치지직 소리를 내며 푸른
별을 수없이 뿌려대고 있었다. 어스름히 검어지는 행인들의
그림자들도 눈 쌓인 인도를 따라 어디론가 걸음을 서두른
다……. 매일 저녁 이 시간이면 나의 마부는 늘씬한 종마에
나를 태우고 붉은 문(스웨덴과의 북방전쟁에서 승리한 기념으로 뾰뜨르 대
제의 명령으로 1709년 세워진 개선문으로 처음에는 나무로 지어졌다가 화재로 불탄

후 돌로 새로 짓고 붉은 문으로 개명되었다. 1928년 모스크바 환상도로 건설을 위해서 철거되었으며, 현재는 지하철역의 이름으로만 남아있다.)에서 **구세주 성당**(나폴레옹의 침략을 격퇴한 기념으로 1839년에 착공되어 1883년에 완성된 1만 명을 수용할 수 있는 러시아에서 가장 큰 성당. 1931년 성당의 자리에 '소비에트 궁전'을 짓는다는 명목으로 폭파되었다. 한때 시민들을 위한 야외수영장이 들어서 있다가 1994~1997년 원래의 모습대로 복원되었다.)까지 내달리는 것이다.

성당 건너편에는 그녀가 살고 있었다. 그녀와 나는 매일 저녁 프라하나 에르미따슈, 메뜨로뽈(프라하, 에르미따슈, 메뜨로뽈, 야르, 스뜨렐나는 모스크바의 고급 레스토랑)에 가서 저녁을 먹었고 저녁을 먹은 후에는 연극이나 음악회에 갔다가 거기서 야르나 스뜨렐나로 향하곤 했다……. 이 모든 것이 어떻게 끝이 날지 나는 알지 못했고, 그것에 대해 골똘히 생각하거나 생각을 떠올리는 것 자체를 피하려고 애를 썼다. 그녀와 이 문제를 논하려는 시도만큼이나 그것은 소용없는 일이었기 때문이다. 미래에 대한 이야기만 나오면 그녀는 딴청을 피웠다. 나에게 그녀는 신비스럽고 불가해한 존재였으며 우리의 관계 또한 이상하기 짝이 없는 것이었다. 우리는 아직까지 아주 가까운 사이가 되지 못했고 이 모든 상황이 끊임없이 나를 번민을 불러일으키는 긴장과 고통스런 기대감 속에서 살게 했다. 그런가 하면 그녀 곁에서 보내는 매 순간 나는 말로는 형용할 수 없는 행복을 느꼈다.

그녀는 무슨 목적인지는 모르지만 여자전문학교(19세기 후반까지 러시아 대학들은 여성의 입학을 허용하지 않았고 이 때문에 해외로 유학을 가는 수가 늘자, 1878년 3년제로 처음 여성전문학교가 생겨났고, 1881년부터 4년제로 바뀌었다.)에도 다니고 있었고, 학교에 가는 경우는 드물었지만 어쨌든 다니고는 있었다. 한번은 그녀에게 이유를 물었더니, 어깨를 으쓱하면서 이렇게 대답하는 것이었다. "세상 모든 일에 이유가 있다고 생각하시는 건가요? 우리가 스스로의 행동을 과연 다 이해하기나 하나요? 어쨌거나 저는 역사에 흥미가 있답니다……." 그녀는 혼자 살았다. 그녀는 저명한 상인 가문 출신으로 홀아비가 된 교양 있는 그의 아버지는 뜨베리에서 홀로 망중한을 즐기며 그 부류의 상인들이 으레 그러하듯이 무언가를 수집하는 낙으로 살고 있었다. 그녀는 모스크바 강이 잘 보이는 구세주 성당 맞은편 건물의 5층 모서리 아파트를 빌려서 살고 있었는데, 방은 두 개뿐이었지만 면적이 넓고 고급 인테리어로 치장돼 있었다. 첫 번째 방에는 커다란 터키식 소파가 떡하니 자리를 차지하고 그 옆에 고급 피아노가 한 대 놓여 있었다. 그녀는 항상 느리고 몽환적인 월광 소나타의 도입부를 치다가 관두곤 했다. 피아노와 경대 위유리 화병에는 근사한 꽃다발이 꽂혀 있었는데 매주 토요일 내가 그녀를 위해 주문한 것이었다. 토요일 저녁에 내가 그녀의 아파트에 도착하면 그녀는 무슨 이유에서인지 맨발의 똘스또이 초상화가 걸려 있는 벽 아래 소파에 길게 누워 내가 입맞춤을 할 수 있도록 천천히 손을 내밀면서 느리게 "꽃을 보내 주서서 감사해요……"라고 말하곤 했다. 나는 초콜릿 상자나 호프만스탈, 슈니츨러, 테트마예르, 프시비셉스키의 신간을 선물하곤 했는데 그때마다 그녀는 예의 "감사해요"라고 말하며 따뜻한 손을 내밀었고 간혹 외투를 입은 채 소파 옆에 앉아 달라고 명령하곤 했다. "왜인지는 모르겠지만", 그녀는 비버털 목도리가 달린 내 외투를 바라보면서 생각에 잠겨 이렇게 말했다. "거리에서 이 방으로 당신이 가지고 들어오는 겨울 공기의 냄새보다 더 좋은 건 세상에 없는 것 같아요……." 어쩌면 그녀에게는 아무것도 필요가 없는 것 같았다. 꽃도, 책도, 저녁도, 연극도, 교외에서의 저녁도. 물론 그녀는 꽃을 좋아했고 내가 가져다주는 책이 마음에 들지 않더라도 반드시 들춰 보기는 했으며 초콜릿은 하루에 한 상자를 다 먹어 치웠고 점심과 저녁은 내게 뒤지지 않는 양의 식사를 했다. 특히 모캐 수프를 곁들인 라스쩨가이(버터를 넣지 않고 이스트를 넣은 반죽으로 윗부분이 트이게 만든 러시아식 파이)와 진하게 조린 사우어 크림에 담근 핑크빛 도는 꿩고기를 좋아했다. 간혹 "사람들은 평생을 매일같이 점심을 먹은 후엔 저녁을 먹고 하는 것이 싫증이 나지도 않는가 봐요"라고 말하면서 정작 자신은 모스크바식 풀코스를 즐기는 것이었다. 그녀가 자신의 열망을 감추지 못하는 것이 있었다면 그것은 좋은 옷, 빌로드, 실크, 고급 모피였다…….

우리 둘은 모두 부유하고 건강하며 젊을 뿐 아니라 너무나도 아름다워서 레스토랑, 음악회, 어디를 가든 우리를 향한 사람들의 시선을 느낄 수 있었다. 삔자 현 출신임에도 불구하고 그 시절 내 외모는 왠지 남쪽 지방의 뜨거운 매력을 발산하고 있었는데 한 유명한 배우로부터 심지어는 "이렇게 잘 생기면 곤란한 걸"이라는 소리까지 들어야 했다. 그는 상상하기 힘들 정도로 뚱뚱한 사내였는데 엄청난 대식가이긴 했지만 영리한 사람이었다. "당신은 어디 출신인지 당최 알 수가 없어. 시실리아 사람이래도 믿겠다니까"라며 꿈꾸는 듯한 목소리로 말했다. 게다가 나는 성격마저도 남방의 성정에 따라 활기차며 항상 행복한 미소를 띠고 즐거운 농담을 즐겼다. 그녀로 말하자면 인도 혹은 페르시아 여인처럼 구리 같은 호박(琥珀)빛 얼굴에 눈부신, 풍성한 검은 머리카락은 심지어 팜므파탈의 이미지를 더해 주기도 했으며, 검은 담비털처럼 부드럽게 반짝이는 눈썹과 부드러운 석탄같이 검은 눈동자, 부드러운 선홍색 입술이 매혹적인 입은 거뭇한 솜털로 인해 더 두드러져 보였다. 외출할 때 그녀는 석류빛 빌로드 드레스와 금빛 고리가 달린 같은 색 구두를 걸치는 적이 많았다. (학교에 갈 때는 얌전한 여학생 복장을 했고 아르바트에 있는 채식주의자들의 식당에서 삼십 꼬뻬이까짜리 아침을 먹었다.) 내가 수다스럽고 순진하게도 즐거웠던 반면에 그녀는 말이 없었던 적이 많았다. 항상 머릿속에서 무엇인가에 대해 골몰하고 있는 듯 그녀는 생각에 잠겨 있었다. 손에 책을 들고 소파에 누워서 자주 책을 아래로 내리면서 무슨 의문이라도 생긴 듯한 눈으로 앞을 응시하곤 했다. 한 달에 사나흘 그녀는 두문불출하며 나를 소파 옆 안락의자에 앉혀 놓고 말 없이 책을 읽으라고 시킨 후 자신도 누워서 책을 읽는 적이 많았기 때문에 나는 낮에 그녀의 집에 들러서 그녀의 그런 모습을 보아왔다.

"당신은 정말 수다쟁이에 가만히 앉아 있지를 못하시는군요. 이 장을 끝까지 읽을 때까지 좀 기다려 주세요"라고 그녀는 말했다.

"제가 과묵하고 조신했다면 어쩌면 당신을 만나지 못했을 수도 있답니다"라는 대답으로 나는 우리의 첫 만남을 상기시켜 주었다. 어느 12월 예술가클럽의 안드레이 벨르이(러시아 상징주의 시인, 작가) 강연에 갔다가 무대 위를 뛰어다니며 노래하고 춤을 추는 벨르이를 보고 나는 그만 큰 소리로 웃고 말았다. 그때 우연히 내 옆자리에 앉았던 그녀는 처음에는 불만스럽게 나를 쳐다보다가 이내 같이 웃기 시작했고, 나는 웃으며 그녀에게 말을 걸었다.

"그랬나요. 하지만 지금은 좀 조용히 해 주세요. 책을 읽거나 담배를 피우면 어때요?" 그녀는 말했다.

"조용히 할 수가 없어요! 제가 당신을 얼마나 사랑하는지 모르겠지요! 당신은 나를 사랑하지 않으니 말이에요!"

"알아요. 그리고 내가 사랑하는 사람은 세상에 아버지와 당신뿐이라는 것도 당신은 알고 있을 거예요. 적어도 당신은 나의 첫사랑이자 마지막 사랑이니까. 그래도 성에 안 차시나요? 이제 그만 해 주세요. 당신이 옆에 있을 땐 책을 읽을 수가 없군요. 홍차나 마셔야겠어요……."

나는 자리에서 일어나서 소파 뒤편 작은 테이블 위에 놓인 전기주전자(전기주전자는 1893년 시카고 세계박람회에서 처음 선보였다.)에 물을 올리고 테이블 뒤 구석에 서 있는 호두나무 장식장에서 찻잔과 받침을 꺼내면서 머릿속에 떠오르는 대로 수다를 늘어놓았다.

"『불의 천사』는 다 읽었나요?"

"한번 보기는 봤어요. 어찌나 잘난 척이 심한지 제대로 읽어 줄 수가 있어야죠."

"어제 샬랴삔(오페라 가수) 연주회에서는 왜 갑자기 나가 버린 거죠?"

"그의 용맹스러움에 비위가 상해서요. 그것도 그렇지만 금발머리의 루시(역사적으로 동슬라브(러시아, 우끄라이나, 백러시아)인들이 살던 땅과 사람들을 가리키는 말)라는 상투성은 정말 마음에 들지 않아요."

"당신 마음에 들기란 쉽지 않죠!"

"그 말도 맞아요……."

'이상한 사랑이지!' 이렇게 생각하면서 나는 물이 끓는 동안 멀거니 서서 창밖을 바라보았다. 방 안에는 꽃향기가 났

고, 내게는 꽃향기와 그녀가 하나가 된 것처럼 느껴졌다. 창
밖에는 저 멀리 강 건너 눈에 덮인 어두운 모스크바의 광활한
풍경이 낮게 깔려 있었다. 왼쪽 창을 보면 크렘린의 일부가
보였고 맞은편을 보면 지나치게 새 축건물 냄새가 나는 하얀
구세주 성당이 바로 코앞에 있는 듯 느껴졌다. 그 황금빛 양
파지붕에는 항상 그 주변을 비행하고 있는 갈매기들의 푸른
빛 그림자가 비치고 있었다⋯⋯. '이상한 도시다!' 오호느이
랴드('사냥한 들새를 파는 길게 늘어선 장터'란 뜻으로 크렘린 앞의 마네쥬광장과
볼쇼이극장이 있는 극장광장을 잇는 거리. 과거에는 가판대가 늘어선 시장거리였
다. 1920년대부터 시장을 철거하기 시작하여 1935년에 모스크바호텔이 들어서고
소련 최초의 지하철 노선이 그 밑을 지나게 되었다. 현재 동명의 지하철역이 있다.),
이베르스까야 성모 예배당(붉은광장으로 들어가는 부활의 문앞에 1781년
세워진 예배당으로 기적을 행하는 이베르스까야 성모 성화가 보관되어 있다.), 성
바실리 사원(붉은광장 남쪽에 위치한 러시아를 대표하는 사원. 카잔한국을 함
락한 기념으로 1555~1561년 지어졌다. 8개의 독립된 교회가 하나의 사원으로 결합
된 독특한 구조를 가지고 있다. 1929년 폐쇄되었으며 현재는 국립역사박물관 지부
로 사용되고 있다. 80년대를 풍미한 오락게임 '테트리스'에 등장하는 사원이다.)
에 대해 생각하며 나는 혼잣말을 했다. '성 바실리 사원, 그리
고 구세주 변용 사원(1330년 크렘린 안에 세워진 대성당으로 1933년 철거되
었다.), 이태리풍 대성당들, 그리고 크렘린 벽 뾰족탑들에서 느
껴지는 끄르기스적인 요소들⋯⋯.'

저물녘에 그녀의 집에 가면 나는 가끔 흑담비 모피로 가장

자리를 두른 짧은 실크 두루마기만 걸치고 소파에 앉아 있는 그녀를 발견하곤 했다. "아스뜨라한에 사셨던 할머니의 유품이랍니다" 하고 그녀는 말했다. 불을 켜지 않은 침침한 어둠 속에서 나는 그녀 옆에 앉아 그녀의 팔과 다리, 놀랍도록 부드러운 그녀의 몸에 입을 맞췄다……. 그럴 때 그녀는 전혀 반항하지 않았지만 여전히 아무 말도 없었다. 나는 쉴 새 없이 그녀의 뜨거운 입술을 찾았고 그녀는 순순히 입술을 내주며 호흡이 가빠졌지만 여전히 아무 말도 없었다. 내가 더 이상 자신을 억제하지 못할 것 같다는 느낌이 들면 그녀는 나를 밀어낸 후 자리에 앉아 언성을 높이지 않은 채 양초에 불을 붙여 달라고 부탁하고는 침실로 가 버렸다. 나는 양초에 불을 붙인 후 피아노 옆 회전의자에 앉아서 뜨거운 환각상태로부터 서서히 제정신으로 돌아왔다. 십오 분이 지난 후 그녀는 방금 전에 아무 일도 없었다는 듯이 평온하고 담담하게 외출 준비를 마치고 침실에서 나왔다.

"오늘은 어디로 갈까요? 메뜨로뽈 어때요?"

그리고는 또 다시 저녁 내내 우리는 전혀 상관없는 이야기를 주고받았다. 우리가 가까워지고 얼마 지나지 않아 내가 결혼을 언급했을 때 그녀는 말했었다.

"아뇨. 결혼은 내게 맞지 않아요. 맞지 않아요……."

그렇다고 내가 희망을 잃은 것은 아니었다. '어디 한번 봅시다!' 라고 생각하며 그녀가 생각을 바꿀 것이라는 기대를 품고 더 이상은 결혼 얘기를 꺼내지 않았다. 우리의 불완전한 관계는 이따금 내게 참을 수 없는 것처럼 느껴졌지만, 과연 내게 길지 않은 희망 외에 무엇이 더 있었을까? 한번은 그런 저녁의 어둠과 고요함 속에 그녀의 옆에 앉아서 나는 머리를 움켜잡았다.

"아니에요. 더 이상은 참을 수가 없습니다! 도대체 왜, 무슨 이유로 나와 당신 자신을 이토록 잔인하게 괴롭히는 건가요!"

그녀는 아무 말도 하지 않았다.

"그래요. 어쩌면 이건 사랑이 아닐지도 몰라……."

그녀는 어둠 속에서 침착한 목소리로 대답했다.

"그럴 수도 있죠. 사랑이 무엇인지 누가 알겠어요?"

"나는 알아요!" 나는 외쳤다. "사랑이, 행복이 뭔지 당신이 알게 될 때까지 나는 기다릴 거예요!"

"행복이란 뭘까……. '우리의 행복은, 친구여, 그물 속에 든 물과 같답니다. 그물을 당기면 가득 찬 듯 보이지만, 꺼내 보면 빈손이지요.'"

"그건 뭔가요?"

"쁠라똔 까라따예프가 삐에르에게 한 말(쁠라똔 까라따예프는 똘스또이의 장편 『전쟁과 평화』의 주인공 삐에르 베주호프가 나폴레옹 암살 미수로 포로수용소에 갇혔을 때 만난 러시아 농부이다. 삐에르는 농부 까라따예프에게서 러시아의 정신적 힘을 발견한다.)이잖아요."

334

나는 손사래를 치며 말했다.

"동양의 지혜라면 이제 진절머리가 나요!"

그리고 다시 저녁 내내 나는 예술극장(1898년 K. S. 스따니슬랍스끼가 세운 모스크바예술극장을 말한다.)의 새 연극이라든지 안드레예프(작가 레오니드 안드레예프는 20세기 초 러시아에서 큰 인기를 누렸다.)의 새 단편이라든지 하는 다른 얘기들만 늘어놓았다……. 나르듯이 질주하는 썰매 위에서 부드러운 털코트를 입은 그녀를 꼭 안고 그녀와 처음으로 가까이 앉아 있을 수 있다는 것, 그리고 아이다의 행진곡이 울리는 레스토랑의 시끌벅적한 홀로 그녀와 걸어 들어가 그녀 옆에서 먹고 마시고, 그녀의 느린 목소리에 귀를 기울이며, 한 시간 전에 입을 맞췄던 그 입술을 바라보는 것만으로도 나는 행복에 겨웠다. '그래. 입을 맞췄지' 하고 나는 생각했다. 경이로운 감사함을 느끼며 나는 그 입술과 입술 위의 거뭇한 솜털, 석류빛 빌로드 드레스, 깎아내린 듯한 어깨선, 봉긋한 가슴을 쳐다보면서, 그녀의 머리카락에서 풍겨 오는 희미한 향신료의 향기를 맡으며 나는 생각했다. '모스크바, 아스뜨라한, 페르시아, 인도!' 교외의 레스토랑에서 저녁 식사가 끝나갈 무렵, 주변이 담배 연기 속에 점점 더 소란스러워지기 시작했을 때 다른 사람들처럼 담배를 피우며 술기운이 오른 그녀는 이따금 나를 독립된 방으로 데려가 집시들을 불러 달라고 부탁했다. 집시들은 일부러 소란스럽고 자유분방하게 들어왔다. 코러스 앞에는 금실로 짠

레이스가 덧대어진 짧은 두루마기를 입고 물에 빠져 죽은 사람처럼 납빛 얼굴에 선철로 만든 공처럼 반질반질한 머리를 한 집시 사내가 어깨에 하늘색 끈으로 기타를 매고 들어왔고, 그 뒤에는 타르처럼 검은 머리카락이 늘어진 짧은 이마의 집시 여자가 선창을 하며 따라 들어왔다……. 그녀는 지친 듯, 이상야릇한 미소를 띠고 노래를 들었다……. 새벽 세 시, 네 시에 나는 그녀를 집에 데려다 주곤 했고 건물 현관에서 행복감에 눈을 감고 그녀의 목에 두른 젖은 모피에 입을 맞췄으며 어떤 황홀한 절망감에 사로잡혀 붉은 문으로 쏜살같이 달리며 나는 생각했다. '내일도 모레도 똑같겠지. 똑같은 고통에 똑같은 행복에……. 하지만 어쩌랴, 어쨌거나 행복하다. 넘치도록 행복하다!'

그렇게 1월, 2월이 가고 마슬렌니짜(겨울을 보내고 봄을 맞이하는 러시아전통 명절. 러시아에 기독교가 도입된 후 부활절 7주 전, 즉 대제기간의 전 한 주를 마슬렌니짜 축제기간으로 정하였다.)가 왔다가 지나갔다. 용서의 일요일(마슬렌니짜의 마지막 날이자 부활절 전 대재(大齋)기간을 앞둔 마지막 일요일. 이날 신자들은 서로에게 용서를 구한다.)에 그녀는 저녁 다섯 시까지 자기 집으로 와 달라고 했다. 내가 도착했을 때 그녀는 카라쿨 반코트, 카라쿨 모자, 검은 펠트로 만든 덧신을 신고 외출 준비를 마친 상태였다.

"완전히 새까맣군요!" 언제나처럼 즐겁게 문을 들어서며 내가 말했다.

그녀의 눈빛은 상냥하고 잠잠했다.

"내일이 벌써 정결한 월요일(대재기간이 시작되는 첫 주의 월요일. 금식의 시작과 함께 집 안을 청소하고 목욕을 하여 청결함을 유지한다.)이잖아요"라고 말하며 그녀는 카라쿨 머프 속에서 검은 키드가죽 장갑을 낀 손을 꺼내 내게 내밀었다. "'우리 생명의 주이시며 스승이시여…….'(대재기간에 드리는 성 에프렘의 기도문의 첫 구절.) 노보제비치 수녀원(1524년 세워진 수녀원으로 황실의 많은 여인들이 감금되었던 장소이기도 하다. 1922년 폐쇄되었다가 1994년 다시 수녀원이 문을 열었다. 원내에 있는 공동묘지에는 고골, 불가꼬프, 마야꼽스끼, 스따니슬랍스끼, 흐루시초프 등 유명인사들의 무덤이 있다.)에 가지 않겠어요?"

나는 놀랐지만 재빨리 대답했다.

"가지요!"

"매일 가는 곳이라고는 술집뿐이었으니까." 그녀는 덧붙였다. "어제 아침에는 로고슈스꼬예 공동묘지(1771년 세워진 공동묘지로 구교도 성직자들의 무덤이 있으며 구교도들의 정신적 중심지로 여겨진다.)에 다녀왔답니다……."

이번에는 더 놀라지 않을 수 없었다.

"공동묘지요? 무슨 일로요? 거기는 그 악명 높은 분리주의자들(1653년 니꼰 총주교의 종교개혁(성호를 두 손가락이 아닌 세 손가락으로 긋고, 러시아정교회의 전통을 무시하고 그리스정교회의 예법을 도입)에 반대한 구교도들을 낮추어 부른 말.)의 묘지 아닌가요?"

"맞아요. 분리주의자들의 묘지죠. 뾰뜨르 대제 이전의 루시라니! 대주교의 무덤이 그곳에 있어요. 한번 상상해 보세요. 고대의 것처럼 속을 비운 참나무 관 속에 마치 세공을 해놓은 듯한 금사 브로케이드를 입고 누워 있는 망자의 얼굴이 커다란 검은 화환 모양이 수놓아진 하얀 망사로 덮여 있는 것을. 아름다운 동시에 섬뜩한 느낌이 들지 않나요? 관 옆에는 리피스와 삼지 촛대를 든 보제들이 서 있구요⋯⋯."

"맙소사. 어디서 그런 걸 다 아시나요? 리피스, 삼지 촛대라니!"

"당신이 저를 잘 모르는 것 아닐까요?"

"당신이 그렇게 신앙심이 깊은 사람인 줄은 몰랐어요."

"이건 신앙심과는 상관이 없어요. 뭔지는 나도 잘 모르지만⋯⋯. 하지만 예를 들자면 저는 당신이 저를 데리고 레스토랑 순례를 하지 않을 때면 아침마다 아니면 저녁마다 가끔 크렘린 안의 대성당들을 방문하곤 한답니다. 당신은 생각도 못 하셨겠죠⋯⋯. 아, 그곳의 보제들은 대단하답니다! 뻬레스베트와 오슬랴뱌(1380년 지미뜨리 공을 도와 꿀리꼬보 전투에 참가해 따따르 군대에 맞서 싸우다가 전사한 수도승들로 이후에 러시아정교회에 의해서 성인에 추대되었다.)를 보는 것만 같죠! 두 개의 찬양대석에 두 개의 합창단이 있는데 그들도 모두 뻬레스베트처럼 키가 크고 기골이 장대하고 길고 검은 두루마기를 입고서 노래를 한다구요. 한 쪽에서 선창을 하면 다른 쪽에서 이어서 부르면서 조화로운 하나의 화음을 만들어 내지요. 그들은 일반 악보가 아니라 정교회의 성가 악보를 보고 불러요. 실내의 무덤은 반짝이는 전나무 가지로 덮여 있고, 밖은 영하의 기온에 햇빛에 반사된 눈 때문에 눈을 뜰 수가 없지요……. 아니에요. 당신은 이런 걸 이해할 수 없을 거예요! 가요…….”

저녁은 평화롭고 노을은 따사롭고 나무 위에는 서리가 내려 있었다. 핏빛 벽돌로 세워진 수녀원의 정적 어린 담벼락 위에는 수녀들을 닮은 갈까마귀들이 소란을 떨고 있었고 종탑의 음악시계가 가늘고 구슬프게 끊임없이 울리고 있었다. 정적 속에서 뽀드득 소리를 내며 우리는 문 안으로 들어가 공동묘지의 눈길 위를 걸었다. 해는 방금 전에 졌지만 아직 날은 훤했고 황금빛으로 반짝이는 노을 속에서 서리 낀 나뭇가지들이 회색빛 코랄처럼 황홀하게 느껴졌다. 그리고 무덤들 위에 산재해 있는 꺼지지 않는 등명(燈明)들이 평온하고 울적한 불빛으로 우리 주위를 비밀스럽게 밝히고 있었다. 나는 그녀의 뒤에서 걸으며 그녀의 자그마한 발자국, 그녀의 검은 새 덧신이 눈 위에 남기는 별모양을 황홀하게 쳐다보았다. 그녀는 내 시선을 느꼈는지 갑자기 뒤를 돌아보았다.

“당신은 정말로 저를 사랑하나 봐요!” 그녀는 조용히 주저하듯 고개를 흔들면서 이렇게 말했다.

우리는 에르뗄, 체홉의 무덤 옆에 잠시 서 있었다. 아래로 내려진 머프 속에 양손을 넣은 채 그녀는 체홉의 묘비를 한참 동안 바라보더니 어깨를 으쓱했다.

"러시아적 감상주의와 예술극장 스타일을 합쳐 놓은 것 같군요. 혐오스러워요!"

어두워지기 시작했고 몹시도 추워져서 우리는 나의 표도르가 마부석에 끈기 있게 앉아 있는 문 밖으로 천천히 걸어 나왔다.

"좀 더 말을 달리죠." 그녀가 말했다. "그런 다음에 예고로프로 마지막 블린을 먹으러 가죠……. 너무 빨리는 말구요, 표도르. 그게 좋겠죠?"

"알아 모십죠."

"오르딘까 어딘가에 그리보예도프가 살던 집이 있어요. 그 집을 찾으러 가요……."

그리고 우리는 무엇 때문인지 오르딘까로 향했고 작은 공원들이 있는 골목길들을 한참 헤매다가 그리보예도프 골목길에 도달했다. 하지만 그중 어느 건물에 그리보예도프가 살았는지 알려 줄 사람이 아무도 없었다. 행인이라고는 그림자도 보이지 않았고, 있다고 해도 우리 말고 누가 그리보예도프에게 관심이 있었겠는가! 어두워진 지 오래였고 서리 내린 나무들 뒤로 불 밝힌 창들이 발그레하게 보였다…….

"여기에는 마르타마리아 자선수녀원(옐리자베따 표도로브나 대공비가 빈민구제와 간호활동을 위해 1909년에 세운 자선수녀원이다. 옐리자베따 표도로브나 대공비는 세르게이 알렉산드로비치 모스크바 대공의 아내이자 러시아의 마지막 황제 니꼴라이 2세의 황후, 알렉산드라 표도로브나의 친언니이다. 1918년 혁명에 의해 살해당했다.)도 있어요." 그녀가 말했다.

나는 웃음을 터뜨렸다.

"수녀원에도 들르자구요?"

"아뇨. 그냥 그렇다는 말이에요……."

오호뜨니 랴드의 예고로프 선술집 아래층은 버터와 사우어크림을 지나치게 많이 발라 층층이 쌓아 놓은 블린을 썰고 있는 덥수룩한 수염에 두툼한 옷을 입은 마부들로 가득 차 있었고 목욕탕처럼 수증기가 피어오르고 있었다. 마찬가지로 따뜻하고 천장이 낮은 위층의 방들에서는 구식 상인들이 고급 캐비어를 곁들인 뜨거운 블린을 얼린 샴페인과 함께 먹고 있었다. 우리는 구석에 세 개의 손을 가진 성모 성화의 검은 판 앞에 성화 램프가 타고 있는 두 번째 방으로 들어가 기다란 테이블 뒤 검은 가죽 소파에 앉았다……. 그녀의 윗입술 위 솜털에는 서리가 내려 있었고 호박빛 뺨은 살짝 홍조가 돌았으며 천장이 낮은 방의 짙은 어둠이 그녀의 눈동자와 완전히 하나가 되었다. 나는 그녀의 얼굴에 매료되어 눈을 뗄 수가 없었다. 그녀는 향기로운 머프에서 손수건을 꺼내면서 말했다.

"좋군요! 아래층엔 무시무시한 사내들이 있는데, 이곳은 샴페인을 곁들인 블린과 세 개의 손을 가진 성모가 있네요. 손이 세 개라구요! 꼭 인도 같지 뭐예요! 당신, 나으리께서는 이 모스크바란 것에 대해서 저만큼 잘 알지 못할걸요."

"잘 알고 말구요!" 내가 대답했다. "그건 그렇고 진수성찬을 주문하도록 하죠!"

"진수성찬이라뇨?"

"산해진미를 모두 갖춘 식사 말이에요. 당신이 모르다니 이상하네요! '규르기가 말하기를⋯⋯' 있잖아요."

"멋져요! 규르기라니!"

"네, 유리 돌고루끼 공(公) 이야기죠. '규르기가 북쪽의 스뱌또슬라프 공에게 말하기를 '형제여, 모스크바로, 내게로 오거라' 하고는 진수성찬을 준비하도록 명령했노라'(1420년 경에 쓰여진 『이빠찌엡스까야 연대기』(고대 루시부터 13세기 말까지의 남서 루시의 역사적 사실들이 기록된 연대기로 17세기에 발견되었다.)에 수록된 내용으로 규르기는 12세기에 모스크바를 건립한 유리 돌고루끼 끼예프 대공을 말한다.) 기억하시죠?"

"훌륭해요. 그렇지만 이제 그 루시란 것은 북쪽의 수도원 같은 곳들에서만 볼 수 있는 것이 돼 버렸죠. 그리고 교회의 성가들에도 남아 있구요. 얼마 전에 자차찌엡스끼 수녀원(1584년 세워진 모스크바의 수녀원으로 소련시절 폐쇄된 후 감옥, 소년원으로 사용되다가 1995년 다시 복구되었다.)에 다녀왔는데, 그곳에서 송가를 얼마나 황홀하게 부르던지, 당신은 상상도 못할 거예요! 추도프 수도원(1365년 세워진 모스크바의 수도원으로 1929년 파괴되었다.)은 더 훌륭해요. 작년 수난주간에 계속 그곳에 갔었지요. 아, 얼마나 좋았는지! 여기저기 웅덩이가 있고 공기는 부드러운 것이 마음속이 왠지 푸근하고 울적해지면서 계속 조국과 머나먼 옛날에 대한 향수가 머리를 떠나지 않더라구요……. 대성당들로 들어가는 문들은 모두 열려 있고 온종일 예배가 진행되고 평민들이 들락날락하고 있었어요……. 아, 나는 세상에서 가장 궁벽한 곳, 볼로그다나 뱌뜨까 같은 곳의 수녀원에 들어가 버리고 말 거예요!'

그렇다면 나도 떠나거나 아니면 사람이라도 죽여서 사할린 유형을 당하겠노라고 말하고 싶었다. 하지만 그 대신에 흥분 때문에 머릿속이 하얘져서 담배에 불을 붙이자 하얀 바지에 하얀 셔츠를 입고 붉은 매듭 끈으로 허리를 묶은 급사가 다가와 공손하게 일깨워 주는 것이었다.

"죄송합니다, 손님. 이곳에서는 담배를 피우시면 안됩니다……."

그러더니 바로 아주 싹싹한 투로 쏜살같이 말을 늘어놓았다.

"블린은 뭐하고 같이 주문하시겠습니까? 수제 약초주를 드실까요? 캐비어, 언어는 어떠신가요? 생선수프에는 특등급 세리주가 있고, 대구 요리에는……."

"대구요리에도 세리주가 좋겠죠" 하고 그녀가 덧붙였다. 저녁 내내 그녀는 상당히 수다스러웠고 그것이 나를 기쁘게 했다. 그래서인지 나는 그녀가 그 이후 하는 말을 이미 얼이 빠져서 듣고 있었다. 그녀는 두 눈동자를 잔잔하게 빛내면서 말했다.

"저는 러시아 연대기나 러시아 민담 같은 것이 정말 좋아요. 그래서 특별히 마음에 드는 구절은 완전히 외울 때까지 몇 번이고 계속 읽게 된답니다. '러시아 땅에 무롬이라는 도시가 있었노라. 정교 신자인 빠벨 공이 그곳을 통치하였다. 악마가 그의 아내에게 날아다니는 뱀을 보내 음탕한 짓을 꾀하려 했다. 그 뱀은 아름다운 인간의 모습을 하고 그녀 앞에 나타났다…….' (무롬 지방에서 전해 내려오는 민담을 기초로 16세기에 쓰여진 성자전 『무롬의 뾰뜨르와 페브로니야 이야기』에 나오는 내용. 형인 빠벨 공 부부를 괴롭히기 위해 악마가 보낸 날개 달린 뱀을 죽인 뾰뜨르 공과 그의 현명한 아내 페브로니야가 주인공이며 자신의 삶을 통해서 성스러운 러시아의 정신적 가치와 이상을 보여주고 있다.)"

나는 장난을 치느라 눈을 무섭게 만들어 보았다.

"이크, 정말 무서운걸요!"

그녀는 나를 무시하고 계속 말을 이었다.

"신은 그렇게 그녀를 시험한 거랍니다. '그녀가 세상을 떠날 때가 되자, 공과 그의 아내는 신께 같은 날 세상을 뜨게 해달라고 기도했노라. 그리고 하나의 관에 함께 묻힐 것을 약조했노라. 그리하여 하나의 석판에 두 사람의 관을 깎도록 명령했노라. 그리고는 같은 시각에 함께 수도복을 입었노라…….'"

나의 황당함은 다시 놀라움, 심지어는 불안감으로 바뀌었다. 오늘 그녀에게 무슨 일이 일어난 걸까?

그리고 그날 저녁 내가 평소보다 너무 이른 열한 시에 그녀를 집에 데려다 주었을 때, 그녀는 건물 현관에서 나와 작별하면서 이미 썰매에 앉아 있는 나를 갑자기 멈춰 세웠다.

"잠시만요. 내일 저녁 열 시 이후에 제게 오세요. 내일 예술 극장의 파티가 있답니다."

"그래서요?" 내가 물었다. "그 파티에 가실 작정이신가요?"

"네."

"하지만 배우들의 파티보다 저속한 것은 없다고 직접 말하셨잖아요?"

"지금도 그렇게 생각해요. 그래도 어쨌든 가고 싶어요."

나는 '이건 다 변덕일 뿐이다. 모스크바가 가져온 변덕일 뿐이야' 하며 머릿속으로는 고개를 저었지만 활기차게 대답했다.

"올 라이트!"

다음 날 저녁 열 시에 엘리베이터를 타고 그녀의 아파트로 올라가 내가 갖고 있던 열쇠로 문을 열었지만 어두운 복도에서 안으로 바로 들어갈 수가 없었다. 아파트 안은 평소와는 다르게 샹들리에, 거울 양쪽의 촛대, 소파 머리맡 뒤편의 가벼운 전등갓이 씌워진 스탠딩 램프에 모두 불이 켜져 있어 휘황찬란했고 피아노에서는 월광 소나타의 도입부가 흘러나오고 있었다. 피아노 소리는 갈수록 높아져 몽유병자의 몽환적인 우울증을 연상시키면서 점점 더 듣기 괴롭고 도전적으로 들리기 시작했다. 나는 현관문을 쾅 소리가 나게 닫았다. 피아노 소리가 갑자기 멈추더니 사사삭 하는 옷소리가 들렸다. 안으로 들어가자 그녀가 몸을 더 마르게 보이게 하는 검은색 빌로드 드레스를 입고 피아노 옆에 꼿꼿이 서 있는 것이 다소 연극적으로 보였다. 화려한 드레스, 타르같이 검은 머리카락에 명절 장식, 구리 같은 호박빛으로 드러난 팔, 어깨, 부드럽고 풍만한 가슴골, 살짝 분칠을 한 양쪽 뺨 가장가리에서 반짝이는 다이아몬드 귀걸이, 석탄처럼 부드러운 눈동자와 빌로드 같은 선홍색의 입술이 그녀를 빛나게 하고 있었다. 관자놀이에는 검게 윤기가 도는 애교머리가 반원형으로 눈가로 말려 있는 것이 민간의 목판화에 그려진 동방의 미녀를 연상시켜 주었다.

"내가 가수여서 무대에서 노래를 했다면," 그녀는 당황한 내 얼굴을 쳐다보면서 말했다. "객석의 박수에 다정한 미소와 좌우, 위 그리고 오케스트라 좌석을 향한 가벼운 인사로 답례를 하면서 아무도 모르게, 하지만 꼼꼼하게 한쪽 발로 치맛단을 치워서 넘어지지 않으려고 하겠죠……."

연극 배우들의 파티에서 그녀는 줄담배를 피웠고 끊임없이 샴페인을 홀짝대면서 프랑스 파리의 춤을 묘사하려는 듯이 열광적으로 소리를 지르며 노래를 불러대는 배우들과 키가 크고 백발에 검은 눈썹을 한 스따니슬랍스끼(모스끄바예술극장의 설립자이자 연출자로 '스따니슬랍스끼 기법'이라는 연극기법의 창시자로 유명하다. I. M. 모스끄빈과 V. I. 까찰로프는 예술극장의 인기배우. L. A. 술레르지쯔끼는 연출가.)와 탐욕스러운 얼굴에 코안경을 쓴 뚱뚱한 모스끄빈을 뚫어지게 쳐다보고 있었다. 스따니슬랍스끼와 모스끄빈은 짐짓 진지하고 열심히 뒤로 몸을 젖히면서 관객의 깔깔대는 웃음 속에서 필사적으로 캉캉춤을 연기하고 있었다. 취기가 돈 얼굴에 굵은 땀방울이 맺힌 이마 위로 머리카락 한 움큼이 내려온 백러시아인 까찰로프가 손에 술잔을 들고 우리 쪽으로 다가와서는 술잔을 높이 들더니 짐짓 꾸민 듯한 음울한 욕정을 담은 눈빛으로 그녀를 바라보면서 배우다운 낮은 목소리로 말했다.

"처녀 중의 여왕이시여, 샤마한의 여왕(A. S. 뿌슈낀의 동화 「황금 수탉 이야기」에 나오는 빼어난 미모에 마법을 부리는 동방의 여왕)이여, 당신의 건강을 빕니다!"

그러자 그녀는 천천히 미소를 짓고 그와 건배를 했다. 그는 그녀의 손을 잡더니 술에 취해서 그녀에게 고개를 숙이려다가 넘어질 뻔했다. 간신히 균형을 잡더니 이를 악물고는 내 쪽을 보았다.

"이 미남은 뭔가요? 정말 싫어요!"

그 후에 요란스러운 소리를 내며 깡충깡충 춰대는 폴카 음악이 배럴 오르간으로 연주되기 시작했고, 키가 작고 항상 바쁘게 어딘가를 향하며 웃는 술레르지쯔끼가 우리 쪽으로 미끄러지듯이 달려와 상점가의 정중한 상인 흉내를 내면서 몸을 굽히고는 급히 중얼거렸다.

"폴카 트란블란에 초대해도 될는지요……."

그러자 그녀는 미소를 지으며 자리에서 일어나 능숙한 솜씨로 제자리에서 발을 구르더니 귀걸이와 드러난 어깨와 팔로 광채를 뿜으면서 사람들의 매료된 시선과 박수를 받으면서 그와 함께 식탁들 가운데로 나갔고 그 와중에 그는 고개를 치켜들고 염소 같은 목소리로 외쳤다.

"가세, 어서 가세.

당신과 폴카를 추러 가세!"

새벽 세 시쯤 그녀는 눈을 감고 일어났다. 우리가 옷을 입었을 때 그녀는 내 비버털모자를 바라보면서 비버털목도리를 쓰다듬더니 출구로 향하면서 농담인지 진담인지 알 수 없는 말을 던졌다.

"정말 잘생기긴 했어요. 까찰로프가 한 말은 사실이에요……. '그 뱀은 아름다운 인간의 모습을 하고 그녀 앞에 나타났다…….'"

집으로 돌아오는 내내 정면에서 몰아치는 밝은 달밤의 눈보라 때문에 고개를 숙인 채 그녀는 침묵을 지켰다. 보름달이 크렘린 위 구름 속을 헤엄치고 있었다. "꼭 반짝이는 해골 같군요." 그녀가 말했다. 구세주 탑(크렘린 동쪽 벽에서 붉은 광장으로 나오는 통로로 이용되는 크렘린의 제일 중요한 탑으로 1491년 세워졌다. 종소리로 시간을 알려주는 시계가 상부에 달려 있다.)의 시계가 세 시를 쳤을 때 그녀는 또 말했다.

"정말 고대의 소리군요. 뭔가 양철과 선철이 내는 소리처럼. 15세기에도 이런 종소리로 새벽 세 시를 알렸을 거예요. 플로렌스에서 똑같은 종소리를 들었는데, 모스크바 생각이 나더군요……."

표도르가 건물 현관에서 말을 멈췄을 때 그녀는 생기 없이 명령을 했다.

"마부를 보내세요……."

그녀는 한 번도 밤에 그녀의 집에 올라오도록 허락한 적이 없었기 때문에 나는 깜짝 놀라서 허둥대며 말했다.

"표도르, 나는 걸어서 돌아가겠어……."

그리고 우리는 말 없이 엘리베이터를 타고 위로 올라가 망치를 두드리는 듯한 라디에이터 소리만이 들리는 아파트의 적막과 밤의 온기 속으로 들어갔다. 나는 눈 때문에 미끄러운 그녀의 모피 코트를 벗겨 주었고 그녀는 젖은 숄을 머리에서 내 손 위로 던지고는 실크 속치마를 부스럭거리며 재빨리 침실로 사라졌다. 나는 외투를 벗고 중간방으로 들어가 마치 절벽 위에 선 것처럼 끊어질 듯한 가슴으로 터키식 소파에 앉았다. 환하게 불이 밝혀진 침실의 열려 있는 문 뒤에서 그녀의 발소리, 그리고 머리핀을 잡고서 머리 위로 옷을 벗는 소리가 들려왔다……. 나는 일어나 문가로 다가갔다. 그녀는 백조 깃털 구두만을 신은 나신으로 내게 등을 돌린 채 경대 앞에 서서 얼굴 양쪽으로 내려져 있는 흑단 같은 긴 머리카락의 올들을 거북등껍질로 만든 빗으로 빗고 있었다.

"내가 그것에 대해서는 별로 생각을 하지 않는다고 매번 말했죠." 그녀는 이렇게 말한 후 빗을 경대 위에 던지고 머리카락을 등 뒤로 넘기면서 내 쪽으로 돌아섰다. "아니요. 나도 생각을 했었어요……."

새벽에 나는 그녀의 움직임을 느낄 수 있었다. 눈을 뜨니 그녀가 나를 정면으로 바라보고 있었다. 나는 침대와 그녀 몸의 온기로부터 몸을 일으켰고 그녀는 내 쪽으로 몸을 기울이면서 작고 침착한 목소리로 말했다.

"오늘 저녁 저는 뜨베리로 떠나요. 얼마나 가 있을지는 아직 몰라요……."

그리고는 자기 뺨을 내 뺨에 가져다 대는 바람에 나는 그녀의 촉촉한 속눈썹이 깜빡이는 것을 느낄 수 있었다.

"도착하는 대로 편지를 쓸게요. 미래에 대한 모든 것을 편지에 써서 보내겠어요. 미안하지만 이제 혼자 있고 싶어요. 너무 피곤해요……."

그리고는 베개 위에 누웠다.

나는 조심스럽게 옷을 입고 그녀의 머리카락에 수줍게 입맞춤을 하고는 이미 창백한 빛으로 밝아 오는 복도로 살금살금 걸어 나왔다. 방금 내린 축축한 눈 위를 걸었다. 눈보라는 벌써 그쳐서 거리는 온통 고요하고 길 양쪽을 따라 이미 멀리까지 시야가 트였고, 눈과 빵집에서 향기가 풍겨 나왔다. 내부가 뜨겁게 타오르면서 수많은 양촛불로 반짝이는 이베르스까야 성모 예배당까지 갔을 때 노파들과 걸인 무리들 사이의 수많은 발자국으로 더럽혀진 눈 위에 무릎을 꿇고 모자를 벗었다……. 누군가 내 어깨를 건드려서 돌아보니 애처로운 눈물로 얼굴이 일그러진, 세상에서 제일 불행해 보이는 한 노파가 나를 바라보고 있었다.

"그렇게 절망에 빠져있으면 안돼요! 그건 죄랍니다, 죄예요!"

두 주가 지난 후에 내가 받은 편지는 짧았다. 자신을 더 이상 기다리지도, 찾거나 보려고도 하지 말아 달라는 부드럽지만 단호한 요청이었다. '모스크바로 돌아가지 않을 거예요. 우선은 참회노동을 시작할 예정이고 나중에 어쩌면 수녀 서약을 결심할지도 모르겠습니다……. 신께서 제게 대답하지 않을 힘을 주시기를 빕니다. 우리의 고통이 이대로 계속 커지게 하는 것은 의미가 없습니다…….'

나는 그녀의 부탁대로 했다. 가장 더러운 술집을 전전하며, 술독에 빠져서 점점 더 타락의 길로 접어들었다. 그러고 나서는 조금씩 정신을 차리면서 모든 것에 무관심하고 절망적이 되어 갔다……. 그 정결한 월요일로부터 거의 두 해가 지났다…….

새해를 앞둔 1914년 어느 저녁은 그 잊을 수 없는 저녁처럼 고요하고 햇살이 따사로웠다. 나는 집에서 나와 지나가는 마차를 세워 크렘린으로 갔다. 그리고는 텅 빈 아르한겔스크 대성당으로 들어가 침침한 어둠 속에서 기도도 하지 않은 채 오래된 성상의 금박과 모스크바 짜르들의 묘석들이 희미하게 번뜩이는 것을 바라보며 한참을 서 있었다. 그렇게, 텅 빈 교회의 숨소리조차 조심스러운 이상야릇한 정적 속에서, 마치 무슨 일인가 생기길 기대하듯이 서 있었다. 대성당에서 나오면서 마부에게 오르딘까로 가자고 한 후, 마치 예전에 그리보예도프 골목을 지나가면서 불이 켜진 창문들 아래 정원들 사이로 난 어두운 골목길을 지났던 그때처럼 뚜벅뚜벅 가는 마차 위에 앉아서 나는 울고, 또 울었다…….

오르딘까에서 나는 마르타마리아 자선수녀원의 문 앞에 마부를 멈춰 세웠다. 그곳의 안마당에는 검은 마차들이 줄을 지어 서 있었고 불이 밝혀진 자그마한 교회의 문들이 열려 있는 것이 보였고, 문 안쪽으로부터 소녀 성가대의 합창 소리가 구슬프고 감동적으로 흘러나오고 있었다. 무슨 이유에선지 나는 반드시 안에 들어가 보고픈 마음이 생겼다. 문 앞에 서있던 건물 관리인이 내 앞을 가로막으며 부드럽고 애원하는 조로 말했다.

"들어가시면 안됩니다, 나으리. 들어가시면 안돼요!"

"안되다니? 교회에 들어가는데 무슨 문제가 있나?"

"물론 되지만입쇼, 나으리. 되구 말굽쇼. 그런데 지금은 제발 가지 마세요. 지금 옐리자베따 표도로브나 대공비와 드미뜨리 빠블로비치 대공이 안에 계시거든요……."

나는 일 루블을 그에게 떨구었다. 그는 당황한 듯 한숨을 내쉬고는 길을 비켜 주었다. 하지만 내가 안마당으로 들어간 순간 교회 안에서 양팔에 안은 성화들과 교회 깃발이 나타났고 그 뒤를 흰색 드레스에 이마 부분에 황금실로 십자가가 새겨진 흰색 미사포를 쓰고 한 손에는 커다란 양초를 든, 큰 키에 얼굴이 갸름한 대공 부인이 느리고 경건한 걸음으로 따라 나오고 있었다. 그리고 그 뒤를 마찬가지로 흰색 옷을 입고 얼굴 가까이 양초를 들고 성가를 부르는 수도여승인지 자선수녀인지 모를 여인들의 행렬이 따랐다. 그들이 누구인지 어디로 향하고 있는 것인지 알 수 없었다. 무슨 이유에선지 나는 그들을 매우 주의 깊게 관찰했다. 그런데 가운데서 걸어오는 여인들 중 하나가 갑자기 하얀 미사포를 두른 머리를 들더니 한 손으로 양초를 감싸면서 검은 두 눈동자로 마치 내가 있는 쪽을 향하듯 어둠 속을 응시하는 것이었다……. 어둠 속에서 그녀는 무엇을 보았던 것일까? 그녀는 어떻게 나의 존재를 느낄 수 있었던 것일까? 나는 뒤돌아 조용히 문을 나왔다.

정결한 월요일

부닌이 말년에 쓴 사랑에 대한 이야기들을 모은 단편집 『어두운 가로수 길』(1949)—2차 세계대전의 포화 속에서 이 이야기들을 완성했다!—에 수록된 작품이다. 일흔네 살에 「정결한 월요일」(1944)을 탈고한 부닌은 "이 단편을 완성할 수 있도록 해주신 신께 감사드린다"고 말한 것으로 전해진다. 표제에서 알 수 있듯이 『어두운 가로수 길』에 수록된 사랑 이야기들 중 해피엔딩은 없다. 대신 사랑을 매개로 하여 드러나는 행복의 정수는 인간의 영혼 안에, 인간의 자기 인식과 세계 인식 안에 있다고 부닌은 말하는 듯하다.

「정결한 월요일」의 연인은 젊고 매력적이며 부유하다. 배경은 20세기 초 제정러시아의 모스크바이다. 같은 남자마저 질투할 정도로 잘생긴 그는 매일 느지막이 그녀를 데리고 모스크바의 고급 레스토랑과 극장을 순례하며 젊음과 시간을 보낸다. 그는 그녀가 별다른 목적 없이 대학에 등록하여 강의를 듣는 이유를 알 수 없고, 가끔 뜬금없이 내뱉는 종교적이며 철학적인 말들과 지식에 깜짝깜짝 놀라곤 한다. 그는 자신들의 미래가 어찌 될지 상상할 수 없는 것에 막연하고 모호한 불안을 느끼며 그녀와의 거의 플라토닉한 관계를 유지한다.

대제기간이 시작되는 '정결한 월요일'에 그녀는 그와 하룻밤을 보낸 후 작별을 고한다. 얼마 후 도착한 그녀의 편지에서 그녀는 수녀가 될 것임을 알리고, 그들의 '고통'이 이대로 커지는 것은 의미가 없다고 밝힌다. 그로부터 두 해가 지난 후 그는 과거에 그녀와 스쳐 지나갔던 모스크바의 한 수녀원 안에서 수녀가 되어 있는 그녀의 모습을 발견하고 조용히 수녀원을 걸어 나온다.

이성 간의 사랑, 속세의 행복이 아니라 신에 대한 헌신을 선택한 그녀. 부닌은 젊음, 부, 건강, 외모, 심지어 사랑조차 인간의 영혼에 안식과 행복을 주는 절대적인 조건은 아니라고 말하고 싶었던 걸까? 이 작품은 뭇 사람들의 시선을 한몸에 모을 정도로 빼어난 미모와 지식을 겸비한 그녀가 종교적인 헌신을 선택하기까지의 과정과 갈등이 군더더기 없이 정갈하게 그려져, 원초적인 욕망과 정신적인 갈망에 따른 선택의 문제를 아름답게 부각시킨다.